온라인 게임의 신부는
여자아이가 아니라고
생각한 거야?
Kineko shibai
키네코 시바이 지음
ill: Hisasi

Lv78 HP/5020 MP/1462
Name Ako
Job Cleric
Sex Female?
Atk/43+90 Mat/143+0
Def/66+22 Mdf/115+18
"안녕, 루시안!
응? 왜 그래요?
루시안?
루시안~?
현실에서의
타마키 아코
현실과 가상 세계를 구분하지 못하는,
의사소통 장애를 앓고 있는
외톨이 소녀.
현실 세계에서는……이라고 해도,
애초에 학교에는
거의 오지 않는 은둔형 외톨이.
게임에서의 아코
외모 지상주의인 성직자(♀).
엄청나게 귀엽다.
하지만 약하다
타마키 아코 / 아코

니시무라 히데키 / 루시안
"이제 게임 속 여자는 절대 안 믿을 테다……."
게임에서의 루시안
방어 지상주의인 아머나이트(↑). 엄청 단단하다. 하지만 겁쟁이.
현실에서의 니시무라 히데키
귀가부 & 취미는 게임이라는, 가끔 보이는 너희 같은 애들. 대놓고 덕질하는 오타쿠로서 "이 녀석이라면 오타쿠스러운 얘기를 해도 괜찮아."라는 위치를 점하고 있다.
Lv94
HP/17457 MP/702
Name Rusian
Job Armor Knight
Sex Male
Atk/79+229 Mat/35+49
Def/106+250 Mdf/74+5

고쇼인 쿄우 / 애플리코트
"과금 하는 게 훨씬 강하지 않은가, 다른 건 필요 없지!"
게임에서의 애플리코트
과금 지상주의인 마법사(♂). 엄청나게 강하다……. 하지만, 이거 반칙 아냐?
현실에서의 고쇼인 쿄우
학교 이사의 딸이자 학생회장이라는 하이스펙을 자랑하는 아가씨. 착각 대마왕 부모 밑에서, 권력이라든가 돈 씀씀이 등, 여러 가지를 착각하며 성장한 결과가 이거다!
Lv94 HP/13930 MP/5684
Name Apricot
Job Law Wizard
Sex Male?
Atk/73+150 Mat/470+360×1.8
Def/86+278 Mdf/252+30

세가와 아카네 / 슈바인
"흥, 이 정도 쓰레기에게 이 몸이 당하리라고 생각하는 거냐?"
게임에서의 슈바인
화력 지상주의인 소드 댄서(♂). 엄청난 미남(※단, 실제로는 이하 생략).
현실에서의 세가와 아카네
오타쿠 따위 기분 나쁘거든! 이라며 겉으로는 오타쿠를 매도하는 숨은 오타쿠. 나의 팔아, 진정해라…… 라며, 오타쿠 얘기에 반응하는 자기 자신을 억누르는 나날을 보내고 있다.
Lv87 HP/12077 MP/454
Name Schwein
Job Sword Dancer
Sex Male?
Atk/125+276 Mat/13+56
Def/71+101 Mdf/39+10

제1회 오프라인 모임 장소에서
길드 『알레이캣츠』
"루, 루시안……? 너, 니시무라……지?"
"음, 전원 무사히 모인 것 같군."

"아, 아…… 아아아아아……!"
"우와♡ 루시안이다! 정말로 루시안이에요!"

CONTENTS

And you thought there is Never a girl online?

ORIGINAL DESIGNED BY AFTERGROW

온라인 게임의 신부는 여자아이가 아니라고 생각한 거야?

키네코 시바이 지음

Hisasi 일러스트

이진주 옮김

Lv. 1

프롤로그
대후회 시대 Online

◆루시안 : 저와 결혼해주십시오!

◆고양이공주 : 냐, 냐냐?

거대한 검을 등에 짊어진 금발의 남자가 무릎을 꿇고 머리에 고양이 귀가 달린 소녀에게 손을 뻗었다.

매끈한 3D 그래픽으로 표현된 그 광경은 장엄하고 신성하며 다른 이가 침범하기 어려운 분위기를 띠고 있어 마치 한 장의 그림을 보는 것처럼 아름다웠다— 라고, 적어도 당시의 나는 그렇게 생각했다.

"말했다. 말해버렸어……."

화면에 표시된 내 자신의 챗을 바라보며 나는 떨리는 손을 꽉 쥐었다.

레전더리·에이지, 줄여서 LA라 불리는 게임이 있다.

컴퓨터 전용의 대규모 다중사용자 온라인 롤플레잉 게임(Massively Multiplayer Online Role-Playing Game)— 많은 사람이 하나의 가상 세계에 접속해 전원이 동시에 롤플레잉 게임을 한다는 MMORPG의 하나이다. LA는 서비스를 개시한 지 벌써 1년이 지났지만, 나쁘지 않은 액션감과 귀여운 그래픽으로 그럭저럭 유저수를 모으고 있는 중견 MMORPG였다.

이 게임으로 처음 온라인 게임을 접한 나는 NPC밖에 없던 기존의 오프라인 게임과 다른, 각각의 캐릭터가 모두 살아 있는 인간이기 때문에 성립되는 온라인 게임 특유의 재미에 푹 빠져버렸다. 그야말로 자는 시간도 아깝다는 듯이, 서비스가 개시된 후 계속 게임을 하고 있었다.

그 LA가 서비스 개시 1주년을 맞이해 대규모 업데이트를 진행했다.

그중 가장 핵심이 되는 것이 이번 업데이트로 새로 도입된 『결혼 시스템』이었다.

각 플레이어 캐릭터는 이성 캐릭터에게 청혼해 성공하면 결혼식을 올릴 수 있다. 그 이후로 두 캐릭터는 부부로 여겨져 함께 있으면 능력치 보너스를 얻는다거나 서로의 위치를 파악할 수 있는 등, 다양한 특전이 제공된다.

◆고양이공주 : 결혼이라니…… 나하고 말이냐아?

◆루시안 : 예. 부탁합니다. 고양이공주 씨!

그리고 그 시스템 도입 첫날.

나는 우리 길드에서 가장 아름답고 귀여우며, 그러면서도 언제나 동료들을 신경 써주고, 더 나아가서는 장비의 질도, 센스도 좋고 플레이 실력도 뛰어나며 뭣보다 말끝에 언제나 『냐☆』를 붙이는 그야말로 이상의 여성, 우리 길드의 명실상부한 아이돌인 고양이공주 씨에게 청혼했다.

업데이트 당일의 점검이 끝난 직후, 나는 때마침 나와 동시에 로그인한 고양이공주 씨에게 그 자리에서 바로 프러포즈

했다. 누구보다도 빨리 행동한 덕분에 그 자리에 다른 라이벌은 없었다. 다시는 오지 않을 완벽한 타이밍이었다.

◆고양이공주 : 왜, 왜 나냐아? 혹시 농담하는 거 아니냐아? 정말로 진심인 거냐아?

◆루시안 : 진심입니다! 전 당신을 좋아합니다!

"제발, 제발……."

만약 이 청혼이 받아들여진다면 나와 고양이공주 씨는 경사스럽게도 부부가 된다.

천사로서 모두에게 사랑받는 고양이공주 씨. 나는 그 사랑을 독점하며 게임을 즐긴다— 아아, 그야말로 꿈과 같지 않은가.

어쩌면 거절당할지도 모른다. 물론, 그런 불안도 있었다.

하지만 나는 고양이공주 씨와 누구보다도 친하다는 자신이 있었고, 이 마음을 억누를 수 없을 정도로 고양이공주 씨를 연모하고 있었다.

설령 거절당한다고 해도 고양이공주 씨와는 여전히 허물없이 친하게 지낼 것이다. 그 정도의 결의와 각오를 다지고 한 고백이었다.

그러니까—.

◆고양이공주 : 아, 미안. 나, 실제로는 남자야.

"……뭐?"

그 말이 화면에 표시된 순간, 나는 모니터 앞에서 입을 딱 벌렸다.

남…… 남자?

나의 천사인 고양이공주 씨가?

그게, 무슨 소리야?

대체 무슨 농담인 거지?

아, 그런가. 농담인가?

하하하. 고양이공주 씨도 참 짓궂네.

◆루시안 : 그, 그런 농담은 하지 마세요, 고양이공주 씨.

◆고양이공주 : 아니, 진짜야.

떨리는 손으로 그렇게 문자를 친 내게 되돌아온 것은 고양이공주 씨라고는 생각할 수 없을 정도로 차가운 말이었다.

◆고양이공주 : 미안하지만 진짜로 실제로는 남자다. 아니, 남자 정도가 아니라 아저씨지. 살짝 장난삼아서 노골적으로 여자인 척해봤는데, 설마 정말로 결혼하자는 녀석이 나올 줄이야. 미안하게 됐다.

◆루시안 : 그, 그게 무슨…….

나는 어떻게든 눈앞에 들이밀어진 사실을 부정해보려고 했다. 하지만 고양이공주 씨의 챗 내용이 너무나도 그녀답지 않아서 그 이상 어떤 말도 나오지 않았다.

◆고양이공주 : 이야. 정말로 미안하다. 내가 잘못했어.

◆루시안 : 저, 정말로 남자인가요?

◆고양이공주 : 응. 진짜로 실제론 남자다.

◆루시안 : 그것도 아저씨라고요?

◆고양이공주 : 그렇다니까. 실제론 아저씨지.

"그, 그럴 수가……."

나는 절망적인 심정으로 어깨를 떨어뜨렸다.

그 고양이공주 씨가, 내 첫사랑이라고 해도 좋을 고양이공주 씨가 실제로는 남자— 그것도 아저씨였다니. 그런 말도 안 되는 일이 있을 수 있는 건가?

아니, 있을 수 없다.

있을 리가 없다. 절대로 없었다.

그런가. 나와 결혼하고 싶지 않은 고양이공주 씨가 나를 상처 입히지 않고 청혼을 거절하기 위해 저런 거짓말을 하고 있는 것이 틀림없다. 상냥한 고양이공주 씨라면 충분히 그럴 수도 있어—.

◆고양이공주 : 그것보다, 현실의 여자아이가 말끝마다 『냐』라고 할 리가 없잖아. 그 정도는 눈치를 챘어야지.

"으으으, 으아아아아아아아아아아아."

나는 절규를 내지르며 키보드를 마구 내리쳤다.

◆루시안 ; 람룔drftgy걸켸3#*!$%p.

"이 자식, 젠장! 빌어먹을! 가짜 주제에! 날 속이다니!"

마구잡이로 누르던 키보드에 반응한 것일까. LA가 강제로 종료되었다. 하지만 나는 그것을 알아차리지 못하고 눈물을 흘리면서 몇 번이고 계속 키보드를 내리쳤다.

"젠장! 젠장! 앞으로는 절대, 절대!"

나는 키보드를 세게 쾅 내리쳤다. 그 순간, 키보드에서 빠진 키 몇 개가 허공을 날았다.

"게임 속 여자는 믿지 않을 테다아아아아아아아!"

그것이 대략 2년 전의 일이다.

머릿속에 떠올리는 것만으로도 등골이 오싹해지는 그것은 정말로 무시무시한 기억이었다.

◆루시안 : ―그런 일이 있었다고.

◆아코 : 그런가요? 게임 속에서 여자 행세를 하다니, 별 희한한 사람도 다 있네요.

◆루시안 : 그때는 나도 아직 초보였으니까 말이야…….

긴 시간을 들여 나는 한차례 이야기를 마쳤다.

이것으로 아마도 내 눈앞에 있는 그녀에게― 아니, 정확히는 내 캐릭터 앞에 서 있는 여자 캐릭터에게 내 의도가 분명히 전해졌을 것이다.

◆루시안 : 그러니까 말이야.

◆아코 : 예! 부탁합니다! 저와 결혼해주세요!

◆루시안 : 너, 내 얘기를 듣긴 들은 거냐?

◆아코 : 들었어요! 그러니까 구태여 부탁하는 거예요!

◆루시안 : 구태여는 또 뭐야, 구태여는!

◆아코 : 저랑 결혼하는 편이 100% 지금보다 더 즐거울 거예요!

◆루시안 : 그 자신감이 어디서 오는지는 모르겠다만, 어쨌든 안 돼!

◆아코 : 그럼 언제 결혼할까요? ―바로 지금이겠죠!

◆루시안 : 지금이 아니야! 사람 얘기 좀 들어!

이것은 대략 이런 내용의, 나와 네 『신부』의 이야기이다.

1장 진·오프라인 모임 IMAGINE

And you thought there is Never a girl online?

내가 다니는 현립 마에가사키 고등학교에서는 한 달에 한 번, 전교조례가 열린다.

체육관에서 조례가 시작되기를 기다리던 나는 옆에 선 반 친구에게 말을 걸었다.

"속보. 나한테 신부가 생겼다."

"헛. 올해 들어서 몇 명째냐? 니시무라."

그 말을 들은 녀석이 질렸다는 기색으로 응수했다.

니시무라는 현실에서의 내 이름이다.

아니, 굳이 『현실에서의』라는 식의 전제를 덧붙일 것도 없이 평범하게 내 이름이지만.

온라인 게임에 푹 빠져 있다 보면 현실의 일을 말할 때, 일일이 『현실에서의』라고 말을 덧붙이는 버릇이 생기곤 하지 않아?

"아니, 그게 말이지. 듣고 놀라지 마라. 처음이다."

"이 자식이 어디서 약을 팔아. 신부 같은 건 3개월에 한 번 꼴로 바꾸잖아."

나는 일단 진지하게 말해보았지만 친구는 그 말을 단번에 부정했다.

저기, 질문을 듣고 대답하기까지 1초도 안 걸린 것 같은데.

그렇게까지 시원하게 딱 잘라 말하지 않아도 되지 않을까?

"좀 더 다른 반응은 없냐? 정말로 결혼한 거냐 라든가 뭐 그런 거."

"없는데."

"난 너한테 여자 친구가 생겼다는 말만 들어도 그 시점에서 심장이 멈추지 않을까 싶을 정도로 놀랄 것 같은데 말이다."

"20년 후쯤에 결혼한다는 연락이 와도 엄청 놀라겠지."

"딱히 반박할 말은 없다만 그래도 말이 너무 심한 거 아니냐?"

주위의 다른 녀석들까지 끼어들어서는 다들 자기들 좋을 대로 떠들어댔다.

그러는 사이, 그중 한 명이 의아한 듯이 눈썹을 찌푸렸다.

"것보다, 무슨 소리냐? 신부라니."

"이 녀석이 말하는 신부는 그냥 자기가 좋아하는 캐릭터야."

"맞아 맞아. 어떤 캐릭터를 보고 『내 신부』, 라고 하는 그런 거 말이지."

"우와. 기분 나빠."

"하지 마! 진지한 톤으로 그렇게 말하면 상처 입는다고!"

나는 머리를 감싸 쥐며 보란 듯이 상처 입은 것 같은 동작을 취해 보였다.

하지만 그것은 겉으로만 그런 것일 뿐, 실제로는 그렇게 큰 충격은 아니었다.

이것은 뭐라고 해야 할까, 일종의 처세술 같은 것이었다.

왜, 학교에서는 다들 하나같이 뭔가 자신만의 『캐릭터』를 갖고 있잖아?

운동부 소속의 스포츠맨, 음악에 정통한 밴드맨, 성적이 좋은 반장 타입, 살짝 품행이 안 좋은 불량아 타입이나 뭐 그런 것들.

하지만 나는 성적도 중간 정도에 부 활동도 하지 않는 귀가부, 덤으로 취미는 온라인 게임. 이미 리얼충이 될 수 있는 요소 따위 하나도 없는 평범한 남자 고등학생이었다.

그런 내가 반에서 그런 대로 잘 생활하고자 나만의 캐릭터 만들기에 노력한 결과—.

"니시무라, 너 진짜 진성 오타쿠구나……."

"그래도 난 즐겁게 살고 있어. 신경 끄셔."

"그 신부라는 사람, 다음번에 한번 소개시켜줘."

"그 전에 모니터에서 니시무라의 신부를 꺼낼 방법을 찾아야 할 거다."

그렇다. 공개적인 오타쿠가 되고 만 것이다.

하지만 말이지, 이것도 의외로 즐거웠다. 오타쿠라는 건 의외로 수요가 있어서 반에서 아무 거리낌 없이 살아갈 수 있단 말씀.

예를 들면, 이렇게.

"그러고 보니까, 니시무라. 연예인 중에 점보 사토가 요즘 인터넷에서 생방송 하고 있다던데, 그거 진짜야?"

"그래. 진짜야 진짜. 어제도 했어."

"말도 안 돼. 재밌어?"

"니들도 들어보면 알겠지만 완전 재미없어."

"그렇지? 그럴 거라니까!"

이런 얘기를 할 때 나란 존재를 빼놓을 수 없는 모양이었다.

공개적인 오타쿠는 『그런 종류의 얘기라면 그 녀석에게 물어봐.』라는 수요가 존재한다.

오타쿠스러운 이야기를 해도 괜찮은 상대라는 안심감을 줄 수 있는 것이다.

방금 그 얘기도 내가 당연하다는 듯이 『봤다.』라고 대답했기 때문일까, 반 녀석들은 안심한 기색으로 얘기를 이어나갔다.

"그 녀석, 대부분 조용히 있다가 한 방 크게 웃기는 것밖에 못 하잖아."

"그러게. 어떤 대사에나 똑같이 대답하고. 그 녀석은 점보다, 라고 말이지."

"그거, 대사 흐름을 완전 다 망친다니까."

"그것뿐인데 때때로 빠져드는 게 무섭단 말이지."

그 대화에 반의 또 다른 녀석들이 끼어들었다. 어차피 이 녀석들도 그 생방송을 봤을 것이다.

하지만 그 얘기를 꺼내서 괜히 오타쿠로 취급당하는 것을 피하기 위해 일부러 나를 매개로 삼아 대화를 나누는 것이다.

어쨌든, 당당하게 오타쿠 선언을 한 나랑 얘기하는 한 그런 종류의 얘기를 해도 된다는 면죄부가 주어진다.

오타쿠스러운 화제 외에는 따라오지 못하는 나랑 놀아준다는 명분의 형태로 말이지.

"한 방에 크게 웃기는 연예인이든 뭐든 아무래도 좋아. 아, 여자 친구 갖고 싶다."

"그런 슬픈 얘기 하지 마라."

"신부라면 있는데."

"너도 그런 슬픈 얘기 하지 마라, 니시무라."

물론 이렇게 평범한 대화에 낄 때도 있다.

자신을 감추지 않아도 됐고, 서브컬처의 화제 같은 것은 얼마든지 있었다. 리얼충스러운 이야기를 따라가지 못한다고 해도, 그것이 내 캐릭터이니 아무런 문제 없었다.

내가 봐도 꽤 똑똑한 선택을 했다는 생각이 들 때가 있었다.

유일한 문제라면— 여학생들의 시선이 좀 따갑다는 정도, 이려나.

"기분 나빠……."

문득 내 대각선 뒤쪽에서 그런 목소리가 들렸다.

"또 그런 기분 나쁜 얘기 하고 있네. 오타쿠들 정말 기분 나빠. 진심으로 말하는데 나한테 가까이 오지 마."

그 소리에 나는 소리가 들린 쪽으로 고개를 돌렸다. 그러자 한 여학생이 차가운 눈으로 나를 노려보고 있었다.

공개적인 오타쿠로 있다 보면, 역시 "기분 나쁘다."라든가 "짜증 난다."라는 말을 들을 때가 많다. 그럴 때 약간 화가 나기도 하지만, 역시 평범한 여학생이라면 그것이 당연한 반응

일 것이다.

그 아이의 이름은 분명, 세가와 뭐시기였던 것으로 기억한다.

"뭐냐, 세가와. 오타쿠를 다 싸잡아서 기분 나쁘다는 식으로 말하지 말라고. 세상에는 와인 오타쿠라든가 꽃 오타쿠라든가 그런 세련된 오타쿠도 있단 말이다. 그 사람들까지 도매금으로 넘기는 건 그 사람들한테 미안하잖아."

일단 나는 형식적으로 세가와에게 그렇게 반박했다. 그런 내게 세가와는 한층 더 눈을 가늘게 떠 보였다.

"오타쿠라기보다, 니시무라가 기분 나빠."

"그런 말 들으면 입이 열 개라도 할 말이 없으니까 그만해!"

"아아, 불쌍한 니시무라. 진실이라는 건 참 쓰디쓰지."

"아무리 진짜로 기분이 나빠도 그렇게 딱 잘라 말하지 않아도 될 텐데 말이야."

"니들 말이 더 심해!"

뭐 이런 상황이니, 절대로 여자 친구 같은 건 생기지 않겠지.

솔직히, 나 자신도 이미 여자 친구가 생기는 건 포기한 상태였다. 내게는 이제 게임만 있으면 충분했다.

"근데, 세가와 말이지. 입만 험하지 않으면 귀여운데 말야."

"너 그거 아냐? 옆 반의 마에다가 고백했다가 처절하게 박살 났다더라."

"그 녀석, 용자일세."

"그 녀석도 좀 오타쿠스러웠지? 그러고 보니 세가와는 니시무라 같은 녀석들이 좋아하는 타입일 것 같아. 왜, 그럭저럭 귀여운 얼굴인 데다가 키도 작고 머리도 양 갈래 머리잖아."

나는 남자 녀석들의 수군거림에 조금 전의 그 아이에게 다시 시선을 향했다. 그랬더니—.

"음— 거기에 츤데레라면 좋겠지만, 저 녀석은 새침하기만 하니…… 우, 와……."

맹렬한 살기가 담긴 눈과 마주쳤다.

"……너, 정말 죽여버린다."

"죄송하게 됐습다!"

"니시무라를, 니시무라를 용서해줘! 이 녀석은 그저 트윈테일을 사랑하는 것뿐이라고!"

"진짜, 기분 나빠…… 나랑 같은 공간에서 숨 쉬는 거 그만두지 않을래?"

"너무해!"

그렇게까지 말할 건 없잖아?

나는 깜짝 놀라서 몸을 움찔했다. 그 바람에 옆 반의 여학생과 어깨가 부딪쳤다.

"꺄……."

"아, 미안. 괜찮아?"

"아, 예……."

그 아이는 겁을 먹은 것처럼 몸을 뒤로 빼며 고개를 절레절레 흔들었다. 앞 머리카락이 긴 데다가 얼굴을 숙이고 있어서 잘은 알 수 없었지만, 정말로 무서워하는 것 같았다.

그렇게 오타쿠가 무서운 겁니까.

예, 그렇군요. 가까이에 존재해서 미안합니다.

오타쿠에 대한 세상의 시선은 대개 이렇지 뭐.

"슬슬 조례 시작될 거야. 모두 조용히 하렴."

앞쪽에서 우리 반 담임이 늘어지는 어투로 그렇게 말했다. 20대 전반의 미혼 여교사. 젊은 나이에 비해 의욕은 부족하지만 그렇다고 너무 심하지도 않은, 어디서나 흔히 볼 수 있는 평범한 국어 교사, 사이토 선생님이었다. 반 녀석들은 눼에 라고 적당히 대답하면서 하나둘 씩 입을 다물었다.

『모두들 안녕한가. 학생회장인 고쇼인이다. 지금부터 전교 조례를 시작하겠다.』

그리고 학생회장의 침착한 목소리가 울려 퍼지며 조례가 시작되었다. 그 미모와 자신만만한 태도로 당선되었다는 학생회장을 바라보며 나는 작게 한숨을 내쉬었다.

아니, 그게 말이야. 현실에서는 여자애와의 연 같은 게 전혀 없어.

레알. 진짜야. 진짜로 연이 없어.

하지만, 그래도 말이야.

나한테 신부가 생겼다는 얘기는 정말로, 뻥 안 치고 사실이라고.

††† ††† †††

『루시안』이라는 캐릭터 이름 위에 떠 있는 에너지 게이지가 줄어드는 것을 냉정하게 바라보며 나는 템포 좋게 키보드를 조작했다.

머리에 쓰고 있는 헤드폰에서는 몇 중이나 되는 몬스터의 울음소리가 들려왔다.

내가 조작하는 캐릭터인 루시안은 깊은 던전 안을 전력 질주하고 있었다.

혼자— 가 아니었다. 화면을 다 뒤덮을 정도로 많은 몬스터를 그 뒤에 매달고 있었다.

“아아, 젠장…… 귀찮아 죽겠네.”

계속 달리는 사이에 탐지 범위에서 나를 놓친 후방의 몬스터 한 마리가 그 자리에 멈춰 섰다. 그것을 확인한 나는 방향을 바꾸어 몬스터 떼 뒤쪽으로 크게 빙 돌아가 해당 몬스터를 얼른 때려잡았다. 하지만 그 과정에서 또 공격을 당해 에너지 게이지가 줄어들었다.

이 정도는 평소라면 어렵지 않게 해내던 플레이였다. 실수 같은 건 절대로 할 일이 없었다.

그랬는데, 오늘은 아까부터 실수의 연속이었다. 에너지 게이지를 적어도 80%는 유지한 상태로 동료들과 합류하고 싶었는데, 에너지는 이미 절반 이하로 줄어 있었다. 집중력이 부족한 것은 분명해 보였다.

그리고 그 이유도 잘 알고 있었다.

바로 화면 하단의 채팅장에서 기세 좋게 흐르고 있는 길드 멤버의 대화 때문이다.

틀림없이 모두 그 대화 탓이었다. 나는 아무 잘못 없어. 나는 잘못 없다고.

◆아코 : 그래서, 루시안이랑 처음 만난 장소까지 와달라고 해서 거기서 고백했어요.

◆애플리코트 : 드디어 한 건가. 대체 언제 할 건지 답답했는데, 아코가 먼저 고백할 줄이야.

◆슈바인 : 이 몸이 보기에는 늦어도 엄청 늦은 거다. 흥, 겁쟁이 녀석. ㅋㅋㅋㅋ

◆아코 : 그런데, 루시안이 한 번 거절해서…….

◆애플리코트 : 아니, 제정신인가? 아코의 고백을 거절하다니, 머리가 어떻게 된 거 아닌가?

◆슈바인 : 이 몸이라면 절대로 있을 수 없는 일이다만. ㅋㅋㅋㅋ 정말 바보스럽기 짝이 없군. ㅋㅋㅋㅋ

◆아코 : 상상도 못 할 정도의 슬픔이 저를 덮쳤어요…….

"이 화상들이……."

지들 좋을 대로 떠들다니, 이 몬스터 떼와 함께 나 때려잡아 버릴까.

어두운 기분을 안은 채 나는 동료들에게로 쉬지 않고 달려갔다. 내 뒤를 쫓고 있는 몬스터를 동료들에게 유도하기 위한 것이 아니었다. 채팅을 중단시키기 위해서였다.

◆아코 : 하지만 루시안, 내가 반지에 장착하는 인첸트를 구

해 왔더니 "그런 건 아까우니까 안 사도 돼."라고 했으면서, 나한테 준 반지에는 20M 정도 하는 모든 내성 강화를 걸어줬어요.

"우오오오오오오오오서둘러라아아아아아아아!"

여러 가지 사실이 다 폭로되기 전에 도착해야 한다는 일념으로 나는 전속력으로 동료들 눈앞으로 달려 들어갔다.

그와 동시에 이전에는 커다란 칼을 사용했지만 지금은 커다란 방패를 장비한 내 캐릭터가 적의 공격을 막아내기 시작했다.

◆루시안 : 거기 세 사람. 자, 몬스터를 끌고 왔다!

움직임을 멈춘 탓에 공격이 내게 집중되었다. 달려오는 도중에 회복되었던 에너지 게이지가 순식간에 깎여나가 게이지 색깔이 녹색에서 노란색으로 바뀌었다.

◆슈바인 : 이 엉큼한 자식. 겉으로는 안 그런 척 이러쿵저러쿵 말이 많더니 아주 의욕이 넘치는걸. ㅋㅋㅋㅋ

◆애플리코트 : 남자가 속마음은 안 그러면서 겉으로 튕기는 것도 좋지 않나.

◆루시안 : 사람이 기껏 몬스터들을 몰아서 끌고 왔건만, 채팅만 하고 있지 말라고. 좀 잡아, 슈!

내가 얻어맞고 있잖아, 내가. 이러다가 죽는다고!

◆슈바인 : 속으로는 엉큼한 생각을 하면서 겉으로는 안 그런 척하는 새신랑에게 그런 말 듣고 싶지는 않군. ㅋ

채팅창에 그런 챗이 뜬 후, 대검을 가진 동료 슈— 정식 이름 슈바인이 적에게 가차 없는 공격을 퍼붓기 시작했다.

◆루시안 : 야, 자꾸 그러면 이 몬스터들, 다 너한테 몰아버린다.

◆슈바인 : 흥. 이 정도의 쓰레기에게 내가 당하리라고 생각하는 거냐?

잘난 척하긴. 지금 끌고 온 몬스터의 절반만으로도 죽을 거잖아, 너.

◆아코 : 어서 와, 루시안.

슈바인의 뒤를 이어 내『신부』, 성직자 아코가 기쁜 듯이 말을 걸어왔다.

아니 넌, 회복술사라고. 전투 중에 이렇게 느긋하게 챗을 치고 있을 여유가 있는 직업이 아니란 말이다.

◆루시안 : 인사는 됐으니까 힐, 힐을 걸어, 아코!

제멋대로 구는 동료들에게 짜증을 느끼면서도 나는 필사적으로 적을 베었다.

하지만 캐릭터 머리 위에 떠 있는 에너지 게이지는 급속도로 줄어들었다.

게이지의 색깔은 에너지가 절반 이하임을 나타내는 노란색을 지나 이제는 붉은색으로 바뀌었다.

"어이 어이 어이. 힐, 힐을 걸어줘!"

내 캐릭터 머리 위에 도움을 청하는 마크와 빈사 상태임을 알리는 마크가 떠올랐다. 이제는 한계였다.

◆아코 : 미안, 루시안. 곧 걸어줄 테니까 잠깐만 기다려!

"그 챗 칠 시간에 힐을 걸어도 몇 번은 걸 수 있었을 거라고!”

밀려 올라오는 짜증을 참으며 캐릭터를 조작하기를 몇 초. 이윽고 화면이 화려한 녹색으로 빛나면서 회복 기술이 무사히 발동되었다.

—적 무리 한복판에서.

◆루시안 : 너, 지금 뭐 한 거냐!

◆아코 : 미, 미안, 루시안!

그러니까, 그 챗 칠 시간에 회복 기술을 쓰라고!

나는 죽음을 각오했다. 바로 그때, 아코의 뒤에 서 있던 로브 차림의 남자 캐릭터 머리 위로 쑥 말풍선이 떠올랐다.

◆애플리코트 : 하하하. 걱정할 필요 없다. 봐라, 이것이 바로 15만 엔 현질해서 강화한 지팡이다. 거기에 하나에 300엔 하는 일회성 마력부스터도 달았지. 열 개를 한꺼번에 샀더니 무려 한 개를 덤으로 주더군!

◆루시안 : 유저를 철저하게 얕보는 그 캐시 아이템은 또 뭐야!

완전 아까워! 쓰지 마!

나는 그렇게 생각했지만 말릴 틈도 없이 남자는 마법을 발동했다.

캐시 아이템 특유의 평소보다 화려한 시각적 효과와 성대한 효과음, 그리고 엄청난 위력이 화면을 뒤덮듯이 작렬했다.

◆아코 : 마스터, 굉장해. 몬스터들이 걸레짝 같아!

◆애플리코트 : 하하하. 이것이 전설의 지팡이의 힘이다.

그러니까 돈의 힘이라는 거잖아. 짜증 나는 전설이로군.

하지만 돈을 처바른 지팡이라는 시점에서 지나치리만큼 충분한 화력에 캐시 아이템이 힘을 더해준 덕분에 필드에 쏟아진 운석은 훌륭하게 몬스터 집단을 완전히 때려눕혔다.

◆애플리코트 : 훗훗훗. 이 게임에서 이 일확(一確)만큼 기분이 좋은 것도 없지.

◆루시안 : 우와. 여기 있던 몬스터, 확살(確殺)로 죽은 건가.

공격을 하면 난수(亂數)와 상관없이 확실하게 적을 죽이는 확살, 그중에서도 일격에 적을 쓰러뜨리는 일확은 몬스터 사냥에서 최고의 효율을 끌어내는 요소 중 하나였다.

하지만 그럭저럭 난이도가 높은 사냥에서 여간해서는 그것을 실현하기 쉽지 않았다.

우리 길드 『앨리 캣츠』의 마스터인 애플리코트 씨는 심각한 과금(課金) 전사로, 그 씀씀이의 행보는 폐인 길드조차도 따라갈 수 없는 영역에 들어서 있었다.

딱 잘라 말해서, 보고 있으면 가슴이 아팠다. 내 돈이 나가는 것은 아닌데도 왠지 내가 손해를 보는 것 같아 괴로웠다.

◆애플리코트 : 당연하지. 캐시 아이템은 폼이 아니다. 지금 떨어진 운석 하나에 우마이봉[#1] 30개가 들어 있다고 생각해주면 고맙겠군.

◆루시안 : 하나에 10엔짜리가 30개…….

◆슈바인 : 지금의 그 공격에는 루시안 이상의 가치가 있다

#1 우마이봉 봉 형태의 과자. 일본의 국민 간식이다.

는 거로군ㅋ

◆루시안 : 내 가치를 너무 낮게 보는 거 아니냐?

그런 얘기를 하고 있는 사이, 녹색 빛이 내 캐릭터를 감싸 안았다.

기다리고 기다리던 회복 마법의 효과. 그에 따라 에너지 게이지가 무사히 녹색으로 되돌아왔다.

◆아코 : 미안. 한창 얘기하던 중이어서 늦어버렸어.

하얀 옷을 입은 여성 캐릭터가 연신 내게 허리를 숙였다. 이 캐릭터가 바로 내 신부인 아코였다.

결과적으로 죽지는 않았지만 아코는 좀처럼 캐릭터 조작이 능숙해지질 않았다. 게임을 시작한 지 벌써 1년 가까이 돼가는데도 말이다.

◆루시안 : 애초에 한창 사냥할 때 채팅에 열중하는 게 문제라고 생각하는데.

◆슈바인 : 어차피 죽는 건 이 몸이 아니라 루시안이니까. 아무 문제 없다.

◆애플리코트 : 신랑으로서 넓은 도량을 보여야 하지 않겠나. 다음에는 좀 더 느긋하게 해도 될 것 같을 정도다.

애플리코트와 슈바인의 무책임한 말을 듣고 아코가 기쁘다는 듯이 손뼉을 쳤다.

◆아코 : 그렇구나. 그럼, 루시안. 다음에는 좀 더 느긋하게 가요.

◆루시안 : 느긋은 무슨 얼어죽을 느긋이야. 빨랑빨랑 회복

마법을 걸라고!

아아 진짜, 미치겠다.

적어도 좀 더 제대로 된 회복술사가 있으면 훨씬 편할 텐데.

◆슈바인 : 이봐, 루시안. 자기 신부에게 그렇게 말하는 건 좀 심하지 않나? 응?

◆애플리코트 : 흠. 이것이 도메스틱이라는 것이로군.

◆루시안 : 심한 꼴을 당한 건 오히려 나다! 게다가 도메스틱은 가정적이라는 의미라고!

조금만 화를 내도 이런 말을 들으니 말이다! 결혼 같은 걸 한 탓에 전보다 더 응석을 받아줘야 하게 됐잖아!

◆루시안 : 하여간에, 앞으로 몇 번은 더 몬스터를 끌고 올 거야. 아코. 무리하지 않아도 되니까 일단 내가 죽지 않을 정도로 해줘.

◆아코 : 예. 힘낼게요.

아코는 기운차게 대답했다.

출발하기 직전, 띵동♪ 하고 경쾌한 소리와 함께 채팅창이 열렸다.

◆아코 : 고마워요, 루시안.

그리고 이어서 한마디.

◆아코 : 정말 좋아해.

요약하자면, 거절하지 못했던 것이다.

여자인 척하던 남자에게 구혼했던 트라우마가 있어서 결혼 같은 건 무리다! 아코는 그런 나의 호소조차도 밀어낼 정도의 열의로 내게 육박해 왔고, 그 결과 나는 기개도 없이 아코에게 떠밀려 결혼식을 올렸다.

게임 안에서의 신부가 생겨버린 것이다.

◆루시안 : 아아, 지쳤어…….

◆애플리코트 : 루시안. 경험치는 좀 쌓였나?

◆루시안 : 뭐, 일단은.

사냥 후. 우리는 마을로 돌아와 멋대로 집합 장소로 삼고 있는 카페에 모였다.

고급스러운 목제 도구와 잔잔한 음악이 차분하고 좋은 분위기를 연출하고 있는 이곳은 내가 마음에 들어 하는 가게였다.

그 가게 안에 있는 의자 중 하나에 앉은 내 캐릭터의 바로 옆에 당연하다는 듯이 아코가 자리 잡았다.

◆아코 : 고생했어요, 루시안. 몇 번이나 죽여서 미안해요.

아코가 머리를 연신 조아리면서 머리 위에 말풍선을 띄웠다.

그 안에 쓰인 것이 아코의 발언이다. 캐릭터 머리 위로 말풍선이 뜬 만큼 주위에 있는 사람들에게도 그 내용이 보였다.

◆루시안 : 분명 오늘은 평소보다 좀 위험했지.

◆아코 : 그, 그게…….

타닥타닥. 내가 그렇게 챗을 치자, 잠시 후 띵동♪ 하는 효과음이 울려 퍼졌다. 동시에 게임화면 위쪽에 새로운 대화창이 열렸다.

그 창은 아코가 걸어온 귓속말 창이었다.

귓속말, 1대1 채팅, TELL 등으로 불리는, 다른 이에게는 보이지 않는 두 사람만의 대화창이다.

캐릭터의 머리 위에 표시되는 말풍선으로 행해지는 일반 채팅과 달리, 이곳에서는 무슨 얘기를 해도 다른 사람에게 보일 걱정은 하지 않아도 된다.

다들 함께 있을 때에도 아코는 종종 이렇게 귓속말을 걸어오곤 했다.

◆아코 : 그게, 좀 더 루시안이랑 얘기하고 싶어서…….

"또 그런 소리를 하는군……."

게임 속에서는 알고 지낸 지 슬슬 1년 가까이 되는 사이좋은 친구인 아코.

이 녀석이 내 신부이다.

나 자신도 뭔 소리를 하고 있는 거냐 싶지만, 정말로 내 신부다.

처음 만난 것은 1년쯤 전이려나. 초심자라는 분위기를 여실히 드러내던 아코에게 간단한 조언을 해준 것이 이 관계의 시작이었다. 분명 로그아웃하는 방법이었던가, 그런 얘기였던 것으로 기억한다. 초심자가 게임을 종료하는 방법을 모르는 것은 정말로 자주 있는 일이었다. 별로 보기 드문 일도 아니었다.

그런데 완벽한 초심자였던 아코는 마치 새끼 새가 부화 후 가장 처음에 본 것을 어미로 여기는 것처럼 자신을 가장 먼저 도와준 나를 무척 잘 따랐다.

당시 마침 고양이공주 씨와의 일로 하얗게 불타서는 길드를 나와 쓸쓸하게 혼자서 플레이하던 나는 어쩌다 보니 아코를 도와주게 되었다. 그리고 정신을 차리고 보니 지금과 같은 상황에 놓여 있었다.

◆루시안 : 하지만 아코. 이제 결혼도 했으니 따로 귓속말할 필요는 없지 않아? 일부러 우리 둘만 얘기할 게 아니라 그냥 모두가 보는 앞에서 얘기하면 좋잖아.

나는 귓속말로 그렇게 대답을 했다. 그러자 한 박자 늦게 아코의 대답이 되돌아왔다.

◆아코 : 지금…… 당신의 마음에…… 직접…… 말을 걸고 있습니다…….

◆루시안 : 아코?

◆아코 : ……길드 멤버랑…… 채팅하고 있을 때가…… 아닙니다……. 당신의 신부를 좀 더 소중히 대하는 겁니다…… 소중히 대하는 겁니다…… 소중히 대하는 겁니다…….

◆루시안 : 사람 말 좀 들어라.

뭐, 아코는 정말 마이페이스적인 녀석이었다. 하지만 그러면서도 같이 있어도 질리지 않는 녀석이기도 했다.

아코는 곤란했던 일도, 즐거웠던 일도, 흥미가 있는 일도, 스포일러 같은 얘기도 다 내게 이야기했다. 아코는 그런 여성 캐릭터였다.

『여성』이 아니라 『여성 캐릭터』였다.

실제로는 어떨지 나는 알지 못했다.

까놓고 얘기해서 실제로는 남자기 아닐까 하는 생각도 든다.

아니, 그것보다 나는 애초에 온라인 게임에 여자는 없다고 생각한다.

아니, 이 광대한 인터넷 세상의 어딘가에는 여자가 존재한다는 사실은 나도 알아. 어쩌면 내 주변에도 있을지 모르지. 엄청나게 낮은 확률로 아코가 정말로 여자일 수도 있어. 하지만 그런 일은 나랑은 관계없어. 게임 속의 나는『루시안』이고 아코는『아코』야.『여성』이 아닌『여성 캐릭터』라고.

게임과 현실은 별개의 것. 전혀 관계가 없다. 그러니까 여기에 있는 것은『남성 캐릭터』와『여성 캐릭터』이며, 남자와 여자가 아니었다. 나는 그렇게 생각하려 하고 있었다.

그편이 서로를 위해 좋았으며 정신 건강에도 좋았다.

—그러면 실제로는 남자인 캐릭터에게 진지하게 고백하는 험한 일을 당하지 않을 테고 말이지.

◆슈바인 : 하지만 루시안. 그 정도 숫자의 몬스터에게 죽을 뻔하다니, 둔해졌는걸. ㅋ

문득 사냥에서 모은 아이템을 정산하고 돌아온 슈가 잘난 척 그렇세 말했다.

잘난 척 말은 하지만, 슈는 이렇게 사냥이 끝난 후 알아서 아이템을 분배해주는 등 부지런한 구석이 있었다. 거만해 보이는 태도의 이면에 성실한 모습이 살짝 엿보이는 것이 의외로 귀여웠다.

◆루시안 : 꽤 자신만만한데? 그럼 네가 한번 해봐라.

◆슈바인 : 어, 너 그렇게 말했겠다? 좋아. 그럼 보고 있으라고. 다음에는 이 몸이 전부 때려잡아 주마.

흥 하고 슈는 기합이 잔뜩 들어간 동작을 취하며 그렇게 말했다.

그 말을 들은 아코가 짝짝 박수를 쳤다.

◆아코 : 메인 방패 떴다! 이걸로 승리는 결정됐네요!

◆슈바인 : 아니, 이 몸이 쓰는 건 검이다만.

◆루시안 : 아코. 넌 그걸로 괜찮은 거냐?

응. 역시 여자가 저런 소리를 할 리가 없지.

그러니까 온라인 게임과 현실은 별개라는 것이고, 신경을 안 쓰는 거다.

"음. 대략 이 정도인가."

이번 사냥에서 모은 돈을 나누어 받고 나는 한숨을 내쉬었다.

LA는 얼마든지 죽어도 괜찮다고 할 만큼 녹록한 게임이 아니었다. 죽으면 페널티로 경험치가 확 깎이게끔 되어 있는 것이다. 오늘도 나는 많은 몬스터를 쓰러뜨렸지만, 그렇게 얻은 경험치가 그대로 없어질 정도의 사망 페널티를 받았다. 얻은 것이라고는 이 돈 정도였다.

어차피 모두와 놀려고 게임을 하는 것일 뿐, 얻을 수 있는 물건에 크게 구애받지는 않지만.

◆애플리코트 : 그런데, 두 사람 모두 오늘도 찰싹 붙어 있군.

마스터가 우리의 캐릭터에 시선을 보내며 그렇게 말을 꺼냈다.

◆루시안 : 찰싹이라니, 그냥 평범하게 있는 거잖아.

◆애플리코트 : 그 상태를 평범하다고 생각하는 것 자체가 이미 사랑의 증표인 것이 아닐까? 우리가 만난 지 슬슬 1년이 되어간다만, 루시안과 아코는 전부터 사이가 좋았으니 말이다. 순리대로 된 셈이지.

화면 속에서 마스터의 캐릭터가 고개를 끄덕거렸다. 게임 속에서의 결혼에 사랑이 어떠니 그런 얘기를 하는 것은 창피하니까 하지 말아줬으면 해.

◆루시안 : 그런 게 아니라고.

◆슈바인 : 뭐야 그 내숭은. 흥. 이 리얼충들 같으니라고.

돈을 모두 나눠준 슈바인이 검을 휘두르며 말했다.

그건 대체 무슨 논리냐. 게임에서 결혼한 것 어디가 리얼충이라는 건지 난 도저히 알 수가 없는데.

◆루시안 : 우리가 어딜 봐서 리얼충이라는 거냐. 훌륭한 인터넷충이구만.

◆슈바인 : 그렇게 말하면 그렇기도 하다만…… 아니, 잠깐만. 잘 생각해보니, 역시 이 몸 쪽이 훌륭한 리얼충이로군. 최근에는 현실에서 고백도 받아봤고 말이야.

◆애플리코트 : 호, 그거 굉장하군.

◆루시안 : 진짜? 슈, 너 혹시 인기남인 거냐?

우와, 부러워라. 나는 오히려 이 녀석 쪽이 훨씬 샘이 났다.

젠장. 인기남 따위 다 죽어버리면 좋으련만.

◆아코 : 와, 슈. 죽어버리면 좋을 텐데.

내 옆에 있던 아코가 갑자기 묘한 기염을 토했다.

◆슈바인 : 뭐?

◆루시안 : 아, 아코?

하지만 아코는 멤버들의 동요도 무시하고 말을 이었다.

◆아코 : 진짜, 리얼충들은 모두 죽어버렸으면 좋겠어요. 현실에서 고백 같은 거 받은 사람은 그냥 게임에서 다 나가버렸으면 좋겠다고요. 가까이에 있는 것만으로도 왠지 불길해질 것 같단 말예요. 아아. 그런 인종들은 멸종해서 안 없어지려나. 그런 것들은 세계의 해악이에요. 후후후후후후후후.

◆루시안 : 아코. 진정해, 진정해!

◆슈바인 : 찼어, 찼다고! 이 몸은 연애에는 관심이 없어서 말이다.

◆아코 : 우히히히우히우히히히히.

◆루시안 : 정신 차려!

자자, 하고 나는 아코를 달랬다.

뭐, 내 신부는 이렇게 때때로 이상해질 때도 있었다.

◆루시안 : 나도 리얼충을 증오하는 마음은 같지만, 그것을 동료에게 발산해서는 안 돼.

◆아코 : 네, 네. 죄송합니다.

아코는 꾸벅꾸벅 머리를 조아렸다.

◆슈바인 : 그것에 관해서는 이 몸도 같은 의견이다. ㅋ

◆애플리코트 : 나 역시 그 마음은 잘 알지.

전원이 내 말에 동의했다.

왜 리얼충에 대한 질투로 이렇게 일치단결하는 거냐고. 이 길드, 너무 비뚤어졌잖아.

하지만 그렇기 때문에 마음이 맞는, 무척 좋은 녀석들이었다. 나를 포함해 겨우 네 사람뿐이었지만, 내가 이 게임을 즐겁게 할 수 있는 것은 모두 이 녀석들 덕분이었다.

◆애플리코트 : 그런 의미에서는 루시안과 아코가 가장 게임에서의 생활에 충실하군.

◆아코 : 그것도 그렇지가 않아요. 좀 들어주세요!

아코가 자리에서 벌떡 일어났다.

그러고는 방향을 빙그르르 돌려 내 캐릭터와 마주 서더니 양손을 가슴에 대고 마치 호소하듯이 챗을 쏟아냈다.

◆아코 : 루시안은 사랑이 담긴 제 고백을 몇 번이나 거절했어요. 덕분에 스트레스로 제 수명은 완전히 바닥나고 말았다고요.

◆루시안 : 결국에는 OK했잖아.

◆아코 : 결과보다 과정이 더 중요해요!

오오. 말 잘하는데, 내 신부.

네가 그렇게 나온다면 나도 생각이 있다고.

◆루시안 : 좋아, 네 말은 잘 알았어. 정 그렇게 불만스럽다면 일단 리셋하고 결혼하자 싫다 하자 싫다 하던 때부터 다시 시작할까?

◆아코 : 죄송합니다 거짓말이었어요 이혼만큼은 싫어요 부

탁입니다 버리지 말아주세요!

강하게 나오던 아코는 순식간에 꺾였다.

이런 솔직한 부분은 좋지만 말이지.

◆슈바인 : 그래, 문제는 그거다.

슈바인의 말풍선이 아코에게 겹쳐지듯이 표시되었다.

◆슈바인 : 루시안. 너 아코의 청혼을 한 번 거절했다면서? 제정신이냐? 이 몸이 말하는 것도 뭣하지만, 아코쯤 되면 보통은 G 단위로 조공을 바쳐야만 얻을 수 있는 인재란 말이다.

◆아코 : 그, 그 정도는 아니에요오.

커다란 말풍선 뒤에서 아코가 부끄러워했다.

부끄러워하지 마, 부끄러워하지 마. 지금 그 말, 전혀 널 칭찬하는 거 아니야. 그냥 홍일점인 널 추어올리는 것뿐이니까.

◆애플리코트 : 나도 신경 쓰이는군. 대체 아코의 어떤 점이 그렇게 싫었던 거지? 루시안. 너희는 지금까지 잘 지내오지 않았나.

마스터도 하나가 되어 그렇게 물어 왔다.

솔직히 설명하고 싶지 않았다.

하지만 질문을 받고도 대답하지 않는 것도 곤란했다. 나는 타닥타닥 키보드를 두드렸다.

◆루시안 : 딱히 아코가 싫었던 게 아니라, 나는 게임 속에서 결혼한다느니 그러는 게 싫었던 것뿐이야. 그게, 게임은 게임일 뿐 현실은 아닌 거니까.

그러니까 한 번은 거절했던 것이다.

아코의 청이 단순히 사이를 돈독하게 하고자 하는 것이었다면 나쁘게 생각하지 않았을 것이다. 하지만 결혼이라고 하니 역시나 당혹스러웠다. 그— 고양이공주와의 일도 있고 말이다.

◆슈바인 : 뭐가 게임과 현실은 별개다, 냐. 어차피 넌 현실에서는 결혼 못 할 거라고. 그렇다면 그냥 이쪽에서 결혼하는 게 더 좋을 거다, 루시안.

◆루시안 : 너, 넘어서는 안 되는 선을 좀 생각해라!

세상에는 말해도 되는 것과 말해서는 안 되는 것이 있잖아!

아무리 나라도 충격을 받는다고!

◆아코 : 아, 맞다. 루시안이 말했는데요, 전에 남자한테 고백한 적이 있대요.

문득 한층 더 격한 말을 내뱉으려는 나를 제지하는 것처럼 채팅창에 아코의 대사가 떠올랐다.

◆루시안 : 야 지금 뭔 소리를

◆슈바인 : 호오.ㅋ

◆애플리코트 : 뭐라!

아, 아코, 너. 그걸 말하다니! 그렇게 홀랑 말해버리다니!

신랑의 치부를 그렇게 만천하에 공개할 수 있는 거냐!

◆슈바인 : 오오. 말로만 듣던 동성애인 건가 ㅋㅋㅋㅋ 하지만 상관없어. 이 몸은 그런 것도 다 이해하는 몸이니 말이지 ㅋㅋㅋ

◆애플리코트 : 나도 그렇다. 괜찮다, 루시안. 아무 걱정할 것 없어. 우리는 동료가 아니더냐. 아아, 잠깐. 그 이상 다가오지 마라. 더 이상 다가오면 길드에서 추방하겠다.

슈바인과 마스터가 만면에 미소를 띠고 그렇게 말했다.

◆루시안 : 이 인정머리 없는 것들!

아아, 젠장. 짜증 나. 완전 짜증 나. 게다가 그런 얘기를 쉽게 받아들여 줘도 곤란하다고!

◆루시안 : 그런 게 아니라, 그저 그, 왜 있잖아.

◆슈바인 : 뭐가 있는데?

◆루시안 : 그러니까 그…….

◆애플리코트 : 그?

◆루시안 : 정말로 대수롭지 않은 얘기인데 말이야.

◆슈바인 : 안 웃을 테니 말해봐.

◆애플리코트 : 괜찮다. 걱정하지 마라. 길드 마스터를 믿어라.

◆아코 : 괜찮아요, 루시안. 다들 진지하게 얘기를 들어줄 거예요.

마스터와 슈, 아코가 번갈아가면서 나를 재촉했다.

아, 말하고 싶지 않은데. 얘기하고 싶지 않았지만, 어쩔 수 없나.

◆루시안 : 예전에 그, 여자인 척하던 남자한테 진지하게 고백했다가 성대하게 차인 적이 있어서 말이지…….

◆슈바인 : ㅋㅋㅋㅋㅋㅋㅋㅋㅋㅋㅋㅋㅋㅋ!

◆애플리코트 : ㅋㅋㅋㅋㅋㅋㅋㅋㅋ

◆루시안 : 역시 웃잖아!

그렇게 챗을 치기 무섭게 다들 짜증 날 정도로 웃어댔다.

아아아아! 역시 말하는 게 아니었어!

◆슈바인 : 이, 이 몸이나 되는 인물이 진지하게 복근이 당긴다. ㅋㅋㅋㅋ 너무 웃겨서 타자 치는 것도 힘들다. ㅋㅋㅋㅋ

◆애플리코트 : 현실에서 마시던 커피를 뿜은 건 처음이다. 꽤 하는군, 루시안. 설마 이런 엄청난 얘기를 숨기고 있었다니.

◆루시안 : 니들, 너무 재미있어 하는 거 아니냐!

◆슈바인 : 여자인 척하는 남자에게 고백한 거라고. 그야말로 완전 흑역사잖아.

◆애플리코트 : 청춘의 추억이로군.

◆루시안 : 잊어! 제발 잊어줘!

◆슈바인 : 잊을 리가 없잖냐.

◆애플리코트 : 벌써 스샷도 떠서 저장해놨다.

이 녀석들, 진짜로 썩었구만!

네 녀석들을 좋은 녀석들이라고 생각했던 내 훈훈한 마음을 돌려줘!

◆슈바인 : 이미지 제목은 7·13, 루시안 어징남자 고백 사건이라고 해서 저장해놔야지.

◆루시안 : 그 일이 있었던 건 오늘이 아니야! 지금 당장 지워!

그것보다, 왠지 내가 여자인 척하고 다녔다는 사실을 커밍아웃한 것 같잖아!

그것은 어찌 됐든, 실제로 그 일로 인한 충격은 꽤 컸다.

나는 지극히 평범한 성적 기호의 소유자이기 때문에 결혼이라든가 연애에서는 역시 상대가 이성이라는 점을 중요하게 여긴다. 때문에 실제로는 남자일지도 모르는 상대와 사랑을 속삭이는 것은 다소 난이도가 높은 일이었다.

그럼에도 아코와의 결혼을 승낙한 것은 『게임과 현실은 별개』라는 나의 지론 때문이었다.

2년 전의 그날, 남자에게 진심으로 고백했다는 충격은 사건 직후에 바로 길드를 빠져나와 1년 가까이 계속 혼자 활동했을 정도로 컸다.

그런 가운데, 나를 다시 일어설 수 있게 해준 것은 한 가지 진실이었다.

"그건 바로…… 『귀여우면 되잖아!』라는 거다!"

나는 모니터 앞에서 혼자 불끈 주먹을 쥐었다.

그 진리는 그 정도로 위대했다.

설령 상대가 실제로는 남자라고 하더라도, 게임 안에서는 그저 여자를 연기하고 있는 것뿐이라고 하더라도 그 모습이 귀여우면 되는 것 아닌가. 나는 게임 속의 귀여움을 사랑한다. 설령 남자가 여자로 연기하고 있더라도 그 귀여움을 사랑한다.

그렇다. 나는 속은 것이 아니라 게임 속에서의 진실을 본 것이다.

—뭐, 그렇게 생각함으로써 마음속에서 타협을 본 셈이다.

게임과 현실은 별개이고 전혀 관계없다. 그것이 지금 나의 지론이었다.

그런 내가 상대가 남자일지도 모르니까 결혼은 무리라고 말하는 것도 너무 나한테만 유리하게 생각하는 것 아닐까. 어차피 아코는 아코이니까 설령 실제로 남자라도 그것은 이 결혼과 별개로 봐야 하는 것 아닐까.

그런 생각에서 결국 아코에게 등 떠밀리듯이 결혼한 것이다.

게다가, 보라고.

◆아코 : 루시안, 화났어? 역시 아무에게도 얘기하지 않는 편이 좋았던 건가요?

띵동 하고 아코와의 귓속말 대화창에 그런 말이 떴다.

◆루시안 : 아, 신경 쓰지 마. 모두가 알면 괴롭히리란 건 각오하고 있었으니까.

◆아코 : 고마워, 루시안.

그 챗에 나는 한 박자 늦게 이렇게 대답했다.

◆루시안 : 좋아해.

그 문자가 표시되는 것과 동시에 아코에게서 몇 개나 되는 하트 마크가 날아왔다.

자, 보라고. 역시 귀여운 건 귀엽잖아!

"……지, 진정해라, 진정해. 깊이 빠지면 후회하리라는 건 이미 경험해봤잖아……!"

후우—.

나는 크게 심호흡을 하고 마음을 가라앉혔다.

내 캐릭터 옆에 앉은, 검은 머리카락에 하얀 로브를 걸친 소녀는 어디까지나 아바타였다. 그 모습은 그저 게임 안에서의 모습으로, 그것에 현실의 내가 가슴 떨려 하는 것은 너무나도 불건전했다.

◆애플리코트 : 그랬군. 그래서 내켜하지 않았던 건가.

한바탕 웃고 나니 이제 웃음이 가라앉은 것인지, 마스터가 고개를 끄덕거리며 입을 열었다.

그딴 거, 그렇게까지 신경 쓰지 않는다고. 현실 따위 아무래도 좋으니까. 진짜로, 정말 나는 현실 따위 아무래도 좋았다.

뭐, 분명 실제로도 여자라면 더 좋을 것 같다고는 생각해. 아코가 실제로 여자라면 나는 아코가 좋은 아이라고 생각하고 있고, 게다가 게임에서라고 해도 여자아이에게 호감을 사는 일은 나쁜 기분은 아니니까. 남자가 아니라면— 하지만, 평범하게 생각했을 때 남자인 게 분명하다고. 세상에 우히히히 하고 웃는 여자가 어디 있냐.

가령, 만분의 일의 확률로 아코가 여자라고 해도 과연 나랑 같은 또래일까?

나는 우리 반 여자애들을 상상해보았다. 걔네들이 온라인 게임을 한다라…… 음, 그럴 리 없겠군.

아, 역시 어떻게 생각해도 여자가 아니야. 아니야.

◆아코 : 나, 일단은 여자, 예요.

그런 분위기를 읽은 것일까, 아코가 그런 챗을 쳤다.

이봐. 일단이라니, 그건 또 뭐야?

◆아코 : LA에서는 성직자이지만, 현실에서는 문학소녀 타입이에요.

◆슈바인 : 잠깐. 공개 채팅에서 그런 발언을 하는 건 온라인 게임 최대의 금기야.

슈가 아코에게 가볍게 주의를 주었다.

분명 온라인 게임 안에서 현실의 정보를 누설하는 것, 그것도 여자임을 표명하는 것은 다른 유저들이 가장 싫어하는 일 중 하나였다.

◆아코 : 그런가요?

◆루시안 : 그래. 그러니까 다시는 하지 마.

나도 의아해하는 아코를 타일렀다.

마을 안이라고는 해도 사람이 많이 다니지 않는 찻집이라서 천만다행이었다.

◆애플리코트 : 금기 따위 시시하군. 나는 현실에서는 평범한 JK다.[#2]

흐흥 하고 웃으며 마스터가 그렇게 말했다.

JK— 즉, 여고생. 누가? 마스터가?

온몸을 과금한 장비로 꽁꽁 감싸고 전투 중에는 게시 아이템으로 파워업 하며, 죽을 것 같을 때는 돈 주고 산 특제 회복약을 마시는, 이 중증 과금 지상주의자가 여고생이라는 건가?

◆루시안 : 마스터. 그건 농담이 좀 심하네.

#2 JK 일본에서 여자 고등학생을 지칭하는 은어. 좋지 않은 의미로 쓰이는 경우가 많다.

너무나도 기분이 나쁜 나머지 나는 솔직하게 태클을 걸고 말았다.

◆애플리코트 : 기껏 용기를 내어 금기를 뛰어넘어 봤건만 이런 반응이라니, 오히려 약간 기분이 좋을 정도군.

◆슈바인 : 마스터. 역시 그건 있을 수 없는 얘기야.

◆애플리코트 : 슈까지 그러는 겐가.

◆아코 : 마스터. 진짜, 그럴 리 없어요.

◆애플리코트 : 이런. 사면초가인가!

어떻게 봐도 독신 사회인으로 보이는 아낌없는 돈 씀씀이를 자랑하면서 어디가 여고생이라는 것인가. 바보 같은 소리 하지 말라고.

마스터가 과금에 쏟아붓는 돈은 일반적인 남고생인 나조차도 부러울 정도였다. 그 정도의 금액을 가뜩이나 남자보다 이런저런 일에 돈이 많이 드는 여고생이 쥐어짜낼 수 있다는 건가?

◆애플리코트 : 하지만, 그래. 루시안이 무엇을 걱정하는지는 알았다.

◆루시안 : 아니, 나 암말도 안 했는데.

◆애플리코트 : 그래그래. 끝까지 말하지 않아도 다 안다.

애초에 아무 말도 안 했다고.

하지만 마스터는 그런 내 의견 따위는 가볍게 무시하고 말을 계속했다.

◆애플리코트 : 그렇다면! 이렇게 하자!

마스터의 머리 위에 두둥 하고 커다란 글씨가 나타났다.

"길드 앨리 캣츠…… 제1회 오프라인 모임 개최 결정……?"

나는 멍하니 마스터의 머리 위에 떠오른 글씨를 읽었다.

덧붙여 화면 속에서는 팡팡 폭죽까지 터졌다. 잠깐, 거기 실내인데.

◆애플리코트 : 자, 박수!

◆루시안 : 마스터. 그 엄청 커다란 글씨랑 폭죽도 다 캐시 아이템인 거 아냐?

◆애플리코트 : 자, 박수!

짝짝짝. 다들 건성으로 박수 쳤다.

뭐야, 오, 오프라인 모임?

오프라인 모임라는 건 온라인에서 알게 된 사람들이 오프라인에서 만나는 것, 그러니까 실제로 만난다는 거지?

그런 걸 이렇게 얼렁뚱땅 하자고 하는 거야? 진심으로 얘기하는 건가?

◆애플리코트 : 길드 결성 1주년이기도 하니 뭔가 이벤트를 열어야겠다고 생각하던 참이다. 그런데 마침 이런 기회가 온 거다. 첫 오프라인 모임을 가져보는 것이 어떻겠나?

◆슈바인 : 어떻겠나— 라고 말하면서 이미 다 정했잖아.

슈가 마스터의 챗 내용에 태클을 걸었다. 그 슈에게 마스터는 이렇게 선언했다.

◆애플리코트 : 개최하는 게다!

◆슈바인 : 독재가 됐잖아!

그렇긴 하지만 명색이 마스터이니 어쩔 수 없는 것은 어쩔 수 없었다.

그런데, 뭐 오프라인 모임이 결정된 것은 좋은데…….

◆슈바인 : 으…… 모임에는 전원이 다 참가하는 건가?

슈는 약간 싫다는 어조로 그렇게 말했다.

문자만으로도 내키지 않아 하는 기색이 충분히 전해졌다.

◆아코 : 오프라인 모임라면 모두와 만나는 거죠?

이쪽 역시 탐탁지 않아 하는 기색이었다. 역시나. 그 말만으로도 나는 그렇게 생각했다. 오프라인 모임에 나오게 되면 실제로 남자인지 여자인지 다 알려진단 말이야. 그렇지?

이렇게 말하는 나도 사실 그렇게 좋지만은 않았다.

그도 그럴 게, 나는 아코가 실제로 남자이든 여자이든 아무래도 좋았다. 현실과 게임은 별개. 그것이 내게는 절대적인 진리였다. 그래서 아코랑 결혼한 것인데.

하지만 그건 역시 진실을 모른다는 것을 전제로 하는 거잖아?

네 신부가 실은 남자라는 것을 알고서도 한층 더 너의 지론을 관철하라. 그런 것이라면…… 아직 많이 젊은 나로서는 난이도가 높다 못해 한계를 뛰어넘은 것이 아닐까, 싶어.

◆루시안 : 하지만 만난다고 해도 사는 곳이 다 다르지 않아? 그렇게 쉽게 모일 수 있나?

나는 조심스럽게 소극적인 반대 의견을 내놓았다.

이 길드의 멤버들은 현실에서의 얘기는 잘 하지 않았다. 현실에서의 이야기 — 특히 성별 — 를 딱히 듣고 싶지 않았던 나는 그런 화제는 별로 언급하지 않았다. 나만이 아니라 아코도, 슈도 마스터도 그 이야기는 별로 하지 않았다.

그럼에도 마스터는 딱 잘라 이렇게 단언했다.

◆애플리코트 : 후후후. 나를 얕보지 마라. 기상 변화나 지역 방송과 관련된 화제에서 이미 대략적으로 파악을 마쳤다. 우선, 전원 간토 지방[#3]에 사는 건 틀림없을 거다.

예, 정답입니다. 전 분명 간토에 삽니다.

분명히 비가 왔다거나 지진이 있었다거나 하는 얘기는 전원의 내용이 일치했던 것 같았다.

◆슈바인 : 이봐. 이 몸은 아키하바라에서 모인다고 하면 못 가.

◆루시안 : 나도 도쿄에서 모이는 건 좀 힘들어.

◆애플리코트 : 걱정 마라. 모두 학생이라는 점도 다 예상했다.

음. 그것도 다 들통 났나. 분명 주말이니 시험이니 해서 로그인이 부정기적이라고 언젠가 아주 슬쩍 흘린 것 같기도 했다. 그렇다 해도—.

◆루시안 : 그런 얘기, 놓치지도 않고 잘도 보는걸. 마스터……. 왠지 무서워졌어.

◆애플리코트 : 길드 마스터로서 당연한 일이다. 걱정하지

#3 **간토(關東) 지방** 수도 도쿄를 중심으로 한 혼슈 동부 일대. 이바라키, 도치기, 군마, 사이타마, 치바, 가나가와 현, 도쿄도가 이에 해당한다.

마라. 모임 장소는 마스터의 권한으로 우리 집에서 가장 가까운 역으로 하겠다.

◆아코 : 마스터. 그건 횡포예요.

◆애플리코트 : 뭐라고 해도 좋다. 모임 날짜는 이번 주 일요일! 그날 마에가사키 역 앞으로 올 수 없는 사람은 안 와도 좋다.

"가깝잖아!"

나는 저도 모르게 모니터 앞에서 소리 질렀다.

노, 놀래라. 나랑 똑같잖아. 우리 집에서 마에가사키 역까지는 자전거로도 갈 수 있는 거리였다.

하지만 그런 잘 알려지지도 않은 역에서 모이다니, 나와 마스터밖에 안 오는 게 아닐까 싶은데— 하지만 그렇게 되면 그건 그것대로 마음은 편하려나. 마스터라면 밥 정도는 사줄 것 같고 말이지.

나는 다소 편해진 마음으로 가볍게 키보드를 두드렸다.

그리고 엔터키를 눌러 챗을 입력하자, 그 직후 나와 아코, 슈의 캐릭터 머리 위에 동시에 말풍선이 표시되었다.

◆루시안 : 마스터네 집 가깝네. 나는 갈 수 있는데.

◆슈바인 : 이 몸은 괜찮다만, 그런 곳에서 모이자고 해서는 제대로 모일 수 없을 거야.

◆아코 : 저는 상관없지만, 그런 곳에서 모여도 괜찮은가요?

……어?

◆루시안 : 엉?

◆슈바인 : 응?

◆아코 : 이거 뭔가요. 무서워요.

또다시 우리 세 사람의 챗이 겹쳤다.

◆애플리코트 : 좋아. 전원 참가로군. 잘 됐군, 잘 됐어.

◆슈바인 : 잠깐…… 다들 이렇게 가까이 사는 건가?

◆슈바인 : 믿을 수 없군…….

설마. 이거, 뭔가의 농담인 거 아냐?

나는 저도 모르게 망연자실했다.

진짜 모두 이 근처에 사는 거야? 그럼, 어쩌면 역에서 서로 스쳐 지나간 적이 있을지도 모르는 건가?

인터넷 세상도 의외로 좁구만 그래.

◆애플리코트 : 좋—아, 온다고 했으니 꼭 와야 한다 너희들.

◆아코 : 알았습니다. 저도 남자예요. 자신이 한 말은 책임지겠습니다!

아코의 캐릭터 위에 나타난 말풍선에 그런 말이 표시되었다.

◆루시안 : 잠깐. 너 지금 뭐랬냐?

◆아코 : 아, 지금 그건 그냥 말이 그렇다는 거예요.

지금 엄청나게 듣기 싫은 말을 들었다. 듣고 말았다.

아— 가기 싫어졌어—.

◆애플리코트 : 신부인 아코가 오니 당연히 신랑인 루시안도 오겠지?

◆루시안 : 아…… 알았어.

가기 싫다. 완전 가기 싫다. 완전 가기 싫지만, 어쩔 수 없지. 각오를 다지고 가자.

◆애플리코트 : 나는 당연히 참가하는 이상, 세 사람은 참가 확정이다. 슈바인도 올 거지?

◆슈바인 : 아니, 이 몸은…… 아, 하는 거야? 정말 하는 거야?

◆애플리코트 : 그렇게 떨떠름해하지 말고 슈바인도 오게. 오지 않는다고 따돌림 당하지는 않겠지만, 괜한 소외감을 느낄 필요는 없지 않나.

◆슈바인 : 으…… 젠장. 알았어.

슈는 어깨를 축 늘어뜨리며 고개를 끄덕였다.

뭐, 그렇게 캐릭터를 조작할 여유가 있는 걸 보면 괜찮은 것이리라. 아마도.

◆애플리코트 : 그렇다면 이번 주 일요일. 모두가 학생이라는 점을 배려해 오후 열두 시에 집합이다. 가게 알아보는 건 내게 맡겨라. 후후후. 기대되는군.

◆루시안 : 네에…….

기분 좋게 말하는 마스터에게 우리는 침울하게 대답했다.

만나는, 건가?

정말로, 만나는, 건가?

나는 내 신부와— 만나야만 하는 것인가.

††† ††† †††

그리고 주말.

길드 『앨리 캣츠』의 첫 오프라인 모임이 열리는 날이다.

나는 주변의 현실에 충실한 남자 고등학생들과 달리 머리 모양을 멋지게 꾸미는 방법도 잘 몰랐다. 스리슬쩍 그냥 좀 신경 쓴다는 기분으로 거울 앞에 서 있다가 약속 장소로 향했다.

자전거 페달을 밟기를 몇 분. 예정보다 조금 빨리 도착한 것은 다른 사람을 배려하는 마음에서였을까, 아니면 단순히 긴장했기 때문이었을까.

“뭐, 어떻게든 되겠지. 어, 그러니까…… 도착했다고 연락해야지.”

나는 휴대 전화를 꺼내 난 지금 도착했으니 누군가 또 도착하면 연락하라고 전체 메시지를 보냈다.

자, 그럼. 메시지를 다 보낸 나는 주변을 둘러보았다. 작은 역이라고는 해도 오늘은 일요일이었다. 여기저기에 누군가를 기다리는 사람들이 보였다.

혹시 저 허풍쟁이 같은 분위기의 사람이 우리 길드 멤버일까? 아니면 저 양복 입은 남자? 그렇지 않으면 저기, 여자를 데리고 있는 남자인 것일까? 그것도 아니면 의외로 저쪽에 있는, 머리카락을 양 갈래로 묶은 저 여자아이일지도 몰랐다.

그때, 딩동 하고 답신이 왔다.

다들 가까이에 있다는 내용이었다. 아무래도 모두 역에 도착한 것 같았다.

그, 그래? 다들 이 근처에 있는 건가.

드디어 만나는 건가. 1년간 함께 싸워온 전우와.

그리고, 내 신부와

아니, 내 신부(남)와.

아니. 신부와 처음 만나는 자리에서, 그것도 상대가 남자라는 이유로 겁을 내다니 이게 대체 무슨 상황인 거냐.

나는 차라리 전화를 해볼까 하는 생각도 해봤다. 하지만, 그건 역시나 긴장되었다. 전화는 관두고, 일단은 모두에게 연락을 하자.

“나는 하얀 셔츠에 바지. 갈색 구두 차림. 역 앞 동상 앞에서 있음…….”

나는 두근거리는 가슴을 안고 메시지를 송신했다.

그러자 바로 답신이 왔다. 세 사람에게서 동시에.

누구 것부터 확인할까. 나는 잠시 그렇게 고민하다가 역시 신부인 아코 것부터 확인하기로 했다.

아코의 메시지에는『나는 검은 웃옷에 하얀 셔츠와 하얀—』—.

툭. 그 뒤를 계속 읽기 위해 화면을 스크롤하려는 찰나, 뭔가가 등에 닿는 감촉이 느껴졌다.

동시에 작은 목소리가 들렸다.

“저기…… 루시안?”

“어…… 우앗!”

방울이 울리는 것 같은 아름다운 목소리.

여, 여자애다. 여자애 목소리다.

에에에엑! 우리 길드에 여자가 있던가? 대체 누구지?

그것보다, 위험해. 게임 속 이름으로 불리다니 무지 창피해!

이런 곳에서 서양식 캐릭터 이름으로 불리는 모습을 반 녀석들이 보기라도 한다면 진짜로 창피해서 죽을 거라고!

"예, 예. 제가 그 루시안입니다만……."

나는 부들부들 떨며 쭈뼛쭈뼛 뒤를 돌아보았다.

"아, 안녕하세요."

내 뒤에서는 한 소녀가 조금 겁먹은 기색으로 나를 올려다보고 있었다.

어깨까지 내려오는 검은 머리카락. 살짝 긴 앞 머리카락에 얼굴이 가려져 있긴 했지만, 불안한 듯 흔들리는 그 눈동자에 내가 비치고 있다는 것은 알 수 있었다. 게임을 하거나 휴일에 외출하는 것보다는 도서관에서 책이라도 읽는 것이 잘 어울릴 것 같은 소녀였다.

복장은 검은 웃옷에 하얀 셔츠. 그리고 하얀 치마를 입고 있었다.

"저기, 저, 저 아코예요."

소녀는 더듬더듬 그렇게 말했다.

아코. 아아, 아코였나? 헤에, 길드에 웬 여자애가 있나 했더니 아코였군. 깜짝 놀랐네. 내 신부잖아.

—잠깐, 그러네!

아코라면 내 신부잖아!

"아코? 아코라고? 말도 안 돼!"

아코? 이게? 이 아이가?

나는 반사적으로 문자를 확인했다.

『나는 검은 웃옷에 하얀 셔츠와 하얀 치마를 입고 왔습니다.』

오, 오오오.

이 뒤에 여장한 아저씨가 오지 않는 이상, 이 아이가 아코가 틀림없었다.

"……지, 진짜로 아코 맞는 거야?"

"아, 예."

지, 진짜로? 진짜 실제로 여자였던 거야?

게다가 앞 머리카락에 가려진 얼굴을 잘 보니 선은 가늘었지만 이목구비가 단정해서, 우와, 엄청 귀여웠다. 그런 아이가 살짝 겁먹은 기색으로 오들오들 떨며 나를 올려다보는 모습은 마치 경계심이 강한 작은 동물을 보는 것 같아 무척 사랑스러웠다.

이 아이가 『내 신부』라고?

매일 나와 바보 같은 얘기를 하면서 웃고, 재미없는 농담도 주고받고, 함께 몬스터 사냥을 나갔다가 사이좋게 몬스터에게 사냥당하기도 하던 내 신부. 내게 화를 내기도 하고 거꾸로 내게 혼나기도 하며 내게 어리광을 부리기도 하고 내가 돌아봐 주지 않아서 울기도 하는 내 신부.

그럼에도 항상 나를 좋아한다며 말해주는— 아코?

이 아이가, 그 아코라고?

"잠깐 잠깐 잠깐. 침착하자. 침착하자고."

나는 나를 올려다보는 아코에게서 살짝 시선을 돌리며 입안으로 그렇게 중얼거렸다.

흐트러지면 안 된다. 냉정해지자.

신부라고는 해도 그것은 게임 속의 이야기로, 현실에서는 처음 만나는 것이다. 그렇다. 즉 상대는 처음 보는 여자아이. 여기서는 신사적으로, 어디까지나 젠틀하게 대응해야만 했다.

"아, 처음 뵙겠습니다. 아코 씨. 저는—."

"이게 루시안…… 생(生)루시안!"

소녀는 내 말에 겹치듯이 그렇게 말했다.

새, 생?

"생이라니, 그건 또 뭐야? 그러니까 꼭 평소에는 살아 있지 않은 것 같잖아!"

"힉!"

내가 저도 모르게 태클을 걸자 소녀는 흠칫하고 몸을 떨었다.

아, 내가 너무했나— 그렇게 생각한 것도 한순간. 아코는 바로 표정을 풀었다.

"그건, 있죠. 평소에는 모니터 너머로 보고 있으니까…… 반(半)해동 루시안, 이라는 느낌이라고 할까요."

"왜 내가 어중간하게 해동된 아이스크림처럼 된 거야!"

"저 반쯤 녹은 아이스크림도 많이 좋아해요."

"나랑 반쯤 녹은 아이스크림이랑 대체 무슨 접점이 있다는 거야? 의미를 전혀 모르겠어!"

왜 나는 처음 만나는 여자애랑 이런 언쟁을 벌이고 있는 거냐!

아. 이 녀석, 아코다. 사람 말을 전혀 듣지 않는 부분은 틀림없이 아코다!

그런데 아코 쪽도 나와 같은 확신을 가진 것인지 긴장으로 굳었던 몸에서 힘을 빼고 실실 웃었다.

"우와. 루시안이다. 진짜로 루시안이에요!"

"그 이름 연창하지 말아줘. 제발 부탁이니까."

역 앞에서 온라인 게임의 캐릭터 이름을 연창하다니, 죽을 만큼 창피한 일이었다.

아까도 생각한 것이지만, 이런 모습을 반 녀석 중 누군가 보기라도 한다면—.

"루, 루시안……?"

"힉!"

옆에서 그렇게 중얼거리는 목소리가 들렸다. 그것도, 기억에 있는 목소리였다.

나는 소리가 난 쪽을 쳐다보았다. 그러자 그곳에는 양 갈래 머리의 소녀가 완전히 넋이 나간 것 같은 얼굴을 하고 서 있었다.

"세, 세가와?"

"너, 니시무라……지?"

소녀는 같은 반의 세가와였다.

내게 거리낌 없이 기분 나쁘다고 말하던 그 세가와.

맙소사. 하필이면 이 녀석이 이 광경을 목격한 건가.

"아, 아…… 아아아아."

나는 무슨 말이든 하려고 했지만, 목에서는 이상한 소리만이 새어 나왔다.

우와와. 백주대낮의 큰길에서 게임 캐릭터 이름으로 불리는 광경을 보이고 말았다아아아아!

완전 망했어어어어어!

지, 지지지지지진정하자. 일단 진정하자고!

어떻게든 얼버무리는 거다. 앞으로도 학교에서 무사히 지내기 위해!

"……?"

"아……응?"

문득 내 옆에 있던 아코가 휙 고개를 돌려 세가와에게 시선을 던졌다.

"이 사람이랑, 아는 사이, 인가요?"

조금 전까지와 다르게, 왠지 힐끗 노려보는 것 같은 무서운 시선이었다.

"아, 그게, 아는 사람이라고 해야 할까……."

아코의 시선을 받은 세가와가 당황한 모습을 보였다.

그 마음은 나도 잘 안다. 이런 상황에서 여자 쪽이 말을 걸어봤자 곤란할 뿐이었다.

아니, 잠깐만. 하지만, 그렇기 때문에 더더욱 지금이 상황을 수습할 절묘한 타이밍 아닐까?

"아, 아니야. 우린 그냥 같은 반이야. 차, 창피한 모습 보여서 미안하다, 세가와. 반 애들한테는 아무 말도 하지 말아줘, 하하, 하하하."

나는 마치 옆에 있는 아코에게 변명하듯이 그렇게 말했다.

자, 이것으로 어리광쟁이 여자 친구에게 쩔쩔 매는 남자 친구의 그림이 완성되었다.

완성인가? 완성된 건가? 이걸로 괜찮은 건가?

"그, 그그그그, 그렇구나."

그런 내 불안에는 개의치 않고 세가와도 끄덕끄덕 서툴게 고개를 끄덕였다.

"너한테도 그런 상대가 있었구나. 하, 하여간에, 그 아이를 네 그 이상한 취미에 끌어들이지 마. 아, 아하하하하하."

"그, 그러네. 하하하하하."

세가와가 웃으면서 얼굴을 실룩였다. 나도 얼굴이 완전 경련을 일으키고 있었다.

왜인지 우리 두 사람은 그렇게 서로 메마른 웃음을 주고받았다.

"그럼, 난 그만 가볼게……."

"그, 그래. 내일 학교에서 봐."

세가와가 부자연스러운 태도로 뒷걸음실 쳤다. 그래, 돌아가 줘. 제발 돌아가 줘. 그리고 내친 김에 지금 본 일은 모두 잊어줘.

나는 슬슬 물러나는 세가와를 눈으로 배웅했다. 그러고 있으려니, 갑자기 뒤에서 누군가가 세가와의 어깨를 툭 두드렸다.

"어?"

세가와가 발을 멈추고 뒤를 돌아보았다. 당연히 내게도 보였는데, 그곳에는 우리 학교 교복을 입은 한 여학생이 서 있었다.

"아, 저기……."

세가와와 아는 사이인가? 나는 그렇게 생각했다. 하지만 정작 세가와도 말을 제대로 잇지 못하고 있었다.

누구더라. 분명 어디선가 본 적이 있는데.

같은 반 녀석인가. 그렇게 생각했지만 그것도 아니었다. 리본 색깔이 우리 1학년의 빨간색이 아니라 2학년의 파란색이었다.

"……회장."

여전히 괴이쩍다는 시선으로 아코가 그렇게 말했다.

아아, 그래. 맞다. 우리 학교 학생회장이다. 그 사람이면 당연히 본 적이 있지. 요전의 조례에서도 본 참이라고.

"아, 그, 그러네. 회장님. 저한테 무슨 볼일인가요?"

세가와가 여전히 부자연스러운 태도로 물었다. 그러자 학생회장 선배는 어째선지 히죽 불온하게 웃으며 크게 고개를 저었다.

“아니. 아니야.”

그러고는 세가와의 어깨를 잡고 우리 쪽으로 밀면서 강하게 말했다.

“나는 학생회장이 아니라 마스터다. 음. 다들 무사히 모인 것 같군.”

“예?”

“뭐라, 고요?”

“어…….”

회장은 고개를 갸우뚱하는 우리 세 사람을 순서대로 바라보며 웃었다.

“처음 만나는 게 되는 건가? 내가 길드 『앨리 캣츠』의 마스터, 애플리코트다.”

거, 거짓말.

우리 세 사람의 마음의 소리가 멋지게 합창을 이룬 것 같은 느낌이 들었다.

“그럼, 이쪽이 루시안이고, 신랑한테 착 달라붙어 있는 것이 아코로군.”

“아, 예.”

“마스터, 안녕하세요.”

멍하니 고개를 끄덕이기만 하는 나와 달리, 아코는 조금 전과 다르게 따뜻한 목소리로 인사를 건넸다.

그런 아코와 회장을 지켜보던 나는 문득 한 가지 위화감을 알아차렸다.

"어, 어라. 회장. 그러고 보니 방금 다들 모였다고 했죠……."

내가 시선을 향한 그 끝에는 회장— 마스터에게 어깨를 단단히 붙잡힌 세가와가 파랗게 질린 얼굴로 굳어 있었다.

"너, 설마…… 슈바인?"

나는 망연자실해서 작게 중얼거렸다.

"아, 슈였던 건가요?"

그 말을 들은 아코가 안도하는 표정을 지었다.

"뭐냐. 아직 말 안 한 거였나? 슈바인."

훗훗훗. 마스터가 짓궂게 웃으면서 그렇게 말했다.

"그, 그 이름으로 부르지 마요!"

그리고 세가와— 슈바인이 머리를 부여잡고 그 자리에 쪼그려 앉았다.

"우와, 말도 안 돼……."

"그건 내가 할 말이야!"

세가와는 절망적인 시선으로 나를 노려보았다. 그런 세가와에게는 아랑곳하지 않고 마스터는 평소처럼 자신만만한 어조로 선언했다.

"그럼 길드 앨리 캣츠의 기념할 만한 제1회 오프라인 모임을 시작하자."

우리는 회장이 이끄는 대로, 회장이 미리 예약해두었다는 레스토랑의 한 방으로 들어갔다.

어디를 봐도 비싸다고 주장하는 것 같은 고급스러운 외관과 안락하면서도 주인의 취향이 잘 반영된 센스가 좋은 내부 장식. 가진 돈으로 충분할까 약간 걱정이 되었다.

하지만 그런 일은 사소한 것이었다. 지금은 그것보다 더 중요한 일이 있었다.

틀림없이 남자 넷이 모이는 숨 막히는 모임이 될 것이다— 그렇게 생각한 내 앞에 앉아 있는 것은 세 명의 소녀들이었다. 겉모습은 다들 귀엽고 예뻤다. 모르는 사람이 본다면 부러워할 상황일지도 모른다.

하지만 지금 내 기분이 어떠냐고 묻는다면, 아주 거북했다. 완전 거북했다.

우선, 식탁을 끼고 내 대각선 앞에 앉은 세가와는 엄청난 기세로 나를 노려보고 있었다. 평소부터 오타쿠는 기분 나쁘다는 말을 입에 달고 살던 세가와였다. 그래놓고 이 자리에 있으려니 영 불편할 것이리라. 하지만 그것은 나도 마찬가지였다.

두 번째로 유유히 음식을 주문하는 회장. 평소 단상 위에 선 모습을 자주 봤던 회장은 이렇게 가까이에서 봐도 어조에서 느껴지는 인상 그대로 냉정 침착하고 태연자약한 차도녀였다. 그런 사람이 가까이에 있으니 왠지 진정이 되질 않았다.

그리고 무엇보다, 게임에서와 완전히 똑같이 나한테 찰싹 달라붙어 옆에 앉아 있는 소녀— 아코.

"……"

"……?"

내가 슬쩍 몸을 옆으로 미끄러뜨려서 아코에게서 떨어지자, 당연하다는 듯이 그 거리를 좁혀왔다.

슬쩍 쳐다보기라도 하면 바로 생글생글 웃는 얼굴을 내게 향했다.

아아. 이 녀석, 아코다. 이 막무가내로 사람을 따르는 모습은 틀림없는 아코다.

아코지만…… 아코였지만, 말이다.

참 이상했다. 그게, 정말로 이상하잖아?

이 아코, 귀엽단 말이다. 아코인 주제에 귀엽다고.

부드러운 머리카락에 작은 키. 호리호리한 체구는 도서관에서 책이라도 읽는 것이 더 잘 어울릴 것 같았다. 나를 보며 생글생글 웃는 모습을 보면 폭신폭신하고 부드러워 보이기까지 했다.

그 모습은 왠지 어디선가 본 적이 있는 것 같았는데 아무리 해도 기억이 나지 않았다. 애초에 이렇게 귀여운 아이를 어디선가 봤다면 잊어버릴 리가 없을 것 같지만 말이다.

"저기, 저기요, 루시안."

그렇게 이고를 쳐다보고 있으려니, 아코가 무슨 일인지 기쁜 얼굴로 나를 마주 보며 손을 뻗어 왔다.

"왜, 왜?"

"응……."

아코는 만지작만지작 내 어깨와 가슴, 뺨을 더듬었…… 야, 야. 대체 무슨 생각인 거야?

"우와. 루시안, 살아 있군요."

"그게 또 뭔 소리야!"

사람을 열심히 만져댄 끝에 한다는 소리가 그런 말이었다.

대체 이 녀석은 나를 어떻게 생각하고 있는 거지?

"내가 살아 있는 게 이상하다는 식으로 말하지 마."

나는 아코의 이마에 손을 대고 그 머리를 뒤로 슥 밀었다.

"꺄."

아코가 작게 소리를 지르며 몸을 뒤로 뺐다.

아, 이런. 너무 허물없이 굴었다. 아코가 너무 아코다워서 저도 모르게 그렇게 대하고 말았지만, 실제로는 오늘 처음 만난 여자애라고. 남자가 몸에 손을 대면 당연히 싫겠지.

"미, 미안. 괜찮아?"

게다가 꽤나 얌전해 보이는 아코에게, 지금 그 행동은 분명 실례되는 행동이었다. 설마 이 행동 하나로 미움을 산 건 아니겠지.

"에헤헤…… 역시 루시안이다."

하지만 그런 나의 불안에는 아랑곳하지 않고 아코는 어째선지 기쁜 듯이 웃고 있었다.

평소 게임 속에서 그러던 것처럼 아무리 험한 대접을 받아도 목을 가르릉거리며 응석을 부렸다. 마치 사람을 잘 따르는 고양이 같은 내 신부. 그녀가 아바타가 아닌 실제 몸으로 여기에 있었다.

아코의 행동은 게임 속에서와 다르지 않았지만 내 쪽은 기분이 평소와 전혀 달랐다. 두근두근두근. 심장 박동이 빠르게 올라갔— 잠깐잠깐잠깐. 오늘 처음 만난 여자애랑 뭘 그렇게 당연하다는 것처럼 찰싹 달라붙어 있는 거냐 난.

마치 게임 속의 관계를 이용하고 있는 것 같아서 엄청난 죄악감이 밀려왔다.

"그렇게 험한 대접을 받으면서 뭘 그렇게 기뻐하는 거야? 오히려 네가 저 녀석을 막 대해도 될 거라고."

그때, 세가와가 어처구니없다는 것처럼 작게 툭 중얼거렸다.

뭐냐, 지금 그 말. 나도 이러고 있는 게 이상하다는 것 정도는 안다고.

"뭐냐, 너."

"왜, 왜."

내가 노려보자 세가와가 한순간 겁먹은 것처럼 몸을 뒤로 뺐다. 하지만 그러면서도 끝까지 내게서 시선을 돌리지 않았다.

이 녀석, 좀 열 받는걸. 남한테 그렇게 오타쿠 오타쿠 해대더니, 정작 너도 온라인 게임 오타쿠잖아— 라고, 지금 이 자리에서 굳이 말할 생각은 없지만 말이야. 그래도 좀 얌전히 있으면 어디 덧나나.

"왜 그래요?"

아코가 우리 두 사람을 번갈아 쳐다보았다. 세가와는 아코와는 시선을 마주치지 않으며 작게 입을 우물거렸다.

"아무것도 아냐……."

"자, 마실 게 왔다. 우선은…… 그렇군. 자기소개부터 할까."

아까부터 종업원과 뭔가를 얘기하고 있던 회장이 우리에게 컵을 나눠주며 그렇게 말했다. 나는 눈앞에 놓인 주스 잔에 시선을 떨어뜨리며 한숨을 내쉬었다.

자기소개, 라.

하긴, 1년 가까이 알고 지낸 참에 참 새삼스럽긴 했지만 그래도 실제로는 처음 만난 것이니까 말이지.

회장은 가벼운 소리를 내며 컵을 내려놓고는 천천히, 무척 보기 좋은 동작으로 의자에서 일어났다.

"내가 『앨리 캣츠』의 마스터인 애플리코트다. 직업은 로우위저드. 다들 알 거라 생각하지만 화력에는 자신이 있다. 마에가사키 고등학교 2학년으로 이름은 고쇼인 쿄우. 학생회에서 회장을 맡고 있다. 오늘은 학교에 다녀오는 길이라 이런 차림으로 실례를 했다."

자신만만한 어조. 이 사람은 게임에서랑 다를 게 없구만.

"우리는 오늘 처음 만났다. 하지만 이미 친한 사이이기도 하지. 그 유쾌하고도 복잡한 관계를 마음껏 즐기지 않겠나?"

회장은 마치 단상 위에서 연설이라도 하는 것 같은 태도로 그렇게 말하더니 가볍게 인사를 하고 다시 의자에 앉았다.

짝짝짝. 가벼운 박수 소리가 울려 퍼졌다.

"자, 다음은 누구지?"

회장의 시선이 세가와에게 향했다. 마스터의 시선을 받은 슈가 얼른 시선을 돌려버렸다. 그리고 나를 쳐다보더니— 뜨아, 무서라. 무시무시한 기세로 날 노려보았다. 난 딱히 잘못한 게 없는데.

"자, 슈바인. 네 차례다."

"우우……."

슈바인이라고 불리는 것이 창피해 죽을 것 같다. 그런 기색으로 세가와는 느릿느릿 자리에서 일어났다.

"세가와 아카네. 마에가사키 고등학교 1학년……입니다."

평소와는 전혀 다르게 목소리가 기어 들어갔다. 이 녀석, 긴장한 건가?

"그리고, 그게, 그러니까……."

게다가 그녀답지 않게 입까지 우물거렸다.

그 얼굴을 살폈더니 세가와의 얼굴은 새빨갛게 물들어 있었다.

이렇게 보고 있으니 세가와는 갈색의 머리카락을 양옆으로 올려 묶은 머리 모양과 작은 키, 호리호리한 체구, 귀여운 외모 등 나 같은 오타쿠가 좋아할 만한 요소를 모두 갖추고 있었다.

확실히 이래서야 난 게임 오타쿠입니다 하고 말하기 어려웠을 것이다. 하지만 그렇다고 그렇게 평소에 오타쿠는 기분 나쁘다고 입에 달고 다니는 것도 말이지. 완전히 납득되지는 않아.

"그래. 그 마음 안다, 슈바인. 사람들 앞에서 슈바인이라고 이름을 대는 것은 당연히 창피하겠지."

세가와의 긴장을 어떻게 받아들인 것인지 갑사기 회장이 고개를 주억거리면서 동정하듯이 입을 열었다.

"아…… 저기, 마스터?"

회장은 감개무량하다는 것처럼 말을 이었다.

"뭣보다 슈바인이라는 건 독일어로 돼지라는 의미이니 말이다. 나는 돼지입니다, 잘 부탁합니다, 라고 말하는 것은 민감한 나이의 소녀에게는 부끄러운 일이겠지."

"아니, 그야…… 응? 잠깐만요. 뭐라고요?"

세가와는 멍청히 입을 벌린 채 그대로 굳어버렸다. 슈바인 — 돼지.

몇 초간 그렇게 넋을 놓고 있던 세가와는 얼굴을 빨갛게 물들이면서 회장에게 물었다.

"마, 말도 안 돼. 그 말 진짜예요? 돼지라고요? 슈바인이?"

"그렇다만. ……설마 모르고 쓰고 있었던 건가?"

"물론이죠! 누가 자기 이름을 돼지라고 짓느냐고요! 그냥 멋져 보여서 붙인 게 당연하잖아요!"

"슈…… 가엾게도……."

어쩌면 아코는 알고 있었는지도 모르겠다. 침통한 표정으로 고개를 숙였다.

"잠깐, 마스터. 왜 진작 얘기해주지 않은 거예요!"

슈바인의 의미가 돼지라는 사실은 정말로 생각도 못 했었나 보다. 세가와는 평소 게임에서 하던 것처럼 회장을 마스터라고 불렀다.

아, 이 녀석. 기운을 많이 차렸는걸.

"물론 얘기해줄까 생각도 했었다. 하지만 일부러 그런 것이 아니라 모르고 붙인 것이라면 더 창피할 것 같아서 말이지. 지적하는 것을 주저하고 있었다. 그랬는데, 설마 이런 자리에서 폭로하게 되다니. 이 내게도 예상 밖의 일이었다……."

"으아아. 이제 그만해요. 하지 마!"

세가와는 마구 손을 내저었다.

하지만 마스터는 그런 세가와에게는 전혀 아랑곳하지 않고 기분 좋게 웃었다.

"뭐, 그건 어쨌든. 자, 슈바인(웃음). 빨리 자기소개를 계속해라."

"괄호 열고 웃음 괄호 닫음이라니, 그런 거 일일이 소리 내서 말하지 마요! 마스터, 설마 늘 모니터 앞에서 채팅 내용을 그렇게 읽고 있는 건가요?"

"저기 슈. 굳이 얌전하게 자기소개 하지 않아도 돼요. 평소처럼 이 몸은 슈바인이다! 하는 기세로 해도 괜찮아요."

"그 말은 하지 말아줘어어어어어어!"

아코의 결정타를 꽂는 말에 세가와는 그 자리에 무너져 내렸다.

괘, 괜찮은 건가? 저런 모습까지 보니 정말이지 측은해서 배길 수가 없는데.

"큭큭큭…… 초반부터 재미있게 만드는군, 슈바인. 평소였다면 ㅋ가 난무했을 거다."

"그러고 보니, 슈가 항상 쓰는 그 『키읔키읔키읔키읔』이라는 문자는 어떻게 읽으면 되죠?"

키읔이라니, 혹시 ㅋㅋㅋㅋ를 말하는 건가?

분명 자주 사용하는 것에 비해 소리 내어 말하는 일도 별로 없었고, 읽는 법도 잘 알 수 없긴 했다.

"그건 캠퍼스 커플의 약자다."

회장이 젠체하는 얼굴로 말했다. 아니, 그건 아닐걸.

"그런 의미가 아닐걸. 그건 크크크크 라고 읽는 거 아니던가?"

"와. 과연 루시안이에요."

아코가 짝짝 박수를 쳤다.

아니, 그런 일로 감탄해도 별 감흥이 없는데 말이지. 애초에 정답이란 게 있는 건가?

"아, 진짜. 니들, 사람을 내버려 두고는 뭘 자기들끼리 떠들고 있는 거야!"

세가와는 식탁을 탁탁 두드리고는 크게 숨을 들이쉬었다.

"후읍…… 하아……. 아, 슈바인이다. LA에서는 소드 댄서를 하고 있어. 앞으로 날 돼지라고 부르는 녀석은 죽어버릴 테니까 각오하고. 그리고 ㅋㅋㅋ는 세 개 세트로 테라와로스[#4]라고 읽어. 그 외의 읽는 법은 인정 못 해. 이상!"

할 말을 다 마친 세가와는 털썩 자리에 앉았다.

#4 테라와로스 원래 웃기다라는 의미의 와로스(ワロス)에 국제단위계에서 1억 배를 의미하는 테라를 붙여 만든 무척 웃기다라는 의미의 단어.

짝짝짝. 회장이 자기소개를 했을 때보다 다소 기운찬 박수가 세가와를 감쌌다. 세가와도 이제는 어느 정도 선을 그을 수 있게 된 모양이었다. 여전히 무뚝뚝한 얼굴이었지만 그래도 그 표정이 조금은 풀린 것처럼 보였다.

"참고로 말하자면, 나는 사실 키키키라고 읽는 쪽이다."

"그딴 거 안 물어봤어요."

"그거 실례했군."

그런 세가와에게 회장은 살짝 상냥한 미소를 지어 보였다.

혹시 저 녀석을 평소의 슈바인으로 되돌려놓으려고 일부러 그런 것일까. 그렇다면 마스터도 꽤 하는데? 과연 길드 마스터로군.

"자, 그럼 다음은 루시안."

"예이."

어차피 다음은 나일 것이라고 생각하고 있었기 때문에 나는 순순히 자리에서 일어났다.

그 동작에 내 팔에 달라붙어 있던 아코도 덩달아 자리에서 일어났다.

"야, 아코."

"예?"

아코가 사뭇 당연하다는 얼굴로 나를 올려다보았다.

나를 잘 따르는 고양이 같아서 귀여웠지만 우리는 그런 관계가 아니었다.

"내가 자기소개 할 차례니까 넌 앉아 있어."

"네~."

의외로 말을 잘 듣는 부분도 평소와 똑같은 것 같았다. 아코는 순순히 다시 자리에 앉았다.

"니들, 뭘 노닥거리는 거야."

"아니, 그런 게 아니거든."

어이쿠. 이럴 때가 아니지.

후읍. 나는 크게 숨을 들이쉬고는 세 사람을 돌아보았다.

"나는 루시…… 루시안, 이다. LA에서는 그…… 저, 아머 나이트를 하고 있어. ……우와, 캐릭터 이름으로 자기소개 하려니까 엄청 창피해."

대단한 얘기를 한 것도 아니었는데 저도 모르게 말이 막힐 정도로 부끄러웠다.

"넌 존재 자체가 부끄러워. 그런 주제에 새삼스럽게 무슨 말을 하는 거야?"

"시끄."

옆에서 세가와가 태클을 넣었다. 평소라면— 아니, 불과 몇 분 전이었다면 그 말에 꽤 화가 났을 것이다.

하지만 같은 말이라도 지금은 어째선지 조금도 싫지 않았다. 평소 게임에서 하던 대로 슈와 말싸움을 하고 있는 것 같은 익숙한 감각만 느껴졌다.

"애초에 돼지 쪽이 더 창피— 아, 미안. 그 얘기는 다시는 안 할게. 아, 그러니까 나도 회장— 아, 죄송합니다. 마스터. 높임말 안 써도 될까요? ……예. 아, 그러니까 마스터와 같은 학교 1학년으로 이름은 니시무라 히데키다. 귀가부이고 따로 언급할 만한 특기 없음. 취미는 뭐…… 온라인 게임이지. 잘 부탁해."

짝짝. 가벼운 박수가 울렸다.

음. 뭐라고 해야 할까. 그래, 그거로군. 역시 1년을 알고 지낸 건 폼이 아니었어. 서로 소곤거리면서 나를 쳐다보는 마스터와 세가와의 시선만으로도 두 사람이 무슨 말을 하고 싶은지 알 수 있었다.

"그럼 마지막, 아코."

"예."

영차 하고 가벼운 소리를 내면서 아코가 의자에서 일어났다.

바로 옆에서 힘차게 일어나는 바람에 치마에 가려졌던 얇은 다리가 내 얼굴 바로 옆에서 그 자태를 드러냈다.

내 심장 박동이 자기소개 할 때와는 다른 의미로 빨라졌다.

이어서 확 풍겨 온 달콤한 향기에 머리가 어질어질해졌다.

정말로 새삼스러웠지만 여자애구나 하는 생각이 들었다.

"음, 그러니까 저는 아코입니다. LA에서는 성직자를 하고 있어요. 게임은 그다지 잘 하지 못해서 늘 여러분에게 폐를 끼치고 있습니다…… 죄송합니다."

"괜찮아. 신경 쓰지 마."

세가와가 그렇게 말했다.

그거야 넌 아코의 실수가 네 목숨에 영향을 주는 일이 많지 않으니 괜찮은 거겠지!

"그리고 보두와 같은 마에가사키 고등학교 1학년입니다."

"어라, 같은 학년인 건가?"

"예, 실은 그렇답니다."

결국 전원이 같은 학교인 건가. 인터넷 세상, 좁아도 너무 좁잖아.

"알아차리지 못해서 미안해. 나도 1학년이지만 다른 반 애들은 잘 몰라."

"에헤헤. 그건 저도 그래요."

그것도 그랬다. 입학한 지 이제 겨우 몇 달이 지난 것이다. 부 활동이라도 하지 않는 이상, 다른 반 학생과 알고 지낼 일은 거의 없었다. 게다가 아코는 얌전한 아이인 것 같으니, 굳이 반의 경계를 넘어서까지 사람을 알고 지낼 타입은 아닐 것이다.

아코는 그대로, 세가와의 말을 신경 쓰는 기색 없이 말을 계속했다.

"이름은 타마키 아코입니다. 평소처럼 그냥 아코라고 불러 주세요."

"어? 본명이었어?"

"예. ……이상한가요?"

거야, 보통은 이상하지.

"아니, 그 인터넷상에서의 자기 정보 보호라든가 뭐 그런…… 아냐. 됐다 됐어."

"하하하. 아코답군."

인터넷상에서의 자기 정보 보호라는 측면에서 심각하게 문제가 있어 보이는 아코의 작명 방식에 세가와는 떨떠름한 얼굴을 했고 마스터는 대범하게 웃었다.

그런데 그런 따뜻한 공기가 아코의 다음 말에 쩍 하고 얼어붙어 버렸다.

"부 활동은 하고 있지 않습니다. 학교에는 친구가 없어요."

"……!"

저기, 아코 씨. 지금 무슨 말을 하시는 건가요?

"학교에는 거의 가지 않기 때문에 가끔 학교에 가면 다들 절 주목할 정도예요."

"하. 하아……."

아코의 말에는 그 대단한 세가와도 기가 막혀서 말이 안 나오는 모양이었다.

이거, 어떻게 반응해야 되지? 그런 생각에 나는 마스터와 세가와를 쳐다보았다. 그랬더니, 두 사람 모두 아코가 웃는 얼굴로 내뱉은 핵폭탄 발언에 얼굴이 완전히 파랗게 질려 있었다. 이런 타이밍에 갑자기 그런 커밍아웃을 하면 우리보고 어쩌라는 거냐.

"괘, 괜찮다! 나는 학생회장이지만 나도 친구는 없다!"

지금 그 부분에 동의하는 거야?!

무슨 생각을 했는지 마스터가 크게 고개를 끄덕거리면서 그렇게 말했다.

아니 아니. 그런 슬픈 동조는 필요 없는데!

"그, 그게 아코, 우리도 친구잖아?"

나는 허둥지둥 아코를 달랬다. 그러자 세가와도 필사적인 표정으로 동의했다.

"맞아 맞아. 아코도 친구가 생겼어."

"해냈구나, 아코!"

"당신은 좀 가만히 있어!"

그렇게 바보 같은 소리를 하는 우리를 보고 아코가 작게 웃었다.

"예. 그래서…… 이렇게 이야기를 나눌 수 있는 친구가 생겨서, 정말로 기뻐요."

그렇게 말하는 아코의 목소리는 살짝 떨리고 있었다.

아코의 옆에 앉은 나는 아코의 다리와 어깨가 희미하게 떨리는 것도 볼 수 있었다.

오프라인 모임에 긴장한 것 같았다. ……그러고 보면 게임 안에서도 그런 얘기를 했었지.

"앞으로 잘 부탁합니다."

아코는 짝짝 박수를 받으며 자리에 앉았다.

한 마디 두 마디 말을 나눌 때마다 눈앞에 있는 아코와 세가와, 회장의 모습에 평소의 길드 멤버의 모습이 겹쳐졌다.

그렇게 우리의 오프라인 모임은 시작되었다.

"요컨대 나는 말이야. 방어구 강화에 돈을 들이는 것은 상대적으로 자신을 약화시키는 것이라고 말하고 싶은 거야."

커피 잔을 찻숟갈로 쿡쿡 찌르면서 세가와가 잘난 척 말했다.

"그도 그럴 게 차라리 그 돈으로 무기를 강화하는 편이 명백히 효율이 높잖아. 사냥에서의 효율이라는 건 결국 화력이야, 화력. 그런데 성능을 조금 올리는 정도의 방어구 교체에 M 단위의 돈을 쏟아붓다니, 그건 그저 자기만족에 불과해. 그야말로 바보의 소행이지."

"아니. 그 주장은 너무 일방적이야."

콧김이 거칠어져 자신의 주장을 역설하는 세가와를 앞에 두고 나는 정면으로 반론했다.

"무슨 말을 하고 싶은지는 알겠어. 물론 화력도 중요하지. 하지만 방어력을 일정 수준 갖추지 않으면 사냥할 수 없는 장소가 분명히 있고, 그런 곳일수록 진짜 레어한 게 나온다고. 실제로 지금 네 장비로는 사이온 연구소에서 사냥 못 하잖아. 같은 레벨인데도 사이온 연구소에서 여유롭게 사냥하는 소드댄서들이 잔뜩 있는데."

내 말 이해하겠어? 나는 세가와와 눈을 마주쳤다.

하지만 세가와는 어깨를 가볍게 으쓱하고는 어처구니없다는 것처럼 웃었다.

"그거야 최소한의 수준만 넘으면 되는 일이잖아. 과도하게 강한 방어구는 필요 없다는 의미에서는 다 똑같아."

"방어구에 요구되는 수준이라는 건 하나가 아니야. 게다가 그렇게 낮지도 않고. 애초에 말이야. 기준만 넘으면 된다면 무기도 마찬가지잖아? 어느 정도 강한 무기를 얻으면 조금 더 강한 걸로 바꾼다고 해도 효율에서는 크게 차이가 나지 않아. 그거야말로 비용 대 효율이 최악이지."

"무기의 중요성을 얕보지 말라고. 너처럼 일확이나 이확밖에 생각 못 하는 녀석들은 좋은 사냥터에는 못 가."

"뭐라고? 이 이 몸 이 몸 거리는 놈이!"

"내가 그 말 하지 말라고 했지!"

"두 사람 다 진정해."

한 발도 물러서지 않는 우리의 언쟁에 마스터가 옆에서 끼어들었다.

"잘 듣도록. 세상에는 그것보다 더 간단하고 알기 쉬우면서도 완벽한 방식이 있다. 그것이 뭔지 설명해주지. 그것은 바로 부족한 부분은 과금으로 보완해 공격력과 방어력 모두를 갖춤으로써 최강이 되는 방법이다."

"거기 중과금전사는 좀 잠자코 있어요. 우리는 일반 유저의 얘기를 하고 있다고요."

"길드 마스터를 험하게 대하는 안건에 대해."

세가와의 신랄한 말에 마스터는 찍소리도 못하고 그대로 침몰했다.

"저기, 저기요. 저도 생각이 있어요!"

마스터에 이어서 아코도 언쟁에 끼어들었다.

"전 돈을 들이려면 복장 쪽에 들여야 한다고 생각해요. 장비 같은 건 딱히 강화하지 않아도 몬스터는 다른 사람들이 알아서 쓰러뜨려주잖아요. 그러니까 솔직히 아무래도 상관없지 않을까요?"

"너 진짜 웃기지 마."

"그냥 바닥에 눕혀버린다."

"힉?!"

나와 세가와가 노려보는 시선에 아코가 겁을 먹고 뒷걸음질 쳤다.

이 자식, 뭐가 돈을 들이려면 복장에 들여야 한다냐. 복장에 신경 쓸 시간이 있으면 1초라도 더 오래 버텨서 한 포인트라도 더 많이 회복시키란 말이다.

"아코. 회복 담당은 무슨 일이 있어도 끝까지 살아 있어야 한다만, 그 점은 잘 숙지하고 있나?"

"어— 하지만 루시안은 내가 뭘 하기도 전에 죽어버리는데……."

"말해두지만, 난 파티의 메인 방패로서 손색이 없는 장비를 갖추고 있다고!"

이 녀석, 나를 그렇게 보고 있던 건가!

나는 주스를 단숨에 들이켰다.

이 녀석들, 뭘 모르는군. 돈을 들이려면 우선 방어구에 들이는 게 당연하잖아. 정말이지.

"다들 들어봐. 우선 방어구가 좋지 않으면 바로 죽어버린다고. 뭣보다 우리의 힐러는 서투르기 짝이 없으니까."

"뭐, 그 점은 부정할 수 없지."

"음. 이론의 여지가 없군."

"아— 아— 아무것도 안 들려요."

그런 식으로 게임 이야기로 시작된 우리 대화는 이리저리 마음껏 화제를 바꾸어가며 이어졌다.

예를 들면 지난 이야기.

"그때 아코의 힐은 정말 위험했어. 죽기 직전인 루시안은 내버려 두고 적한테 연속으로 힐을 쓰리라고는 생각도 못 했다니까."

"게다가 기껏 내가 에너지를 깎아놓은 놈만 골라서 쑥쑥 회복시켰지 아마."

그것은 며칠 전의 일이었다. 그때는 정말로 죽는 줄만 알았다.

"그, 그건 줄어 있는 에너지 게이지를 찾아서 회복하려고 했더니 그렇게 된 거예요."

아코가 우물우물 변명을 늘어놓았다. 그 말을 듣고 있던 마스터가 탁 손바닥을 두드렸다.

"아아, 알았다. 그건 빛의 정령의 소행이군."

"빛의 정령?"

아, 그거! 기억하고 있어!

"분명 아코가 게임을 시작한 지 얼마 안 됐을 때 일이었지. 아코가 회복 기술을 쓰는 법을 몰라서 NPC에게 물었더니 빛의 정령의 힘을 빌리면 된다는 말을 들었다면서 줄곧 채팅으로 『빛의 정령』에게 도와달라고 했던 그 일!"

"아앗?!"

갑자기 들춰진 오래된 추억에 아코가 뭔가를 마구 흩뜨리는 것처럼 양손을 마구 휘저었다.

"그, 그런 게 아니에요! 그게, 교회의 신부님이 빛의 정령의 힘을 빌려 상처를 치유한다고 했단 말이에요."

"그걸 또 곧이곧대로 들은 사람도 문제지……."

혹은 예를 들면 지금까지는 하지 않았던 현실의 일을 이야기한다든가.

"나도 아직은 미성년자다. 과금에 들어가는 돈은 부모님 돈이지. 우리 부모님은 방임주의인 것에 비해 자식을 과잉보호하는 면이 있으셔서 말이다. 친구는 골라서 사귀라는, 시대에 어울리지 않는 농담 같은 말을 진지하게 하신단 말이다. 그러니 자택에서 혼자 할 수 있는 놀이에 돈을 쏟아붓는 것 정도는 허락받아야 수지가 맞아."

"헤에. 마스터. 좋은 집안 딸이었구나."

"느낌이 그래요. 엄청 미인이기도 하고."

눈을 가늘게 뜨면서 말하는 아코에게 마스터는 히죽 웃어 보였다.

"그 정도는 아니다."

"겸손하시네요."

그, 글쎄. 과연 겸손해하는 것일까. 영 미심쩍다.

"실제로 그렇게 대단하지는 않다. 돈도 처음에는 빌린 것이지만 그 뒤로는 내가 알아서 불리고 있고, 우리 집안이라고 해봐야 회사와 학교 몇 개를 갖고 있는 정도다."

어이, 미인이라고 한 부분은 부정하지 않았다고.

분명 부정할 만한 요소가 없긴 하지만, 절대 겸손해하는 것은 아닐 거야.

"그런데 학교……라면."

"마에가사키 고등학교도 그중 하나다. 그래서 입학한 것도 있지."

"우와, 굉장하다! 이사장의 딸, 이라는 건가!"

"이사의 딸, 이다."

"어쨌든 굉장하잖아. 성적이 잘 안 나와도 보정할 수 있겠는걸. 부러워라."

"보정이라니. 캐릭터 능력치가 아니야. 발상이 완전히 온라인 게임 식이네."

세가와가 어처구니없다는 듯이 말했다. 시끄러. 너도 어차피 나랑 비슷한 생각을 했을 거 아냐.

흥. 나는 세가와에게서 시선을 떼고 옆으로 눈을 돌렸다. 그랬더니 아코가 어두운 눈으로 미소 짓고 있었다.

"우와…… 장래가 약속된 부자 따위 죽어버리면 좋을 텐데……."

아, 저기…… 아, 아코 씨?

"아코. 아코."

"진정해, 아코. 저 사람은 마스터야! 그건 둘째 치고 너, 그 병 현실에서도 여전한 거냐?"

나는 정신 차려, 하면서 아코의 어깨를 흔들었다.

이리저리 바뀌던 아코의 얼굴빛은 약 열 번 만에 원래대로 돌아왔다.

"흐트러진 모습을 보여서 죄송합니다."

"너무 흐트러졌잖아…… 그런데 이사의 딸에 학생회장이기까지 하면 주변 사람들이 여러모로 신경 쓰지 않나요?"

"뭐, 부정은 할 수 없군."

거기서는 쓴웃음을 지어야 한다고, 마스터.

"원래부터 사람들의 호감을 살 성격도 아닌데 친구 사귀는 것까지 제한돼서 말이다. 하지만 걱정하지 마라. 온라인 게임을 시작해 인터넷의 세계에 발을 들여놓은 후, 나는 눈을 떴다. 그래서 부모님과 혈투를 벌여 끝내는 나 좋을 대로 친구를 사귀어도 된다는 허락을 받아냈지."

"오오."

전원에게서 감탄의 목소리가 피어올랐다.

인터넷에서 진실을 보았다— 의 성공 사례인 것인가.

그래그래. 잘 됐네 잘 됐어.

"이미 늦었지만."

모두의 탄성이 쏙 들어갔다.

"마, 마스터?"

"……훗. 반에 친구가 한 명도 없어도 나는 혼자서 싸워나갈 수 있다."

"마스터. 저랑 같이 리얼충 녀석들과 싸워나가요."

"그래, 아코. 우리는 동료다."

학년을 초월한 우정을 맺은 아코와 마스터는 서로의 손을 꽉 마주 잡았다.

"이거, 왠지 보는 것만으로도 마음이 아픈걸."

"나도 이런 광경, 보고 싶지 않았어……."

나와 세가와는 눈물을 훔쳤다.

이렇게, 지금까지는 할 수 없었던 현실의 이야기를 하는 것은 생각했던 것보다 훨씬 즐거웠다. 지금까지 왜 하지 않았을까 싶을 정도로.

하지만 평소 현실의 얘기를 했다면 오늘 같은 기회는 절대로 얻지 못했을 것이다. 결과적으로는 잘된 셈이었다.

아, 현실의 이야기라고 하니까 생각났다.

"그러고 보니, 얼마 전에 학교에서 세가와…… 슈의 소문을 들었는데."

"소문? 어떤 소문?"

"옆 반 녀석한테 고백받았다는 소문. 너, 굉장한데."

전교조례에서 들은 마에다 뭐시기의 이야기였다. 세가와 본인도 고백받은 적이 있다고 얘기한 것으로 기억한다.

"뭐, 뭐어? 왜 그런 게 소문난 거야? 이래서 남자들이란."

"그것보다, 게임 속에서 자랑한 적 있잖아. 나 기억하고 있어."

"그건 그거고."

이건 이거라는 건가.

나는 아무래도 상관없지만— 다른 사람들이 과연 납득할까.

"과연. 슈바인은 우리와 달리 훌륭한 리얼충이라는 얘기로군. 단번에 와 닿았다. —자, 벽 두드리기 대행 서비스가 나설 시간이다!"

마스터가 딱 하고 손가락을 울렸다.

그에 응하듯 아코가 얼른 두 팔을 들어 올려 복싱 자세를 취했다.

"벽 두드리기 대행 서비스는 당신 가까이에 있는 벽을 가리지 않고 마구 때려드립니다!"

"거절했다고! 거절했다고 했잖아!"

주먹을 쥐는 아코의 모습에 세가와가 몹시 당황해서 얼른 사태 진화에 나섰다.

"박정하게도 찼다는 것은, 슈는 그런 것에는 별로 관심이 없는 건가? 아니면 달리 좋아하는 사람이 따로 있는 건가?"

스리슬쩍 그런 것까지 물어도 되는 건가? 마스터는 그런 생각이 들 정도로 꽤나 사적인 질문을 던졌다. 평소라면 절대 불가능한 질문이었을 텐데, 어떻게 된 것인지 지금은 간단히 물을 수가 있었다.

"아니, 그건 말이지…… 우웅……."

그리고 질문을 받은 세가와도 별 위화감을 느끼지 못하는 기색으로 평범하게 대답을 생각하기 시작했다.

세가와는 그렇게까지 몸매가 좋은 편은 아니었다. 키도 작고, 뭣보다 체구가 전체적으로 작아서 여성적인 매력 운운할 타입은 아니었다. 머리 양옆으로 올려 묶은 저 양 갈래 머리도 어린애 같다고 볼지 귀엽다고 여길지는 사람에 따라 갈릴 것이다. 아마도 그중에는 영 못 받아들이는 사람이 있을 수도 있었다.

하지만 적어도 이목구비만큼은 차고도 넘칠 만큼 수준이 높았다. 딱 잘라서 귀엽다고 해도 좋았다.

그리고 앞서 말한 그 특징은 어느 의미에서는 수요가 없다고 할 수도 없다— 고 생각한다.

"그게, 남자 친구를 만들면 여러모로 시간이 들잖아요."

잠시 고민한 끝에 세가와는 그렇게 작게 말했다.

"그야, 두 사람만의 시간이 필요해지겠지."

"그렇죠? 그럼 게임할 시간이 줄어들잖아요."

"그런 이유였냐!"

이 녀석, 이래저래 엉망진창인 소리를 내뱉었어!

"분명 게임할 시간이 줄어들긴 하겠네요."

어째선지 거기서 아코가 강하게 그 의견에 동의했다.

"그래. 그거라고!"

자신도 같은 생각이라는 듯이 세가와가 말을 이었다.

"그런 거, 죽어도 싫잖아?"

"죽어도 싫네요!"

"나도 사양하고 싶군."

마스터와 아코가 조금의 시간도 두지 않고 그 말에 동의했다.

"니들, 정말 진성 오타쿠구나……."

이런 나조차도 여자 친구가 있으면 좋겠다고 생각하는데. 이 녀석들, 갈 데까지 갔구만.

어이없다는 기색을 있는 대로 드러내며 중얼거린 나를 세가와가 찌릿 노려보았다.

"뭐야. 불만 있어?"

"……아니. 학교에서의 네 모습보다 이쪽이 단연코 좋다."

"그거 칭찬하는 거 아니지?"

하지만 싫은 것 같은 어조와는 반대로 세가와는 기분 좋은 듯이 웃었다.

이렇게, 세가와를 상대로는 절대로 할 수 없는 대화나 얘기를 슈를 상대로는 쉽게 할 수 있었다.

평소라면 화날 만한 말들도 전혀 화나지 않았다.

왠지 무척 즐거웠다.

그리고 내 기분 탓이 아니라면, 세가와도 그것을 즐기고 있는 것 같았다.

"자, 여기서 발상의 역전! 슈도 나처럼 게임 속에서 신랑을 만들면 어떤가요? 그럼 게임할 시간을 줄이지 않아도 함께 있을 수 있어요."

아코가 내 손을 잡고 말했다.

아니, 나와 아코가 결혼한 것은 게임 속 이야기고 현실에서 고백받았다는 얘기와는 전혀, 조금도, 티끌만큼도 관계가 없는데.

"음— 함께 온라인 게임을 할 수 있는 남자 친구라, 뭐…… 아니, 역시 아냐. 기분 나빠."

"야 인마."

나를 보면서 말하지 마. 자기도 나랑 동류인 주제에.

어쨌든, 이렇게 우리는 온갖 이야기를 다 했다. 점심때부터 저녁까지, 가게를 옮기지도 않고 처음 들어간 레스토랑의 그 방에 틀어박혀서 계속 수다를 떨었다. 질리는 일이 없을 정도로, 정말로 즐거운 모임이었다.

그리고 해가 저물 무렵. 다소 아쉬움을 느끼면서도 우리는 가게를 나와 역으로 되돌아왔다.

"시간이 있다면 다 같이 저녁이라도 먹고 싶지만 말이다. 미안하다. 이 이상은 부모님이 허락해주지 않으실 거다."

"신경 쓰지 마요. 나도 저녁때까지 돌아가지 않으면 혼날 거예요."

고개를 숙이는 마스터에게 세가와가 너그럽게 고개를 끄덕여 보였다. 이봐, 두 사람. 당신들 처지가 반대잖아.

"정말로 즐거웠어요. 나중에 언젠가 또…… 또, 이렇게 만나요."

끝까지 가게에서 떠나기 싫어했던 아코는 지금도 미련이 가득 남은 모습에 기운 없는 목소리로 말했다.

"아니, 언젠가라니. 같은 학교에 다니니까 언제라도 다시 볼 수 있잖아."

"그런가…… 그러네! 정말 그러네요!"

그건 생각도 못 했다. 아코는 그렇게 말하는 것처럼 눈을 빛냈다.

음. 마스터가 고개를 끄덕거리며 입을 열었다.

"좋아. 그렇다면 매주의 상시 행사로 할까."

"매주 모이는 건 좀 봐줘요. 이 이상 당신들한테 물들었다가는 나의 어두운 면이 일상으로 끌려나올 것 같다고요."

"그 발언이 이미 선을 넘었다고. 어두운 면이라니, 그게 뭐야?"

"어이쿠, 위험해라. 오타쿠기분나빠오타쿠기분나빠."

그건 주문이냐?

역으로 돌아오고 나서도 우리는 마지막의 마지막까지 즐거웠다.

모두가 막 만났을 때의 굳은 공기와는 정반대로 언제까지고 부드럽게 따뜻한 공기가 우리를 감싸고 있었다.

개찰구로 들어가는 사람들의 무리를 피해 조금 떨어진 벽 앞에서 작별 인사를 할 타이밍을 노리던 나는 어느새 이런 말을 꺼냈다.

"저기, 미안해."

입 밖으로 나온 말은 사과의 말이었다.

"왜 사과하는 거예요? 루시안."

아코가 의아하다는 듯이 나를 올려다보았다.

그냥 친구라고 하기에는 훨씬 가까운 거리, 손을 뻗으면 그대로 붙잡을 수 있을 것 같은 거리에서 아무런 위기감도 없이 내게 바싹 붙는『내 신부』.

그랬다. 그녀도 내가 사과한 이유 중 하나였다.

"나 말이지. 솔직히 모두 다 남자라고 생각했어."

"아, 그런 건가."

마스터가 보기 드물게 온화하게 웃으며 고개를 끄덕였다.

"나는 분명히 실제로는 여고생이라고 말했는데도 조금도 믿지 않았다는 거로군."

"당연하지!"

그런 말을 누가 믿어!

"너, 처음에는 엄청난 얼굴을 하고 있었어."

"특히 너 때문에 말이지."

세가와에게도 크게 놀랐다.

평소에는 자신을 이 몸이라느니 그렇게 말하면서 말이야.

"그래서, 합류한 후에 좀 불편하다고 생각했어."

"나 혼자 남자라서 대화에 안 끼워주는 것은 아닐까. 소외되는 것은 아닐까. 그렇게 생각한 건가?"

마스터가 웃었다.

"그래. 처음에는 모든 게 불안해서 말이야. 하지만— 즐거웠어."

정말로 즐거웠던 오늘 한나절을 생각하며 나는 어둠에 물들어가는 밤하늘을 올려다보았다.

"나 있지. 게임은 게임, 현실은 현실, 게임이랑 현실은 별개라고 생각했어. 똑같이 보지 않는 것이 좋다, 되도록 나눠서 생각하는 게 좋다고 말이지. 그게, 게임에서는 좋은 녀석이었는데 현실에서는 최악이라든가, 실제로는 좋은 녀석인데 게임 안에서는 최악이라든가 그런 얘기를 몇 번이나 들었거든."

정말로 자주 듣는 얘기였다.

현실에서는 이성적이면서도 게임 속에서는 이건 게임이니까 무슨 짓을 해도 좋다는 등의 말을 하는 패거리는 얼마든지 있었다. 또, 게임에서 달콤한 말을 늘어놓기에 실제로 만나봤더니 비겁한 남자였다는 얘기도 있었다. 그런 사례는 너무 많아서 일일이 셀 수가 없었다.

"하지만 이렇게 직접 만나보니 정말로 즐거웠어. 아아. 내 동료는 게임에서도 현실에서도 최고구나, 그런 생각이 들었어."

나는 주변의 동료들에게 천천히 고개를 숙였다.

"그러니까— 미안해. 모두를 믿지 못해서. 그리고, 고마워."

진지하게 그렇게 말하는 나를 보고 세가와가 흥 하고 웃었다. 그러더니—.

"촌스러! 게다가 기분 나빠!"

분위기를 잡치는 소리를 내뱉었다.

"말이 너무 심한 거 아니냐?"

"심하긴. 현실에서도 게임에서도 너한테 이런 말을 듣는다면 난 지금이랑 똑같이 반응할 거야."

"그거야 그럴지도 모르겠지만 말이지! 그래도 말이지!"

젠장. 사과 따위 하는 게 아니었어!

"풉…… 후후후, 하하하하하."

"마스터. 너무 웃는 거 아니야?"

이쪽은 이쪽대로 심하잖아!

"아, 아니. 나도 남 얘기를 할 게 못 된다. 루시안을 처음 봤을 때, 내가 여자라고 추파를 던지지 않을까 의심한 부분이 있었으니까. 비긴 셈이다."

마스터는 웃음을 참으며 그렇게 말했다.

참나. 사람을 어떻게 보는 거야.

"……하지만 말이야."

세가와가 내 목덜미를 잡아끌더니 등줄기가 얼어붙을 것 같은 무표정한 얼굴로 말했다.

"학교에서 괜히 친한 척했다가는 가만두지 않을 거야. 오케이?"

"학교에서는 여전히 그 캐릭터 유지하겠다는 거구만…… 알았어. 오케이."

"좋아."

내 대답을 들은 세가와는 표정을 싹 바꾸어서 웃었다.

가, 가까워. 얼굴이 너무 가까워. 이렇게 보니 이 녀석, 역시 얼굴은 귀엽네. 얼굴은.

바로 가까이까지 다가온 세가와의 웃는 얼굴에 두근두근해하고 있으려니, 누군가가 내 머리를 뒤에서 꽉 잡아당겼다.

"우왓!"

그대로 부드러운 뭔가가 후두부를 감싸 안았다.

따뜻하고 폭신폭신했으며 엄청 좋은 냄새가 났다.

"우!"

바로 위에서 뭔가 심기가 불편한 것 같은 소리가 들렸다.

아, 저기, 아코 씨?

뭘 하고 계신 건가요? 아니, 그보다, 왜 그렇게 세가와를 노려보고 계신 건가요?

"아, 아코?"

"……우!"

"아니, 위협하지 않아도 네 서방님을 빼앗지는 않을 거야."

필요도 없고. 그런 실례되는 말을 하면서 세가와는 마스터에게 시선을 돌렸다.

"그렇죠?"

"그것도 그렇군."

두 사람은 서로 마주 보며 쓴웃음을 지었다. 그리고는 함께 뒤로 돌아 개찰구 쪽으로 걸어갔다.

"그럼 우리는 이만 가지. 학교에서 만나면 편하게 마스터라고 말을 걸어줘!"

"아뇨. 회장이라고 부를 거예요! 그럼, 나중에 또 봐!"

그렇게 가볍게 인사를 건네고는 두 사람은 그대로 역 안으로 들어갔다.

두 사람의 모습이 시야에서 사라진 후에야 아코는 이윽고 나를 놔주었다. 엉거주춤한 자세를 유지하는 것이 좀 힘들었기 때문에 아코에게서 해방되자 나는 안도의 한숨을 내쉬었다. 하지만 그러는 동시에 멀어지는 아코의 감촉이 조금 아쉽기도 했다.

—그건 그렇고, 저기 아코 씨. 왜 나를 그렇게 노려보는 건가요?

나는 말없이 아코를 마주 보았다. 그러자 아코가 작은 목소리로 말했다.

"루시안. 날 정말로 남자라고 생각했던 건가요?"

"……미안해. 까놓고 얘기해서 완전 아저씨일 수도 있다고, 그런 생각도 했어."

"어째서죠!"

본심을 털어놓은 내게 아코는 오늘 들은 것 중 가장 화난 목소리를 냈다. 얌전해 보이는 외모처럼 목소리 자체는 그리 크지 않았다. 하지만 그래도 날 위축시킬 정도의 박력은 있었다.

"저, 분명히 여자라고 말했죠? 그런데 왜 믿지 않은 거죠?"

"그건 그…… 나도 모르게 좀 화가 나서."

"지금도 반성하지 않고 있죠!"

"미, 미안해."

하, 하지만 말이야. 사실 어쩔 수 없는 부분도 있다고.

평범하게 생각했을 때, 게임 속 자신의 신부가 정말로 귀여운 여자아이라고는 생각하지 않잖아. 게다가 난 트라우마도 있단 말이다. 정신 건강상 남자라고 생각하는 편이 더 편하잖아?

하지만 아코는 납득하는 낌새를 보이지 않고 나를 한층 더 몰아세웠다.

"애초에 루시안. 나를 남자라고 생각했다면 왜 결혼을 승낙한 거죠?"

"그건 그…… 남자라도 괜찮을 것 같아서."

"예에?"

"아니. 그런 의미가 아니라!"

나는 눈을 동그랗게 뜨는 아코에게 허둥지둥 사정을 설명했다.

"나는 정말로 현실과 게임은 별개라고 생각해. 그래서 말이야. 가령 게임 밖에서는 남자라고 해도 게임 안에서는 내게 있어 아코라면 그걸로 괜찮지 않을까, 생각했던 거야."

스스로 말해놓고도 왠지 아코가 생각했던 것과 크게 다를 것 없는 것 같았다.

아코, 역시 기분 나쁘게 여길까. 그렇게 생각했는데—.

"그건…… 『저』를 좋아했기 때문이라는 건가요?"

"……뭐, 응."

일단 묻겠습니다만, 그런 애기인 거지?

나는 얼굴이 붉어지는 것을 자각하며 아코에게서 시선을 돌리면서 고개를 끄덕였다.

우와. 엄청 창피해. 왜 내가 이런 곳에서 이런 수치스러운 일을 당해야 하는 거냐고.

"그럼, 루시안은 주소도 나이도 얼굴도 성별도 아무것도 관계없이, 그저 『저』를 좋아하게 되었다, 그런 건가요?"

"아, 예. 그런 겁니다."

요컨대 그런 얘기였다. 나는 흠칫거리면서 대꾸를 했다.

아코는 그런 나를 물끄러미 바라보더니— 표정을 무너뜨리면서 환하게 미소 지었다.

"루시안. 저도 그래요!"

"어, 어어?"

아코는 내 두 손을 꼭 쥐고 몇 번이나 위아래로 흔들었다.

아코의 손은 무척 뜨겁고, 부드러웠다.

마치 내 손을 녹이려는 듯이, 내 손을 감싸듯이 그 온기가 전해져 왔다.

"저도 루시안이 루시안이라서 함께 있고 싶었어요. 루시안이 가까운 곳에 사는 같은 또래의 남자애가 아니었다고 해도, 어쩌면 내가 생각했던 사람과 완전히 달랐다고 해도 분명히 좋아했을 거예요. 이 말은 진짜니까 믿어주세요."

아코는 눈물을 글썽이며 정말로 기쁜 듯이 그렇게 말했다.

"……고, 고마워. 아코."

아, 그러니까. 이건 어떻게 받아들여야 하나.

만약 내가 아코가 생각했던 『루시안』과 달랐다고 해도 나를 좋아했을 것이다. 그 말은 …… 그러니까, 실제의 나와 아코의 상상 속의 나는 크게 다르지 않다는 건가?

그리고 설령 차이가 있든 없든 결국에는 나를 좋아한다는 뭐 그런 말—.

"아니, 아니야. 진정해. 게임과 현실은 별개다, 게임과 현실은 별개다, 게임과 현실은 별—."

"루시안?"

"아, 아무것도 아니야."

나는 아코의 손을 살짝 떼어냈다.

아까부터 소란을 피운 것도 있고 또 다른 사람 눈도 있는데, 그런 가운데 또래의 소녀와 손을 잡고 있는 것은 무척 창피했다.

"많이 늦었으니까, 그만 가자."

"하지만 저는 아직……."

"내가 가야 해. 자, 얼른."

우—. 아코는 불만스러운 기색을 내보였지만, 결국에는 순순히 고개를 끄덕였다.

"루시안. 내일…… 아니, 이따 봐요! 오늘은 모두에게 폐가 안 되게 할게요!"

"아, 그래. 조심해서 돌아가."

"응. 그럼, 빠2!"

"빠2는 현실에서 인사할 때 쓰는 말 아니거든!"

아코는 몇 번이나 손을 흔든 후에야 역 안으로 사라졌다.

그에 마주 손을 흔들던 나는 옆에서 보기에 아코와 사이좋은 연인으로 보였던 모양이다. 사람들의 시선과 함께 킥킥 웃는 소리가 들려왔다.

나와 아코는 그런 사이가 아니었다. 오늘 처음 만난 사이었다.

그런데도 이렇게나 사이가 좋은 것이—.

왜일까. 미묘하게 불길한 예감이 들었다.

예를 들자면, 그래. 뭔가 엄청나게 큰 지뢰를 있는 힘껏 밟은 것 같은 느낌.

"어, 얼른 집에 가자. 응. 집에 가자."

나는 그 뭔가를 외면하듯이 서둘러 귀갓길에 올랐다.

††† ††† †††

◆슈바인 : 하하하. 아코의 플레이가 평소보다 더 심한걸ㅋㅋㅋㅋ

◆아코 : 여, 열심히 하고 있긴 한데요…….

◆애플리코트 : 기합을 넣어도 헛돌 때가 있다. 신경 쓰지 마라, 아코.

◆슈바인 : 난 전혀 신경 안 써ㅋ 나한테는 아무 문제도 없으니까 말이야ㅋㅋ

◆루시안 : 그래그래. 신경 쓰지 마. 고작해야 사망 페널티로 내 경험치가 어마무시하게 깎여나갔을 뿐이니까.

◆아코 : 미안해요, 루시안.

◆루시안 : ……농담이야. 농담.

오프라인 모임을 가졌던 그날 밤, 우리는 여느 때처럼 모여 사냥을 나갔다. 그랬는데 아코의 컨트롤이 평소보다 한층 더 심각했다. 내 캐릭터는 보고 있기가 불쌍할 정도의 꼴을 당하고 있었다.

하지만 오늘 아코의 플레이는 나쁜 의미로 오차 범위 안이었다. 게다가 모니터 저편에서 현실의 아코가 어쩔 줄 몰라 하고 있으리라고 생각하자 왠지 다 용서할 수 있을 것 같았고 말이지.

지금까지 그렇게나 게임과 현실은 별개의 것이라고 자기변호를 해왔는데, 나도 참 속물적인 것 같았다.

그렇게 사냥을 마치고 마을로 돌아와 항상 모이는 찻집의 의자에 앉자 아코도 또 평소처럼 내 옆에 앉았다.

◆아코 : 고생했어요, 루시안.

◆루시안 : 어, 아코도 고생했어.

무엇 하나 평소와 다를 것 없이 게임 속에서 늘 하던 행동이었지만, 나는 오늘 내 옆자리에 앉았던 아코를 떠올리고는 혼자 긴장했다.

진정하자, 진정해. 그 아이는 현실의 아코고, 내 신부인 아코는 이쪽이다.

하지만, 모임을 마치고 나서도 이렇게 평소처럼 게임을 하고 있다는 사실이 조금 의외이긴 했다.

솔직히 다들 실제로 만나보고 같은 나이의 동급생들이라는 것을 알자, 앞으로도 계속 동료이니 신부이니 신랑이니 그렇게 말할 수는 없으리라고 생각했던 것이다.

이 마음 편한 공간은 현실에서는 알지 못하는 사람들과 함께 있었기에 유지될 수 있었던 것이다. 실제로 만나서 서로가 결코 멀지 않은 관계라는 것을 알게 된 이상, 한 사람 한 사람의 기분에 따라 어떻게 바뀔지 모른다. —그렇게 불안해했는데.

그때 마스터의 머리 위에 퐁 하고 말풍선이 표시되었다.

◆애플리코트 : 그럼 나는 슬슬 나가보겠다. 내일은 아침부터 볼일이 있어서 말이지.

◆슈바인 : 그거, 학교 일? 아…… 이런.

◆애플리코트 : 그래, 그렇다.

무심코 현실의 얘기를 흘린 슈에게 신경 쓰는 기색도 없이 마스터는 그 말을 긍정했다.

◆애플리코트 : 모두가 생각하는 것보다 학생회장이란 직책은 한가하지만, 때로는 바쁠 때도 있다. 교내에서 보면 언제든지 마스터라고 말을 걸어도 상관없다.

◆슈바인 : 절대로 안 걸 거야!

◆루시안 : 이봐, 슈. 본래 말투가 나오고 있어.

◆슈바인 : 어. 이 몸은 절대로 그런 행동은 하지 않을 거예요! 하, 하지 않을 고다!

◆루시안 : 진정해! 말투가 완전 제대로 꼬이고 있어!

◆애플리코트 : 하하하. 자기 전에 제대로 웃겨주는군. 그럼, 난 실례하지. 나중에 또 보자.

자기 할 말을 다 한 마스터는 그대로 로그아웃했다.

이 사람은 정말로 전혀 변함 없구만. 저 태연자약함, 대단해.

◆아코 : 그럼 저도 목욕 하고 잘게요.

아코의 그 말에 나는 오늘 만난 아코가 샤워하는 모습을 한순간 상상했다—가 바로 지워버렸다.

현실과 게임은 별개. 현실과 게임은 별개.

◆루시안 : 고생했어.

◆슈바인 : 욕조에서 육수라도 뽑아내고 오라고.

◆루시안 : 돼지인 너도 아니고 그럴 일은 없을 거다. 슈바인 씨.

◆슈바인 : 이 몸을 돼지라고 부르지 마라! 진짜 짜증 나네, 너!

◆루시안 : 그러니까, 자꾸 본래 말투가 튀어나온다니까.

◆슈바인 : 지, 직접 만난 직후라서 평소대로 하기가 좀 힘든 것뿐이야!

하긴, 그것도 그렇겠지.

그 귀여운 얼굴에 남자 말투로 이 몸이라고 하고 있다고 생각하면 나도 웃음이 멈추지 않았다.

◆아코 : 그럼 다들 잘 자요.

◆루시안 : 잘 자.

나는 손을 흔들며 사라지는 아코를 배웅했다. 그것이 끝나자 문득 세가와가 이렇게 말했다.

◆슈바인 : 아, 그리고. 아까도 말했지만, 좀 아는 사이라고 해서 학교에서 이 몸에게 허물없이 굴면 죽여버릴 거다. 잘 알겠지?

◆루시안 : 그 정도 분별력은 있어. 아무한테도 말 안 하고, 태도에도 드러내지 않을게.

◆슈바인 : 진짜지? 부탁할게.

세가와가 불안하다는 듯이, 혹은 뭔가 부족하다는 듯이 말했다.

이미 말투가 왔다 갔다 하고 있었다.

뭐랄까, 그렇게 나를 믿을 수 없는 걸까.

◆루시안 : 게임이랑 현실은 별개야. 게임 속에서 슈랑 친하다고 현실의 세가와에게 친하게 굴거나 하진 않을 거야.

◆슈바인 : 그래? 그럼 됐지만.

◆루시안 : 그래. 걱정하지 마라.

나는 캐릭터를 조작해 과장되게 허리를 숙여 인사를 했다. 그러자 세가와는 슈의 어깨를 으쓱이게 하더니 이런 말풍선을 띄웠다.

◆슈바인 : 뭐야, 그 다 아는 것처럼 멋 부리는 말투. 기분 나빠!

◆루시안 : 신경 끄시지!

말풍선에 표시된 말은 평소의 세가와다운 말이었다.

그런데 이게 또, 화가 나지 않았다. 세가와에게 들으면 확 짜증이 밀려왔을 텐데, 상대가 슈라고 생각하니 아무렇지도 않았다. 같은 말이라도 하는 사람에 따라 다르구만.

아니, 동일 인물이지만.

◆슈바인 : 그리고…… 아코한테도 너무 친한 척하지 마. 이

상한 소문이라도 나면 불쌍하니까.

◆루시안 : 그 말, 나랑 소문이 나면 불쌍하다는 것처럼 들리는데…… 아니, 불쌍하긴 하다. 응.

◆슈바인 : 그렇지?

그런 소문이 났다가는 분명히 아코에게 손해만 될 것 같았다. 대놓고 자신을 드러내는 오타쿠의 괴로운 점이었다.

거기서 세가와는 한 박자 쉬더니 여느 때처럼 밉살스러운 발언을 했다.

◆슈바인 : ……만약 진심으로 아코랑 사귀고 싶다면야 그 나름대로 응원하거나 하지 않거나 해줄 수는 있는데.

◆루시안 : 그럴 일 없거든!

나는 허둥지둥 그렇게 잘라 말했다.

◆루시안 : 게임에서 만난 여자애를 꼬셔서 여자 친구로 삼다니, 그건 좀 아니잖아.

◆슈바인 : 하지만, 오늘 넌 옆에서 보기에는 하반신의 욕망에 충실한 직결충[#5]인 것 같았는데.

◆루시안 : 그런 말 하지 마!

◆슈바인 : ㅋㅋㅋㅋㅋㅋㅋㅋ

과연. 진심으로 한 말은 아닌지 세가와가 웃음을 터뜨렸다. 하지만 나는 오늘 먹은 저녁이 다시 올라올 것 같은 기분이었다.

직결충.

#5 직결충(直結厨) 자신의 욕구와 직결된 행동을 취하는 사람을 나타내는 인터넷 용어.

그것은 최악의 칭호.

그것은 쓰레기의 호칭.

그것은 미움받는 자의 별칭이었다.

직결충이라 불리는 녀석들이 하는 일은 지극히 단순했다. 게임에서 여성을 발견하면 바로 말을 걸고 꼬셔서 그럴 마음이 들게 한 뒤, 실제로 만나자고 열심히 들이댄다.

직결충들은 그저 여성과 관계를 맺으려고 한다. 금방이라도 관계를 맺으려고 한다. 그 모습은 그야말로 하반신과 직결된 모습이었다.

그들은 온라인 게임에서 모든 유저가 최고로 싫어하는 존재였다.

나는 직결충이 아니야! 직결충이 아니라고!

◆슈바인 : 뭐, 그렇다면야 상관없는데. 어느 정도의 거리감을 유지할 건지는 아코랑 잘 이야기해봐.

◆루시안 : 그럴게.

◆슈바인 : 그럼 이 몸은 먼저 나간다.

◆루시안 : 일단 그 캐릭터는 계속 밀고 나가는구나.

◆슈바인 : 시끄러워.

슈는 루시안을 한 번 노려보고는 그대로 사라졌다.

하지만, 분명 아코와는 거리를 둬야겠, 지?

방금 헤어질 때라든가, 명백히 친구라는 분위기는 아니었으니까.

"하지만……."

괜한 소리를 하지 않고 이대로 있어도 되지 않을까. 그런 욕구가 머리를 스쳤다.

아코와는 잘 지내고 있다. 오늘도 처음 만났음에도 마치 오래 알고 지낸 사이 같았다.

그렇다면 누가 바라지도 않았는데 거리를 두자는 말은 하지 않아도 되지 않을까.

아니 그게, 실제로 만난 아코는 그렇게 귀여웠고 말이지.

문득 내 뇌리에 부끄러운 듯이 웃던 아코의 얼굴이 떠올랐다.

"—으아, 안 돼!"

그런 사고가!

남자를 직결충으로 만들어서!

나를 남자에게 고백하게 만들었단 말이다!

나는 서둘러 게임을 종료한 뒤, 컴퓨터를 끄고는 침대에 뛰어들었다.

게임과 현실은 별개다. 게임과 현실은 별개다— 그렇게 생각하면서 쉬려고 했지만, 뇌리에는 잘 따르는 고양이처럼 나를 올려다보던 아코의 얼굴이 자꾸 떠올랐다.

나는 머리를 흔들어 그것을 털어내려고 했다. 하지만, 그것은 아코 본인처럼 끈질기게 내게 달라붙어 떨어지지 않았다.

루시안, 루시안, 루시안…… 하고.

2장 마스터·오브·현대통신전자 유희부

And you thought there is Never a girl online?

평소대로의 하루를 보내자. 그렇게 결심한 아침.

"……아, 안녕. 니시무라."

"……."

첫 시작부터 전혀 평상시답지 못했다.

자리에 앉은 내게 명백히 부자연스럽게 높아진 목소리로 인사를 건넨 것은 슈…… 아니, 세가와였다.

너. 그렇게까지 연기를 못 하겠으면 나 같은 건 그냥 무시했으면 좋았잖아. 묘한 자존심이나 뭐 그런 것일까.

어쩔 수 없군. 나는 되도록 평소대로 인사를 받아주었다.

"어. 안녕, 세가와."

좋았어. 엄청 평범했다.

내가 생각해도 회심의 무난한 인사를 한 것 같았다. 같았는데—.

"뭐? 왜 갑자기 말을 거는 거야?"

세가와는 노골적으로 싫다는 얼굴로 그렇게 내뱉었다.

"야. 너 그거 좀 불합리하지 않냐?"

먼저 인사한 건 너잖아?! 평소 네 행동거지에서 미루어봐도 그거, 엄청나게 당치도 않은 행동이었다고!

"자, 잠깐…… 그런 식으로 걸고넘어지지 말라고 했잖아!"

"지금 건 네가 잘못했잖아! 명백히 대화의 흐름이 이상했다고!"

"하여간에 세세한 것 같고 쫑알대긴. 정말 최악이야."

"오. 지금 그건 좀 평소의 너답다. 80점 주지."

"그러니까 그런……."

그런 대화를 하는 우리 옆으로 이름도 기억나지 않는 여학생 A가 다가왔다.

"후후. 니시무라랑 아카네, 오늘도 사이 좋네."

그렇게 말하는 너는 또 누구냐? 그런 생각을 억누르는 것에도 이제는 꽤 익숙해졌다.

이름도 모른다는 점은 가슴속에 숨기고 나는 시치미 떼는 얼굴로 대꾸했다.

"뭐, 나랑 세가와 사이니까 말이야."

나는 평소 우리 모습을 보면 금방 알 수 있는 뻔한 농담으로 그렇게 응수했다.

하지만 세가와는 그렇게 받아들이지 않은 모양이었다.

"뭐, 뭐? ……이렇게 기분 나쁜 녀석이랑 사이가 좋을 리가 없잖아! 바보 아냐?!"

"어, 어어?!"

"아, 아카네?"

세가와는 엄청나게 큰 목소리로 그렇게 소리쳤다.

반 전체, 교실 그 자체가 물을 뿌린 듯이 조용해질 정도로 큰 목소리로.

"아, 그게……."

말없이 우리를 쳐다보는 주위의 시선에 나와 세가와, 여학생 A는 그대로 굳어버렸다.

압박감조차 느껴지는 무수한 눈동자에 나는 허둥지둥 머리를 숙였다.

"미, 미안해. 세가와. 내가 잘못했어."

여러 사람이 지켜보는 가운데, 나는 진지하게 사과했다.

"나도, 미안해. 아카네."

"어? 아니……."

정말로 예상치 못했을 전개에 세가와는 당황했다.

세가와에게 향하는 주변의 시선에는『아아, 니시무라 녀석, 불쌍해라. 세가와도 너무 심하잖아.』라는 빛이 담겨 있었다.

그야 아무것도 모르는 반 녀석들이 본다면 내가 불쌍할 것이다. 하지만 이것은 그런 것이 아니었다. 의외로 속내를 잘 아는 사이끼리 조금 말다툼을 한 것뿐이었다.

하지만 그 사정을 설명할 수는 없었다. 그렇게 되면 자동으로 LA의 이야기를 해야 하니 말이다.

"—아, 진짜, 시끄러워!"

세가와는 그렇게 내뱉고는 난폭하게 자신의 자리에 짐을 내동댕이쳤다.

오오, 무서워라. 그리고, 미안하게 됐다.

하지만 그렇다고 내가 잘못했느냐고 한다면 그건 또 아니라는 기분도 들지만.

"미안, 니시무라. 내가 괜한 소리를 해서……."

"아니. 익숙하니까 괜찮아. 하하하……."

고개를 숙이는 여학생 A는 이렇게 보니 꽤 귀여운 아이였다. 이름도 기억하지 못했지만.

"하하하. 너도 마에다랑 똑같이 박살조가 된 거냐?"

"그건 또 뭐냐? 그런 게 아니야."

"야, 그런 말 하지 마. 이 녀석한테는 신부가 있어서 아무렇지도 않다고."

"걔는 2D잖아."

"니시무라한테는 2D이기 때문에 좋은 걸 거라고."

새침한 같은 반 여학생에게 혼난 나를 위로하기 위해서인가, 남학생들이 내 곁으로 다가왔다.

아아, 다들 좋은 녀석들이다. 자기들 좋을 대로 떠들지만 않으면 말이지.

"정말이지. 다들 지들 좋을 대로 떠들어댄다니까……. 있지, 내 신부는 의외로 귀엽고, 그리고 나 하나만 바라본다고."

"응응. 그렇겠지."

"알아 알아."

"사람 말을 들어! 그런 따뜻한 시선으로 쳐다보지 말라고!"

"있다. 루시안!"

그때, 방울 소리와도 같은 목소리가 우리의 대화를 뚫고 교실 안에 울려 퍼졌다.

아직 귀에 설었지만 분명 기억에 있는 목소리였다.

목소리가 들린 곳은 교실 문 쪽이었다. 그곳으로 시선을 주니 검은 머리카락을 눈 아래까지 기른 작은 체구의 여학생이 서 있었다. —어, 어라? 아코?

"아…… 타마키, 인가."

순간, 아코라고 말을 걸려던 나는 입을 다물었다. 위험했다. 실제로는 아무 교류도 없는데 이름을 부르다니, 반 녀석들이 그 사실을 알면 귀찮아질 것이 뻔했다.

여기서는 아무것도 모르는 척해서 이 상황을 모면하자.

"우리 반 아니지?"

"저 아이, 꽤 귀여운데. 누군지 몰라?"

"아니, 내 레이더에는 걸린 적 없어. 학교에서 본 적이 없는 것 같은데."

"……그런데, 루시안이라니. 그게 누구야?"

그 한마디에 나는 움찔 몸을 떨었다.

"그, 글쎄? 뭘까?"

캐, 캐릭터명으로 불렸다. 그것도 반 애들 앞에서.

위험해. 엄청 창피해. 모임에서 자기소개 할 때와 비슷할 정도로 완전 창피해.

마치 현재 진행형으로 누구에게도 보이고 싶지 않은 흑역사가 까발려지는 기분이었다.

그보다, 대체 아코는 뭐 하러 온 거야. 볼일이 있다면 나중에 얼마든지 들어줄 테니까 지금은 일단 돌아가 줘. 부탁이야!

"……! ……!!"

돌아가라. 돌아가라. 나는 그 염원을 시선에 담아 아코와 눈을 마주쳤다.

그러자 아코는 방긋 웃으면서 종종종종 똑바로 내 책상으로 다가왔다.

"안녕. 루시안!"

왜냐. 마스터와 세가와는 눈을 마주치는 것만으로도 마음이 통했는데! 왜 신부인 아코는 이해해주지 못하는 거냐고!

"……어? 니시무라. 아는 사이야?"

"아니, 난 아무것도……."

그 변명이 끝나기도 전에 아코가 내 앞에 도착했다.

아코는 생글생글 기분 좋아 보이는 미소를 띠고 내 얼굴을 들여다보듯이 나와 얼굴을 마주했다.

"루시안, 2반이었군요. 루시안이 몇 반인지 묻는 걸 깜박해서 찾느라 거의 모든 반을 돌았어요!"

고개를 숙이고 계속 모르쇠로 일관하는 내게 아코는 줄줄 계속 말했다.

아아, 위험해. 교실이 점점 조용해졌다.

내게 엄청난 시선이 모이는 것이 느껴졌다.

그만해, 나 죽어! 창피해서 죽을 것 같아!

아아. 모두가 『뭐야. 니시무라, 루시안이라고 하는 거야? 우와, 위험해라. 진짜 완전 오타쿠잖아. ㅋㅋㅋㅋ』라고 말하는 것 같은 시선으로 쳐다보고 있어! 대놓고 드러낸 오타쿠인 나라도 참을 수 있는 거랑 참을 수 없는 게 있다고!

그리고 이윽고 옆에 있던 친구가 입을 열었다.

"루시안이라니…… 니시무라, 널 말하는 거냐?"

"우와아아아아아아니야아니야. 그 뭐랄까 애칭이라고 할까, 그런 거라서 말이야!"

그만!

나를, 나를 보지 말아줘!

루시안이 돼버린 나를 보지 말아줘!

"우, 우와아……."

문득 그런 소리가 들려서 나는 세가와에게 힐끗 시선을 주었다. 그랬더니 세가와는 창백한 얼굴로 망연자실하게 아코를 바라보고 있었다.

하긴, 그것도 당연했다. 그럴 만할 것이다. 보통 이런 교통사고 같은 일을 당하리라고는 생각도 안 한다고.

"애칭이라니…… 헤에. 니시무라, 이 애랑 친하구나. 몇 반이야?"

"아냐. 그런 게 아니고."

"루시안. 제 이야기도 들어주세요. 왜 그러죠? 루시안? 왜 자꾸 아래만 쳐다보는 거죠? 혹시 루시안, 몸이라도 안 좋은 건가요? 괜찮아 루시안? 루시안?"

"루시안 루시안, 작작 좀 불러대!"

나는 얼굴을 번쩍 들고 크게 고함쳤다. 반 애들 앞에서 큰 소리로 게임 캐릭터명을 연속으로 불리는 지옥을 앞에 두고

더는 모른 척할 수가 없었다.

"꺅!"

"그래, 대체 무슨 볼일인데!"

"그, 그게……."

노려보는 내게 아코는 부끄러운 듯 미소 지으며 말했다.

"어젯밤에는 늦게까지 오래 같이 있지 못했으니까 빨리 루시안을 만나고 싶어서요……."

"……?!"

물을 뿌린 것처럼 조용해졌던 교실이 술렁거렸다.

"니시무라 이 자시이이이이이이익! 우리를 배신한 거냐!"

"아아아아아아아코 너 무슨 소리 하는 거야? 아니야. 정말로 그런 게 아니라고!"

"뭐가 아니라는 거냐! 대놓고 이름으로 부르고 있잖아!"

남자 녀석들이 내 멱살을 붙잡고 나를 달랑달랑 흔들어댔다. 얼굴이 웃고 있는 걸 봐선 물론 진짜로 화를 내는 것은 아닐 터였다. 하지만 그랬기 때문에 가차 없이 나를 놀려댔다.

이거 안 되겠어. 어떻게든 얼버무려야—.

"아, 잠깐만요! 그만두세요! 나의 루시안에게 심한 짓 하지 말아주세요!"

"나, 나의…… 라고?"

내 목을 붙잡고 있던 손이 부르르 떨리더니 움직임을 멈추었다.

아코의 목소리에는 방금과는 달리 겁먹은 작은 동물이 위협하는 것 같은 필사적인 울림이 담겨 있었다. 듣기만 해도 절로 미안한 마음이 드는 절실한 목소리였다.

"아, 음. 있지, 너. 이 녀석하고 대체 무슨 관계야?"

"야…… 기다려. 그 질문은."

그 질문에 나는 왠지 등골이 서늘해졌다.

이렇게까지 소동이 커진 이상 솔직하게 온라인 게임 동료라는 것 정도는 밝히는 수밖에 없을 것 같았다.

오히려 여기서 아코가 솔직히 그렇게 말해준다면 대단한 소동으로 발전하지는 않을 것이다. 아아, 오타쿠 친구구나 하는 식으로 정리될 것이다.

그랬는데, 왠지 모르게 엄청나게 불길한 예감이 들었다.

그런 예감이 들게 하는 것은, 그랬다. 얼굴을 새빨갛게 물들인 채로 강한 시선으로 우리 반 사내 녀석들을 노려보고 있는 아코였다.

"그건…… 루시안은, 제 소중한 서방님이에요."

"니시무라아아아아아아!"

"우와아아아아아아."

꺄! 서방님이래! 그렇게 외치는 여자애들의 목소리가 들려왔다.

반 애들 전원이 마치 폭발이라도 한 것처럼 한꺼번에 수선을 떨었다.

글렀다. 글렀어. 이건 완전히 글렀다.

이제는 수습이 안 돼.

"잠깐, 타마키!"

수업종이 울릴 때까지 이 지옥이 계속될 것을 각오한 내 앞에 문득 양 갈래 머리의 구세주가 나타났다.

"세, 세가와!"

"정말, 아침부터 소란스럽네. 루시안인지 서방님인지 모르겠지만, 그런 오타쿠스러운 얘기는 밖에서 둘이서 해. 다른 사람까지 끌어들이지 말고."

"……어, 어어어."

이럴 수가. 그 한마디에 소란스럽던 반이 순식간에 조용해졌다.

무척 불쾌하다는 얼굴로 말하는 세가와가 지금만큼은 천사로 보이기까지 했다.

세가와의 말은 여러 가지 의미에서 나를 구원해주려고 하고 있었다.

우선은 루시안이라고 불린 일과 서방님 운운하는 얘기를 여느 때의 오타쿠스러운 이야기로 몰아감으로써 나와 아코의 관계도 결코 수상한 것이 아니라고 방향을 전환했다. 그러면서 동시에 오늘은 심기가 매우 불편하다는 분위기를 정착시킨 자신의 존재를 이용해 나와 아코를 교실에서 내보내 주려고 했다.

"……흥."

세가와는 나한테만 보이도록 가볍게 윙크해 보였다.

똑똑해! 이 녀석, 아주 똑똑해!

완벽하다, 세가와— 아니, 지금의 이 녀석은 세가와가 아니었다. 슈였다. 슈바인. 나와 함께 몇 번이고 사선을 넘나든 친구여!

"자자, 저렇게 말하니까 나가자. 얘기라면 밖에서 들어줄게."

그러나 아코에게 그런 배려는 통하지 않았다.

"아, 안녕하세요. 슈바인 씨."

"……!"

표정을 부드럽게 푼 아코의 입에서 여러 가지 것을 단숨에 망쳐버리는 발언이 튀어나왔다.

"어라? 슈도 루시안이랑 같은 반이었나요? 좋겠다, 둘이 같이 있을 수 있어서……."

"잠깐, 너……."

"……슈?"

"힉!"

교실 어디선가 들려온 목소리에 세가와가 몸을 흠칫 떨었다.

세가와는 줄줄 흐르는 식은땀을 슬며시 닦아내고는 아코의 어깨를 툭툭 두드렸다. 내 얘기를 들어. 알겠지? 말대답하지 마. 세가와의 시선에서는 그런 뜻이 느껴졌다.

"부, 무슨 말을 하는지 모르겠지만 일단은 밖으로 나가자, 밖으로. 알았어? 교실 밖으로 나가는 거야. 밖으로 나가라고 하고 있다고. 나는. 내 말 이해 못 하는 건 아니지?"

"어, 저기? 슈, 화났나요?"

"돼, 됐으니까 아코, 자, 어서 나가자……."

그러나 아코의 팔을 잡아당기려던 세가와의 손은 허공을 갈랐다.

아코가 과장된 동작으로 주먹으로 손바닥을 탁 내리친 것이다.

"아, 알겠다. 제대로 부르지 않아서 화난 거군요. 안녕하세요, 슈바인 씨. 오늘은 이 몸! 이라든가 이다! 같은 말을 안 쓰네요. 아, 혹시 어제 말한 감춰진 어두운 면이 슈바인 씨일 때 드러난다든가 하는……."

"싫어어어어어어!"

세가와가 절망의 비명을 질렀다

그 절망하는 표정은 만약 이것이 게임 속이었다면 스크린샷을 찍어 영구 보존해두고 싶을 정도로 훌륭했다.

"지, 진정해, 슈! 소리 지르는 건 안 돼!"

"너도 쓸데없는 소리 하지 마!"

"어? 뭐야. 셋이 잘 아는 사이야……?"

여학생 A가 망연자실한 모습으로 중얼거렸다.

"알기는 무슨. 아무 사이도 아니야! 자, 어쨌든 니들은 이리로 좀 와! 이리로 오라고 이 자식들아아아아아아아아!"

세가와는 여학생 A에게 소리치듯이 그렇게 말하고는 나와 아코의 목덜미를 낚아채더니 엄청난 힘으로 그대로 질질 끌고 갔다.

생사가 걸린 화재 현장에서 종종 볼 수 있는 그런 괴력인 것일까. 나와 아코는 힘없이 끌려갔다.

“슈? 왜, 왜 그러는 거죠?”

“슈라고 부르지 마아아아아!”

그러나 그 얼굴은 엄청난 절망에 물들어 있었다.

“아코, 너 대체 무슨 생각이야?”

세가와는 씩씩 어깨로 숨을 쉬었다.

하지만 정작 그 질문을 받은 아코 쪽은 영문을 모르겠다는 얼굴로 쭈뼛거릴 뿐이었다.

“무슨 생각이라니…… 저기, 제가 뭔가 이상했나요?”

“오히려 이상하지 않았던 점을 들어보라고!”

“지, 진정해. 슈!”

“슈라고 하지 마!”

“슈바인 씨!”

“그런 의미가 아니야!”

세가와는 어느새 눈에 눈물까지 그렁그렁 매달고 있었다.

나는 허둥지둥 세가와의 어깨를 붙잡고는 두드리며 말했다.

“그, 그래, 세가와. 일난은 신성하자고. 소란은 그만 떨자. 그리고, 그 뭐냐, 성대한 자폭 사고에 끌어들여서 미안하다.”

“내 말이! 이럴 줄 알았으면 괜한 인정 베푸는 게 아니었어!”

세가와는 머리를 부여잡았다. 그러자 아코는 그 모습을 곤란한 얼굴로 바라보더니, 겁먹은 기색으로 물었다.

"루, 루시안. 슈는 왜 화를 내는 거죠? 제가 말을 걸어서 폐가 된 건가……요?"

몸을 웅크리고 부들부들 떠는 그 모습, 너 혹시 천연[#6]이냐?

"아니야. 네가 슈라거나 슈바인이라고 불러서 그런 거라고."

"어…… 그럼 안 되나요?"

"당연히 안 되지!"

세가와가 퍽퍽 복도 벽을 두드렸다.

자자, 벽을 두드리는 것은 벽 두드리기 대행 서비스에 맡기자고. 응? 자, 손도 아프잖아.

"그럼 뭐라고 불러야 하죠……?"

"세가와라든가 아카네라든가. 그냥 평범하게 부르면 되잖아?"

"예?"

아코는 한층 더 놀란 것 같은 반응을 보였다.

"하지만 제게 슈는 슈인데요!"

"나는 세가와 아카네야!"

"진정해, 세가와. 있지, 아코. 루시안이라든가 슈바인이라는 건 어디까지나 게임 안에서의 이름이고 현실에서는 제대로 본명이 있잖아? 때와 장소라든가 그런 것을 잘 생각해서 본명으로 불러줘."

#6 **천연(天然)** 지나치게 순진하다거나 특정 상식이 부족해 비상식적이거나 멍청한 언동을 하는 사람.

"하지만 저랑 친구인 건 루시안이랑 슈이니까……."

"여긴 게임이 아니니까 너한테 뭐이니 그런 문제가 아니야."

"게임과 현실은 별개잖아, 아코."

"예? 왜죠?"

한숨을 내쉬는 우리를 보고 아코는 눈을 동그랗게 떴다.

"뭐?"

"뭐?"

뭐야, 이거. 무서워.

우리는 서로의 얼굴을 바라보며 의아하다는 표정을 지어 보였다.

"아, 아코?"

"너, 무슨 말을 하는 거야?"

"어? 제가 이상한 건가요?!"

아코는 눈을 동그랗게 뜬 채로 그렇게 말하더니 사뿐히 우리에게서 한 발 물러났다.

"게임이랑은 별개라니…… 그럼, 저랑 슈는 그냥 단순한 동급생인 건가요? 친구도 뭣도 아닌 건가요? 줄곧 함께 놀았는데, 어제 그렇게 산뜩 얘기했는데."

"아니, 그건……."

세가와가 말을 머뭇거렸다. 아코는 그런 그녀에게서 내게 시선을 돌리더니 눈물까지 그렁거리면서 말했다.

"루시안이랑도 전 아무 관계도 없는 남인 건가요? 전 루시안을 정말로 좋아했는데. 루시안도 절 좋아한다고 말해줬으면서. 저랑 결혼까지 해줬으면서!"

"아니, 그러니까 말이야. 아코……."

나와 세가와는 서로 얼굴을 마주 보았다.

(어, 어쩌지?)

(네 신부잖아. 네가 어떻게 좀 해봐.)

(그건 난이도가 좀 높아. 어, 어쨌든 일단 달래볼까.)

(오키.)

시선만으로 그런 대화를 나눈 우리는 바로 아코와 마주 보았다.

"그냥 조금 아는 사이라든가, 그냥 동급생일 뿐이라든가 그런 건 절대 아니야."

"그래. 줄곧 함께 놀았으니까 당연히 아니지."

"거짓말! 그만해주세요! 그렇게 말하고 내게 심한 말을 하려는 거죠! 그 동인(同人)처럼! 그 동인처럼!"

아코는 두 손을 가슴 앞에 모으고 억누를 수 없는 마음을 토해내듯이 외쳤다.

너, 학교에서 대체 무슨 소리를 하는 거냐!

"안 해! 넌 내 친구이고 소중한 길드 멤버야. 당연한 얘기잖아!"

"나한테도 그래. 게임 속에서는 소중한 신부이기도 하고 말이야!"

내가 말해놓고 이런 소리 하기는 뭣하지만, 우와. 무진장 창피한걸.

3차원의 살아 있는 사람에게 신부 선언을 하다니, 평생 할 기회가 없을 거라고 생각했어.

"자, 그럼 두 사람 다 왜 화를 낸 거죠? 제 탓인가요?"

조금 냉정을 되찾은 것일까, 아코는 눈을 위로 살짝 치켜뜨고 물었다.

"그러니까, 현실에서 게임 캐릭터명으로 불리는 게 싫은 거야. 나는 학교에서는 게임…… 그것도 온라인 게임 같은 건 절대로 하지 않는 사람으로 통하고 있어. 그런데 서양식 이름으로 불리거나 하면 아주 곤란하다고."

"돼지이기도 하고 말이지."

"시끄러워."

세가와가 쓸데없는 소리 하지 말라면서 나를 노려보았다.

복도의 한쪽 구석. 지나는 사람은 없었지만 저 멀리에 동급생들이 있는 것이 보였다. 긴장을 늦출 수 있는 장소가 아니었다.

"그럼, 전 어쩌면 좋죠?"

"딱히 어렵게 생각하지 않아도 돼. 나는 그냥 평범하게 이름으로 불러. 세가와라고 해도 좋고, 아카네라고 해도 좋아."

"세…… 세가와, 씨."

아코는 어째선지 머뭇머뭇 세가와의 이름을 불렀다. 그러자 세가와도 겨우 웃는 얼굴을 내보이며 대답했다.

"네. 타마키 씨."

"친구, 인가요?"

"당연하잖아. 뭔 소리를 하는 거야."

"……다행이다."

아코는 마치 꽃이 피는 것처럼 미소 지었다. 그러나 세가와는 그와 반대로 크게 한숨을 내쉬었다. 아마 많이 지친 것이리라. 그래도 뭐, 아코가 우리의 말을 이해해줘서 나도 살았다.

"나도 평범하게 니시무라라고 부르면 돼."

"니, 니시무라 군."

"그래, 아코…… 가 아니라. 타마키."

"아코라도 해도 괜찮은데요?"

"그건 여러모로 문제가 많아서 말이야."

"아코라고 불러줬으면 해요."

"그건 있지, 좀 더 친해지고 나서 그렇게 해줄게."

여학생을 이름으로 부르는 것은 다른 남학생들 앞에서 할 수 있는 일이 아니었다[#7].

"그럼 계속 루시안이라고 부르겠어요!"

"죄송했습니다, 아코 씨!"

그것은 정말이지 너무 창피합니다!

나는 얼른 허리를 깊이 숙였다. 아코는 그런 내 머리를 슥슥 쓰다듬고는 기쁜 듯이 중얼거렸다.

"루시안은 이래서 좋아요."

"니시무라라니까."

고개를 들자 아코가 방실방실 웃고 있었다. 그 얼굴을 보

#7 이름 일본에서는 어지간히 친한 사이가 아닌 이상, 보통 성을 부른다.

고 있으려니 뭐든 용서할 수 있을 것 같다는 기분이 드는 것은, 그저 단순히 내가 신부에게 약하기 때문인 것일까.

"꽉 잡혔네……."

"시끄러."

상대가 그렇게 불러달라고 하는데 계속 거절하는 것도 쓸데없이 의식하는 것 같잖아. 그건 또 그것대로 게임과 현실을 구분하지 못하는 것일 거라고. 나는 그렇게 자기변호를 해보았다.

"자, 예비종도 울렸으니까 우리 얼른 들어가자."

"예! 이걸로 언제든지 슈…… 세가와 씨에게 얘기를 걸어도 되는 거네요!"

아코는 폴짝폴짝 뛰듯이 세가와에게 달려가 그 손을 꼭 붙잡으며 그렇게 말했다.

"그건 괜찮지만 학교에서 온라인 게임이라든가 인터넷 얘기는 하지 마."

"예에?"

그 말이 끝나기 무섭게, 세가와의 손을 감싸 쥔 아코의 손이 그대로 굳어버렸다.

"그, 그건 무리예요!"

"왜?"

"그게, 그 외에는 달리 화제도 없고……."

정말로 의기소침해진 기색으로 아코가 말했다.

"너, 너 말이야……."

"아코……. 그건 너무 슬프잖아."

그 말에는 아무리 나라고 해도 어깨를 떨어뜨릴 수밖에 없었다. 세가와도 머리를 부여잡고 있었다.

긴 앞 머리카락에 가려 아코의 표정은 보이지 않았지만 목소리만으로도 매우 의기소침해 있다는 것은 충분히 알 수 있었다. 아코. 너 그런 사회성으로 평소에는 반에서 어떻게 지내는 거냐—.

아, 그래. 그 모습에 기억이 났다.

아코를 어디선가 본 적이 있다고 생각했더니, 전교조례에서 만났어.

나하고 부딪쳐서 무척 겁을 먹었던 그 아이, 그 아이가 아코였잖아! 정모에서 만났을 때는 제대로 얼굴을 마주 보았던 덕분에 알아차리지 못했던 거야!

"어, 어쩜 좋아……."

울 것 같은 얼굴로 중얼거리는 아코는 역시나 그날의 그 아이였다.

그렇다는 것은, 아코는 혹시 평소에도 그런 식으로 지내는 건가?

그, 그래서야 친구가 없을지도 모르겠네.

"그럼 무리해서 일부러 학교에서 말을 걸 필요 없잖아. LA 안에서는 얼마든지 얘기할 수 있으니까."

"그럴 수가……."

혼자 납득하는 내게는 개의치 않고 세가와는 아코에게는

꽤 받아들이기 힘든 소리를 쉽게 했다.

그녀는 침울해하는 아코의 얼굴을 꾹 잡아서는 내게로 향했다.

"그 대신, 자. 나하고 얘기 못 하는 만큼 네 서방님에게 놀아달라고 해."

"왜, 왜 내가?"

"너한테는 온라인 게임 얘기를 해도 아무렇지 않잖아."

"그건 그렇지만."

"정말인가요? 루시안. 루시안에게는 게임 얘기를 해도 되나요?"

아뇨. 저는 니시무라입니다만.

어쨌든, 호칭 문제는 나중에 교정하도록 하고.

"그래, 나는 괜찮아. 루시안이라고 부르는 건 좀 삼가 좋으면 좋겠고, 서방님 운운하는 것도 좀 곤란하긴 하지만 그 외에는 뭐든 괜찮아."

지금은 친구가 별로 없더라도 이렇게 우리 앞에서 다양한 얼굴을 하는 아코의 모습을 보여준다면 친구 같은 것은 얼마든지 생길 것이다.

그리고, 까놓고 말해서 나도 그렇게 친구가 많은 건…… 그…… 아니고 말이지…….

"아, 루시안!"

"내 얘기는 어디로 들은 거냐!"

"다행이다. 루시안은 역시 제 편이네요. 루시안은, 루시안은!"
"우선 그것부터 고쳐!"
아코는 입가에 두 손을 대고 감동에 몸을 떨었다.
그런 아코의 모습에 나는 불안에 사로잡혔다. 이 녀석, 괜찮은 걸까.
"니시무라? 세가와? 그런 곳에서 뭘 하는 거야? HR 시작할 거야."
그때 문득 복도 저 멀리에서 사이토 선생님이 우리를 불렀다.
"예. 바로 갈게요!"
"그래."
맞다. 그랬다. 이제 시간이 없었다. 그런 소동을 벌여놓고 예비종이 칠 때까지 돌아가지 않는다면 한층 더 큰 소동이 일어날 것이다.
"자, 얘기도 마무리 됐겠다, 그만 돌아가자. 반 애들한테도 니시무라 탓이라고 해서 얼버무려야 하고 말이지. 아침부터 엄청 지쳤어."
"다 내 탓으로 돌리는 거냐…… 뭐, 아무래도 상관없긴 하지만. 아코, 괜찮아? 돌아갈 수 있겠어?"
"예."
아코에게서 제대로 대답이 돌아왔다.
그럼 됐어. 나는 교실로 돌아가기 위해 발걸음을 뗐다.
"……아, 루시안."

그 직후, 아코가 내 옷자락을 잡아당겨 날 불러 세웠다.

"점심시간에 교실에서 기다려줄 수 있나요?"

"되는데, 왜?"

"점심을 만들어 왔는데, 괜찮다면 같이 먹을까 해서요."

……예?

나는 내 몸이 걸음을 옮기려던 자세 그대로 굳어버리는 것을 느낄 수 있었다.

그리고, 앞서 걷던 세가와도 그 자리에 딱 멈춰 섰다.

"아, 아코. 지금 무슨 말을 하는 거야?"

"루시안의 점심도 같이 싸 왔어요. 맛은 그다지 자신 없지만요……."

아코는 뺨을 발그스레하게 물들인 채 나를 올려다보며 그렇게 말했다.

복도로 불어 들어온 바람에 아코의 앞 머리카락이 날렸다. 조금 전의 눈물이 남아 있는 것인가, 젖은 눈동자가 똑바로 나를 바라보았다.

"왜, 그런 건데?"

나는 저도 모르게 침을 꿀꺽 삼키면서 그렇게 물었다. 그 질문에 아코는 살짝 흔들리는 눈동자로 대답했다.

"……그게, 루시안은 제 서방님이니까요."

"……그러니까, 그건 게임 속에서의 얘기잖아?"

"그러니까, 저랑 결혼했잖, 아요?"

어라? 아코는 진심으로 의아하다는 듯이 그렇게 되물었다.

"……있지, 니시무라. 나, 방금 어떤 생각이 떠올랐는데 말이지."

세가와가 어처구니없다는 것처럼 뒤돌아보았다. 나는 그녀에게 힘없이 고개를 끄덕였다.

"그래. 나도 지금 비슷한 생각을 했어."

위험해, 이 녀석— 나랑은 완전히 반대다.

게임과 현실의 인간관계를 전혀 구분하지 못해.

"……어쩔 거야?"

"마스터…… 회장에게 연락해둘게. 미안하지만 너도 점심시간은 좀 비워둬."

"두 사람 다 왜 그러죠? 제가 또 이상한 소리를 했나요?"

"아니…… 점심, 같이 먹자."

그 말에 마치 의기소침해졌던 고양이가 이름을 부르는 주인의 목소리에 다시 활기를 되찾은 것처럼 아코가 환한 표정을 지었다.

"예!"

아아. 귀엽다아.

귀여워. 귀엽지만…… 이거, 어쩌지?

마스터에게 전화로 연락하자 점심시간에 학생회실로 오라는 대답이 되돌아왔다.

그래도 괜찮은 건가. 거긴 개인 방이 아니라고. 그렇게 생각하긴 했지만, 그래도 마스터 외에 달리 기댈 곳이 없었다.

우리는 점심시간이 되기를 기다렸다가 학생회실을 찾았다.

"그랬군. 그런 일이 있었나."

우리 외에는 아무도 없는 방. 한 차례 이야기를 들은 마스터는 히죽 웃었다.

"그거 참 재미있군!"

"재밌기는 개뿔!"

그 뒤로 우리가 얼마나 고생했는지 알기나 하는 건가.

이것저것 물어보는 반 녀석들에게—

아코는 가끔 같이 게임을 하는 사이로, 게임 속에서 내가 만든 루시안이라는 캐릭터가 아코가 만든 캐릭터와 우연히 결혼을 했다.

즉, 우리의 관계는 완전히 게임에서만의 관계이다.

세가와는 내가 돼지라고 욕한 것을 아코가 잘못 기억한 것이다. 세가와는 완전 피해자이자 관계없는 사람이다!

—라는 변명을 필사적으로 지어냈던 것이다.

"덕분에 수명이 줄었어."

"진짜야……."

나와 세가와는 체력과 기력이 완전 방전돼 있었다.

"……죄송합니다."

"아니, 딱히 사과받고 싶은 건 아닌데."

"특히 니시무라 너는 도시락까지 받았으니까 말이야."

뭐, 그렇긴 하지.

나는 눈앞에 있는, 아코가 손수 만든 도시락을 쓰다듬었다.

여자아이가 직접 도시락을 만들어주었습니다— 라는 일은 머리털 나고 처음 있는 일이었다. 솔직히 가슴이 엄청 뛰었다.

“아코가 만든 도시락인가. 그렇군. 아코에게는 서방인 루시안에게 도시락을 만들어주는 것은 당연한 일인 거로군.”

“이상한가요?”

“평범하지는 않지.”

하지만 말의 내용과는 달리 마스터는 즐거운 듯이 말을 이었다.

“분명 루시안과 아코는 게임 속에서 오래 알고 지내다가 서로 사랑하게 되어 끝내는 맺어진 사이이지. 하지만 그건 게임 속에서의 얘기다. 현실의 일이 아니야. 얼굴도 이름도 모르는 상대와 진짜 사랑을 하던 것은 아니지 않은가.”

마스터의 말은 지극히 지당했다. 그러나.

“그렇지 않아요!”

아코는 크게 고개를 저으며 딱 잘라 말했다.

“얼굴도 이름도 모르기 때문에 좋아하게 된 거예요! 루시안과 이야기하고, 줄곧 같이 있고, 마음과 마음으로 접하면서 서로와의 관계 외에는 아무것도 없는 상태에서 좋아하게 된 거라구요. 그건 주변에 널리고 널린 리얼충들보다 훨씬 훨씬 순수한 사랑이에요!”

“……과연. 듣고 보니 그것도 일리가 있군.”

“마스터! 휩쓸리지 말라고!”

“그래. 미안하다.”

하하하 하고 마스터는 가볍게 웃었다.

"하지만 아코의 말을 그렇게 고집스럽게 부정하는 것도 좋지만은 않다는 생각은 안 드나? 얼굴이니 목소리니 키니 몸무게니 그런 요소를 전부 배제하고 아코는 순수하게 너의 인간성이 좋다고 하는 거다. 오히려 기뻐해야 할 일이잖나."

"그러니까, 그 말에 넘어가지 말라고!"

나는 아코의 의견 쪽으로 기울어지려는 것처럼 보이는 마스터를 붙들어 잡았다.

그렇게 간단한 얘기가 아니라고.

"인간성만 보고 좋아한다니, 그건 너무 좋은 쪽으로만 생각하는 거라고. 게임 속에서 좋아졌다는 건 캐릭터의 외모나 전투할 때의 스펙 같은 것도 거기에 얽혀 있을 게 분명하잖아. 난 항상 아코를 돌봐줬으니 말이야. 그런 부분에서 진짜 나와는 다른 형태로 좋게 평가받고 있는 거라고. 그건 제대로 된 평가가 아니야."

"……그렇다는데, 아코는 어떻게 생각하지?"

"그렇지 않아요."

마스터가 아코에게 묻자 아코는 크게 고개를 저었다.

"루시안 이외의 사람들과도 때때로 같이 게임을 했지만, 모두 금방 화를 내면서 헤어졌어요. 하지만 루시안은 줄곧 곁에 있어주었어요. 제가 몇 번을 실패해도, 몇 번을 잊어버려도, 몇 번이나 몇 번이나—."

아코는 쑥스럽다는 듯이 미소 지으며 나를 쳐다보았다.

"그래서 좋아하는 거예요."

"……아코."

이 아이, 역시 귀엽다니까. 미소녀라면 일찌감치 확인을 마치는 우리 반 사내 녀석들이 아무도 그 존재를 모른다고 한 것은 분명 아코가 이렇게 제대로 얼굴을 마주 보고 이야기한 상대가 우리 외에는 없었기 때문일 것이다.

그렇게 생각한다면, 아코는 나 이외의 사람에게는 이런 얼굴을 보이지 않는 거겠지. 그거 왠지 우월감이 느껴지는—. 아, 아니야. 안 돼. 『이 아이에게 나는 특별한 존재다.』 같은 생각은 절대로 해선 안 돼!

"아, 예예. 그럼 다들 행복하게 지내세요. 난 가렵니다."

서로를 마주 바라보는 나와 아코의 모습에 세가와가 짜증난다는 듯이 그렇게 말하고는 자리에서 일어났다.

"내가 대체 뭐가 아쉬워서 닭살 커플이 주책없이 지껄이는 소리를 들으며 점심시간을 허비해야 하냐고."

"잠깐 잠깐, 세가와! 지금 너까지 없어지면 큰일 나!"

나는 학생회실에서 나가려는 세가와를 필사적으로 붙잡았다.

마스터도 왠지 아코와 생각이 비슷해 보이는 이 상황에서 세가와마저 가버리면 내 편은 하나도 없게 된단 말이다!

그러나 필사적으로 매달리는 내게 세가와는 내뱉듯이 말했다.

"가까이 오지 마. 이 직결충."

"지, 지…… 직결충……이라고……?"

"그래. 역시 그랬던 거잖아."

"난 아니야. 난 아니야……!"

"뭐가 아니라는 거야? 게임 속에서 아코한테 말을 걸어서 직접 만난 뒤 자기 걸로 삼아—."

"우와아아아아아아아아아그 이상은 말하지 마아아아아!"

싫어! 그런 건 싫어!

직결충이라니, 그건 온라인 게임 유저에게는 최악의 칭호잖아!

"직결충? 그게 뭐죠?"

"직결충이라는 건 온라인 게임에서 남자에게 익숙지 않은 여자들을 낚아서 손을 대는 썩어빠진 남자들을 말하는데—."

"더는 아무 말도 하지 말아주세요!"

나는 울음 섞인 목소리로 소리치고는 머리를 끌어안았다.

싫어. 직결충이라니 그런 칭호는 단연코 사양이다! 절대로 받아들일 수 없어!

그렇게 되면, 또다시 그런 슬픈 사건이 일어난다고!

"해주고 말겠어…… 반드시 해주겠어. 아코!"

"뭐, 뭘 말이죠?"

아코가 고개를 갸우뚱했다.

"네 의식 개혁이다."

"의식…… 개혁?"

"그래."

나는 진심으로 의아해하는 아코의 어깨를 꽉 잡고 힘주어 고개를 끄덕였다.

“잘 들어. 게임과 현실은 별개야. 통하는 구석이 있다는 부분까지 부정할 생각은 없지만, 그래도 역시 별개야. 아코도 그걸 이해해줬으면 해.”

“어, 어째서 그렇게 무시무시한 말을…… 루시안, 정말 사악해요.”

“너, 사실은 나 싫어하지?”

“아뇨 아뇨. 정말 좋아해요.”

그렇게 당연하다는 얼굴을 하고 좋아한다고 말해도 왠지 믿을 수 없어졌어.

“근데, 말은 그렇게 쉽게 하지만 어떻게 의식을 개혁할 건데?”

“그렇군. 게임 속의 루시안과 현실의 나는 다르다는 것을 알게 해줄 만한 뭔가가 있으면 좋겠는데…….”

으음. 나는 생각에 잠겼다.

나와 루시안이 다르다는 것을 분명하게 인식시키려면 어떻게 하면 좋을까.

“흠, 게임과 현실의 차이를 실감시키면 되는 거지?”

“마스터. 무슨 좋은 생각이라도 있어?”

“그래. 좋은 생각이 떠올랐다. 후후후후후. 나한테 맡겨라.”

마스터는 히죽 웃더니 휴대 전화를 꺼내 엄청난 기세로 조작하기 시작했다.

"이거, 정말로 맡겨도 될까?"

"아, 아마도."

괜찮은 걸까. 괜찮다면 좋을 텐데.

††† ††† †††

"현대통신전자 유희부……?"

방과 후. 우리는 마스터가 오라고 한 장소, 부실동의 한곳에 모여 있었다.

그곳에서 우리가 본 것은 새 표찰을 단 교실이었다.

"현대통신전자 유희……라니."

"온라인 게임을 말하는 거 아닐까?"

그렇겠지. 마스터가 우리를 불렀다는 것은 틀림없이 온라인 게임과 관련 있는 것일 테니.

"니시무라. 마에가사키 고등학교에 이런 부가 있었던가?"

"있었다면 당장에 입부했지."

"너라면 당연히 그랬겠지."

세가와는 지극히 당연하다는 듯이 고개를 끄덕였다.

그야 뭐, 그런 부가 있다면 입부했을 거란 말은 진심이다. 하지만, 그렇다고 그렇게까지 딱 잘라 말하는 것을 들으니 조금 열 받는데.

"저도 들어갔을 거예요."

"아코. 너 말이지……."

아무래도 내 편이 있는 것 같다. 그래서 기쁘냐고 묻는다면 그건 조금 미묘했지만.

"참나. 설령 있었다고 해도 여자애들이 들어갈 만한 부는 아니었을 거야. 게다가, 여기 얼마 전까지는 분명 빈 방이었어."

세가와는 표찰을 올려다보며 의아한 듯이 그렇게 말했다.

"근데 넌 그걸 어떻게 아는 거냐?"

"이 옆에 있는 수예부에 들어갔어. 분명 옆방은 빈 방이었던 걸로 기억하고 있어."

헤에, 수예부란 말이지. 거참, 세가와답지 않은 것 같기도 하면서, 의외로 어울리는 것 같기도 하군.

"……코스프레 의상 같은 걸 만들지는 않았어."

"먼저 그렇게 못 박지 마."

남이 보면 정말로 그런 생각을 했다고 억측하게 될 거 아냐.

뭐, 로리캐릭터라면 누구를 코스프레하든 잘 어울릴 것처럼 보이긴 하지만.

"그럼 지금도 여전히 수예부에 있는 거냐?"

"게임할 시간이 줄어들어서 관뒀어."

"역시 너도 참 어지간하구나."

말을 듣고 보니 분명 옆 교실은 수예부 부실이었다.

그렇다는 것은 이 교실은 최근까지는 틀림없이 빈 교실이었을 터였다.

게다가 교실 문에 붙은 표찰만 봐도 꽤나 새것이었다. 아니, 꽤 새것인 것을 넘어서 마치 오늘 만들어서 붙인 것 같았—.

"기다리게 해서 미안하다."

그때 문득 뒤쪽에서 귀에 익은 유려한 목소리가 들려왔다.

그 소리에 나는 뒤를 돌아보았다. 그랬더니 마스터가 조용한 미소를 띤 채 서 있었다.

"신청에 조금 시간이 걸려서 말이다. 무사히 끝나서 다행이다."

그렇게 말하며 마스터는 한 손에 든 열쇠를 잘그락잘그락 손안에서 갖고 놀았다. 그것은 평소 학교에서 사용되는 교실의 열쇠와 같은 것으로 보였다.

"신청이라니 무슨 신청이요?"

"후후후. 들어가 보면 안다. 자, 들어와라."

마스터는 선뜻 문으로 다가가 열쇠를 따고 문을 열었다.

문틈으로 차가운 공기가 흘러나왔다.

안을 들여다보자 커튼이 쳐져 있어서 조금 어두운 실내가 눈에 들어왔다. 그 안에는 네 개의 책상과 의자가 늘어서 있었고, 책상 위에는 모니터와 데스크톱 형태의 컴퓨터가 놓여 있었다.

엄청나게 작은 인터넷카페 같은 방이었다. 나 같은 종류의 인간에게는 무척이나 마음 편할 것 같은 공간이었다.

"어, 그러니까, 이건……."

"그, 뭐라고 할까, 꼭 주문 제작한 것 같은 방이네."

세가와가 작게 한숨을 내쉬었다.

"아, 컴퓨터다!"

아코가 컴퓨터에 다가갔다.

그 사이 부장은 빙그르 우리를 돌아보면서 두 손을 크게 벌렸다.

"현대통신전자 유희부에 오신 걸 환영합니다— 음. 좀 길군. 온라인 게임부에 오신…… 아니, 온겜부라고 해야 하나? 뭐, 아무렴 어때. 어쨌든 내가 부장인 고쇼인 쿄우다. 부원 제군, 앞으로 나와 함께 이 부를 잘 번창시키지 않겠는가."

"온라인 게임부라……."

"온겜부래……."

정말로 사고를 치고 말았군, 이 사람.

그러나 마스터— 아니, 부장은 어처구니를 상실하고 만 나와 세가와에게는 아랑곳하지 않고 말을 이었다.

"활동 내용은 주로 방과 후의 온라인 게임 플레이와 휴일의 오프라인 모임이다. 유감스럽게도 유료 결제 비용은 부비에서 나오지 않으니 각자 내야 하겠지만, 그 점은 양해해주길 바란다. 단, 냉난방은 완벽하고 또 인터넷 회선도 학교의 회선을 쓸 수 있다. 환경에 대해서는 아무 걱정하지 않아도 된다."

"아뇨, 잠깐만요. 좀 이상하잖아요."

이윽고 제정신을 차린 세가와가 마스터의 어깨를 붙잡았다.

그래. 이상해. 명백히 이상해.

"뭐가 말이지?"
"뭐가 말이지? 가 아니라고."
천연덕스럽게 되묻는 마스터의 모습에 나도 세가와처럼 따지고 들었다.
"대체 어떻게 부를 만든 것이냐 라든가, 점심시간에 정한 일인데 어떻게 벌써 컴퓨터가 갖춰진 것이냐 라든가, 왜 우리의 입부가 기정사실인 것이냐 라든가, 전부, 전부 다! 애초에 태클을 걸 거리밖에 없잖아! 야, 아코. 너도 무슨 말 좀 해 봐!"
나는 컴퓨터 주변을 빙글빙글 돌고 있는 아코에게 이야기의 화살을 돌렸다. 그러자 아코는 우리를 돌아보며 환하게 웃었다.
"예? 정말 멋진 솜씨라고 감탄이 나오긴 하지만 아무 데도 이상하지는 않잖아요?"
"너한테 기대한 내가 바보지!"
"너무해요!"
쿵! 아코가 명백히 충격받은 얼굴을 했다. 하지만 나는 신경 쓰지 않고 내버려 두었다.
지금 문제는 아코가 아니라 이 완전히 정비돼버린 공간을 어떻게 하느냐였다.
"일단 온라인 게임부를 만들어서 게임을 하자, 그런 취지라고 이해하면 되는 건가요?"
"그 말대로다. 그래서 조금 억지를 부려서 사양이 좋은 컴퓨터를 들여왔지. 물론 부실 사용 허가도 인터넷 접속 허락도 이미 받았다. 즉, 오늘부터 방과 후에는 이 방에서 온라인 게임을 할 수 있는 거다!"

"여기라면 언제든지 모두랑 같이 놀 수 있겠군요."

아코는 순수하게 기뻐하고 있었다.

아니 아니. 이 일은 그렇게 웃으면서 받아들일 수 있는 간단한 일이 아니라고. 이렇게 되기까지 대체 얼마나 많은 사람들에게 폐를 끼친 거야?

"훗훗훗. 여기라면 모두가 모여 아무 거리낌 없이 온라인 게임을 즐길 수 있다. 어떤가. 정말 멋지지 않나?"

마스터는 자신의 성과에 크게 가슴을 폈다.

"뭐, 대단하긴 하네. 그럼 난 돌아갈게."

그리고 세가와는 가장 먼저 귀가할 뜻을 밝혔다.

이 녀석, 치사하게. 뒤처리는 다 나한테 떠맡기고 너 혼자 도망칠 생각이구나.

"기다려라, 슈바인. 이제부터 재미있어질 텐데, 왜 돌아간다는 거냐!"

"슈바인이라고 하지 마! ……지기. 난 당신들하고 달라서 그냥 평범하게 취미로 온라인 게임을 할 수 있으면 그걸로 충분하단 말이야."

세가와는 팔짱을 끼고 선배를 상대로 엄청 잘난 척하며 그렇게 말했다.

나는 일단 세가와와 마스터의 공방을 지켜보기로 했다.

"굳이 학교에서까지 게임을 하려는 생각은 없어. 그리고 친구한테 『온라인 게임부라는 곳에 가입했어.』라고 말할 수도 없고 말이지. 하고 싶으면 댁들이나 하세요."

"그런 사람이 게임할 시간이 줄어드니까 남자 친구는 필요 없다고 말하지는 않을 텐데 말이지."

"우긱."

오. 세가와가 이상한 소리를 냈다.

기분 탓일까. 한순간, 눈에 익은 크리티컬 히트의 효과가 보인 것 같았다.

"그, 그건 우선순위의 문제야. 온라인 게임은 남자보다 중요하긴 하지만, 그렇다고 해서 내 학교생활을 희생할 정도는 아니야."

"플레이 시간이 두 시간 늘어나면 하루에 얼마를 더 벌 수 있을까."

"으극."

추가타가 직격하면서 세가와의 에너지 게이지가 한층 더 줄어들었다.

"그러니까, 나는 학교에서는 평범한 여고생으로서……."

"모두와 계속 레벨이 벌어져서 사냥할 수 있는 곳도 달라지고, 결국에는 슈바인과는 같이 놀 수 없게 되겠지. 아아, 정말 유감이야."

"우우. 아무리 그래도 나는—."

"저기 루시안. 뭐가 전원 버튼이에요?"

"아. 이걸 거야."

옆에서 벌어지는 그런 공방에는 전혀 아랑곳하지 않고 아코는 멋대로 컴퓨터를 켜려고 하고 있었다.

아코가 버튼을 누르는 것과 동시에 눈에 익은 화면과 함께 컴퓨터가 부팅되었다. 우와. 이렇게 보니까 모니터 진짜 큰걸.

"저기, 루시안. 이제 LA 깔아도 되겠죠?"

"나한테 물어도 난 몰라…… 애초에, 사양이 되나?"

학교 컴퓨터로 온라인 게임 같은 걸 돌리기는 힘들 텐데.

나는 명령어를 입력해서 컴퓨터의 사양을 확인해보았다.

어디보자. 다이얼로그에 표시된 이 컴퓨터의 알맹이는—.

"음. CPU는 제대로 i7이네. 오오, 굉장해. OS는 SSD에 깔려 있잖아. 그리고 메모리가…… 16기가? 그래픽 카드는 GTX가 두 장 꽂혀 있다고? 뭐야, 이거!"

예상 밖의 고사양이었다. 이 컴퓨터 조달하는 데 대체 돈을 얼마나 들인 거야!

경악한 내 목소리에 또 다른 놀란 목소리가 겹쳐졌다.

"지, 진짜?"

마스터와 대치하고 있던 세가와가 어느새 몸을 돌려 이쪽을 쳐다보고 있었다.

"진짜 진짜. 뭐야, 이 무식하게 온라인 게임할 생각만 가득 찬 것 같은 컴퓨터는!"

"하하하. 사양 좋은 것을 들여왔다고 하지 않았나."

지나치게 좋잖아! 이 정도면 순수하게 온라인 게임 전용으로 맞춘 수준이라고!

"와아. 왠지 돌아가는 것도 내 컴퓨터보다 훨씬 빠른 것 같아요!"

"그렇겠지……."

"SSD에 그래픽 카드가 두 장…… 메모리 16기가……."

세가와는 아코가 기분 좋은 듯 이것저것 돌려보고 있는 컴퓨터에 힐끗힐끗 시선을 주면서 침착하지 못하게 몸을 앞뒤로 움직이고 있었다.

이거 상황이 심각했다. 마스터의 상태 이상 공격이 세가와에게 계속 크리티컬 히트하고 있었다. 세가와의 에너지 게이지에 막대한 지속 대미지가 들어가는 것이 눈에 보이는 것 같았다.

이대로 시간이 지나면 세가와의 에너지는 쑥쑥 깎여나갈 것이다.

"그러고 보니 슈바인. 네 컴퓨터는 사양이 아슬아슬했을 텐데."

"우우…… 그래. 이미 한물간 컴퓨터야. 이 컴퓨터가 있으면 나도 낚시를 할 수, 있겠지."

세가와의 몸이 앞뒤로 흔들렸다.

세가와는 컴퓨터 쪽으로 한 발 내딛었다가 그 발을 원래 자리로 거두고, 그랬다가 다시 발을 앞으로 내딛고를 반복하고 있었다.

그러는 사이에도 그 시선은 컴퓨터 본체에서 한순간도 떨어지지 않았다.

“한 사람에 한 대씩 준비했다. 한 대 골라서 네 마음대로 써도 괜찮다, 슈바인.”

“크…… 이건 매력적이지만…… 고작 이 정도로…… 하지만 SSD의 매력은…….”

“치사해요. 역시나 마스터, 정말 치사해요. 이런 건, 너무 비겁해요!”

기뻐 보이는구나, 아코.

마스터 대 슈. 지켜보는 사이에 승부는 난 것 같았다.

“포기해라, 슈바인. 이미 승부는 났어.”

히죽 웃는 마스터에게 세가와는 결국 무릎 꿇었다.

“아, 알았어. 들어가면 되잖아, 들어가면! 그 대신 얘는 나 좋을 대로 쓸 거야!”

“좋아좋아. 아코는 물론, 루시안도 상관없겠지? 이걸로 현대통신전자 유희부는 무사히 활동을 시작하게 된 셈이다.”

이렇게 된 이상 무슨 짓을 해도 마스터는 뜻을 꺾지 않을 것이다.

결과적으로 마스터가 쓸데없는 책임을 지지 않게만 된다면 아무래도 좋지만 말이다.

“그건 상관없는데, 마스터. 대체 뭐 때문에 이런 걸 만든 거야?”

“무슨 말을 하는 건가, 루시안. 다 너와 아코를 위한 것 아니냐.”

"우리?"

"예?"

아니 물론 학교에서 게임을 할 수 있다니 기쁘긴 하지만, 이런 영문도 알 수 없는 일을 하라고 한 기억은 없는데.

나와 아코는 고개를 모로 꼬았다. 마스터는 그런 우리 두 사람을 차례로 쳐다보고는 한 대의 컴퓨터 앞으로 걸어갔다.

그리고 그대로 천천히 전원을 켜면서 말을 이었다.

"아코에게 게임과 현실의 차이를 이해시켜야 한다. 그렇게 말했잖나. 그새 잊은 건가?"

"그렇게 말하긴 했지만……."

그 말이 왜 이런 결과를 불러왔는지는 도무지 이해가 안 되는뎁쇼.

"알겠나? 여기서 온라인 게임을 한다는 건, 모두가 얼굴이 보이는 상태에서 게임을 한다는 뜻이다. 어떤 얼굴로 어떤 식으로 캐릭터를 조작하는지도 모두 다 보이지. 평소라면 채팅으로 할 대화도 직접 할 수 있는 거다."

마스터는 차츰 빛을 내뿜기 시작하는 모니터를 툭툭 두드렸다.

"게임 속 캐릭터와 그 캐릭터를 조작하는 인물이 동시에 존재하는 상황. 아코에게 게임과 현실의 차이를 느끼게 해주기에는 최고라고 생각하지 않나?"

"그것도 그러네!"

채팅으로 하는 대화와 실제의 대화는 완전히 다르다.

평소처럼 느끼한 소리도 그렇게 쉽게 나오지 않을 테니, 아코도 루시안과 나는 전혀 다르다는 사실을 알아주지 않을까?

"그렇겠네. 확실히 그래. 얼마간 여기서 같이 게임을 하면 아코의 착각도 가라앉겠지."

"으음…… 전 아무것도 변하지 않을 것 같은데요?"

그렇게 생각하는 것도 지금뿐이라고.

"잘 보라고, 아코. 네 공상에 가까운 환상을 산산이 부숴서 나라는 인간이 얼마나 한심한 남자인지 알게 해주겠어!"

"그 대사만으로 백년의 사랑도 식어버릴 것 같은데."

"아뇨. 제 사랑은 그 정도가 아니라는 것을 증명해 보이겠어요!"

"……하아."

세가와가 쓴웃음을 지었다. 그런 가운데, 나와 아코는 서로의 얼굴을 노려보았다.

이렇게 현대통신전자 유희부의 제1회 활동이 시작되었다.

"그럼 얼른 시작하자. 하교 시간까지는 아직 시간이 꽤 남았다. 나름대로 사냥할 수 있을 거다."

"그럼, 난 이 컴퓨터로 하겠어요!"

마음을 고쳐먹은 것일까, 세가와가 들뜬 얼굴로 컴퓨터 전원을 켰다.

나도 남은 한 대의 컴퓨터 앞에 자리 잡았다.

전원을 넣자…… 우와아, 부팅 속도 엄청 빠르다.

"마스터. 바탕 화면을 귀여운 것으로 바꿔도 될까요?"

"좋을 대로 꾸며도 상관없다. 자신이 쓰기 편하게 조정하도록 해. ……아아, 하지만 루시안. 부적절한 사이트에는 접속하지 말도록. 교무실에서 문제 삼으면 곤란하니까."

"나만 한정해서 그렇게 말하지 마!"

그딴 거, 사람들 있는 데서는 안 본다고! 나를 뭐라고 생각하는 거야!

"우와. 기분 나빠."

"그렇게 평소 기세로 말하지 말아줘! ……그보다, 너도 수상한 기능 같은 거 넣지 말라고. 괜히 우리까지 덤으로 IP 차단당하니까."

"그런 거 안 넣어! 날 바보로 아는 거야?!"

세가와가 버럭 화를 냈다. 그렇지만 나는 기억하고 있다고. 네 녀석의 악행을.

"말은 그렇게 하지만, 슈바인. 예전에 자동 포션 사용 툴을 썼다가 포션 사용이 멈추지 않은 적이 있지 않았나."

"윽."

그렇다. 그런 사건이 있었던 것이다. 슈는 게임에서는 사용을 금지하고 있는, 외부 툴에 흥미 본위로 손을 댔다가 결국 화악, 화악 하고 포션 사용 이펙트가 사라지지 않고 계속되는 바람에 엄청 당황한 적이 있었다.

"그러고 보니 나는 봇입니다 사건도 있었던 것 같은데……."

"꺄아아아아아아 흑역사를 들추지 말아줘!"

우리는 세가와의 우는소리를 들으며 클라이언트를 설치하

고 게임을 시작했다.

이제는 지겨울 정도로 익숙해진 배경 음악과 함께 ID와 패스워드를 입력하는 작은 창이 표시되었다.

플레이하는 장소는 달랐지만 이것만큼은 늘 보아오던 로그인 화면이라 왠지 안심이 되었다.

"어라? 루시안. 전체 화면으로 하려면 어떻게 해야 하죠?"

"ALT키랑 엔터키를 동시에 누르면…… 잠깐, 아코. 너, 여태껏 전체 화면으로 게임하고 있었어?"

"이상한가요?"

내 옆 책상에 다소곳이 앉은 아코가 의아한 듯이 나를 올려다보았다.

풀 스크린, 전체 화면이라는 것은 모니터에 게임 창만 표시하고 다른 창은 일절 띄우지 않는 상태이다. 말하자면 게임 외에는 아무것도 할 수 없는 모드인 셈이었다.

"하지만 너, 전체 화면으로 해두면 위키라든가 그런 걸 보면서 게임할 수 없잖아. 게다가 뭔가의 통지나 메시지 같은 것이 오면 게임 자체가 최소화돼서 움직이지 못하게 되고."

"응. 그렇지만 항상 전체 화면으로 게임을 하고 있는데요."

"네가 무슨 초보냐!"

아니지. 아코는 1년 이상 게임을 해도 여전히 초보이긴 했지. 그래도 말이지!

젠장. 그래서 때때로 한창 사냥 중일 때 갑자기 움직임을 멈추어서 내가 죽었던 거로군! 이제야 이유를 알았다!

"……어? 그게 무슨 말이야? 다들 보통 전체 화면으로 게임하잖아?"

여기 초보자 한 명 추가요!

"너도냐, 슈! 넌 전위(前衛)잖아!"

"하, 하지만 전체 화면 쪽이 컴퓨터에 덜 부담된다잖아! 내 컴퓨터는 사양이 딸려서 그런 걸 잘 조절해야 한단 말이야! 왜? 뭐 잘못됐어?"

아아, 그런가.

그러고 보면 전체 화면 쪽이 조금이나마 컴퓨터에 부담을 덜 준다는 것 같았다. 그래서 사양이 미치지 못할 때는 그런 식으로 조정하기도 한다.

"그랬구나. 미안. 화내지 마."

"흥."

삐친 것 같은 태도로 세가와도 LA를 전체 화면으로 띄웠다.

아무리 생각해도 이 컴퓨터로는 창 모드로도 충분하다는 말은 그냥 하지 말자.

"하지만 말이야. 게임을 하면서 공략을 확인해야 할 때도 있을 거 아냐. 그럴 때는 어떻게 해?"

나는 문득 그 점이 신경 쓰여서 그렇게 물어보았다.

공략 내용을 게임 창 옆에 띄워놓을 수 없다면 어떻게 확인하는 것일까.

나로서는 별 생각 없이 물어본 것이었지만, 세가와는 왠지 뺨을 살짝 붉게 물들이며 내게서 시선을 돌렸다.

"……그건, 그, 메모해서……."
"너, 온라인 게임 공략을 손으로 적는 거냐?"
"시끄러워! 내가 편한 대로 하면 되는 거잖아!"
세가와는 탕탕 책상을 두드렸다.
아니, 분명 작은 손으로 마우스를 조작하면서 때때로 메모에 힐끗힐끗 시선을 주며 게임하는 세가와를 상상하니 왠지 흐뭇하기는 했지만 말이야.
"참고로 마스터는 화면 어떻게 하고 있어?"
"나도 평소에는 전체 화면으로 해두고 있다. ……트리플 모니터이긴 하지만."
""부자들, 짜증 나.""
나와 아코의 목소리가 멋지게 하나로 겹쳐졌다.

"자, 전원 로그인 다 했나?"
"예. 아, 루시안이다. 안녕, 루시안……."
◆아코 : 안녕, 루시안.
아코가 그렇게 말하자 내 화면에 아코의 챗이 표시되었다.
대체 그 행동에 무슨 의미가 있는 거냐.
"옆에 있으니까 일일이 채팅 안 해도 돼."
"아, 그러네요."
그건 그렇고, 타자 엄청 느리네. 키보드를 보면서 한 자 한 자 천천히 치는 거냐?
그런 상태로 채팅하는 것을 좋아하니 파티 전체가 위험해지는 거라고.

"그럼 이제부터 어떻게 할 거야? 사냥이라도 가?"

그 말과 함께 슈의 캐릭터가 어깨를 으쓱이는 동작을 취했다.

세가와 쪽으로 힐끗 시선을 주니 본인도 똑같이 어깨를 으쓱이고 있었다.

그것 참, 이 녀석도 솔직한 녀석이로군.

"음. 지금이라면 연계도 완벽하겠지. 어제에 이어서 브룽크 대화산에서 사냥하자. 틀림없이 평소보다 효율이 더 좋을 거다."

"모처럼 네 명이 다 모였는데 효율 사냥이라니…… 뭐, 난 좋지만."

"좋아. 그럼 출발—."

"아니, 잠깐만."

나는 마스터의 말을 가로막았다.

사실은 전부터 정말이지 신경 쓰여서 참을 수 없었던 것이 있었다. 오늘 이 기회에 나는 그것을 확실히 해두고 싶었다.

"아코. 네 장비 좀 보여줄래?"

"예? 아, 예."

나는 옆에 앉은 아코의 화면을 들여다보았다. 그것이 왠지 내 쪽에서 아코에게 몸을 가까이 붙이는 것 같아서 마음이 진정되지 않았다. 하지만 나는 그것을 의식하지 않도록 신경 쓰면서 장비창을 확인했다.

"오, 오오오……."

화면을 본 순간, 나는 저도 모르게 감탄을 흘렸다.

이건, 이건 정말, 심각한걸…….

나는 한순간 정신이 아득해졌다. 안 돼요. 이건 안 된다고요.

"……아코. 지금부터 대화산에 간다고 했는데, 왜 장비는 수(水)내성인 장비를 장착하고 있는 거야?"

"이 드레스, 루시안에게서 받은 거라서 소중히 입고 있는 중이에요."

꺄. 아코는 부끄럽다는 듯이 두 손으로 얼굴을 가렸다.

"꺄, 이 아니야! 그건 바다에서 사냥할 때를 대비해서 준 거잖아! 얼른 불속성에 내성인 장비로 바꿔 입혀!"

"예에? 하지만 불의 로브는 하나도 안 귀여운데요?"

"너, 지금 그게 문제가 아니잖아…… 아니, 잠깐. 이건 또 뭐야?"

나와 마찬가지로 아코의 화면을 들여다보던 세가와가 어이없다는 듯이 말했다.

"이 지팡이. 요상한 인첸트가 붙어 있는데, 뭐야? 핑크 스타의 반짝반짝 지팡이라니, 그런 인첸트 들은 적 없는걸."

"이거, 적을 때리면 반짝반짝 하고 별이 튀어요. 엄청 귀여워요!"

아코가 득의양양한 얼굴로 말했다. 하지만 그런 아코와 달리 세가와는 경악하면서도 납득했다는 복잡한 얼굴로 외쳤다.

“전투 중인데 왜 자꾸 정기적으로 반짝반짝 하나 했더니, 네 짓이었던 거구나!”

“푸하하하하하하.”

“왜 웃는 거예요! 마스터.”

아아. 아무래도 우리는 우리도 모르는 사이에 엄청난 지뢰를 키우고 있던 모양이었다.

“앗…… 혹시, 제 장비, 너무 약한가요?”

이제야 그것을 눈치챘는지 아코가 어찌할 바를 모르는 얼굴로 우리 얼굴을 살폈다. 말할 것도 없잖아.

“약하다고 해야 할까, 무르다고 해야 할까, 오히려 게임을 얕보고 있다고 해야 할까. 잠깐 기다려봐. 창고에 회복용 자애의 지팡이가 있으니까 그거 빌려줄게.”

“그거 갖고 있는데요?”

“그럼 써!”

아코의 말에 따르면 『귀엽지 않은』 장비를 억지로 떠넘기고 우리는 이윽고 브룽크 대화산 맵에 도착했다. 보고 있는 것만으로도 더울 것 같은 화산 내부. 화속성의 그럭저럭 강한 몬스터가 넘칠 정도로 많은 맵이었지만, 네 명 모두 모인 상태에서 위험한 상황에 처할 만한 장소는 아니었다.

우리 넷은 전송 게이트를 빠져나와 사냥터 입구에 나란히 늘어서서는 불꽃에 싸인 동굴 안쪽을 응시했다.

“자, 그럼 우선 괜찮아 보이는 장소에 거점을 만들겠어. 아코, 버프 걸어줘."

"예."

아군을 강화하는 마법을 요구받은 아코는 흠칫거리면서 키보드를 두드려 슈에게 기술을 사용했다.

슈왕 하고 화려한 소리가 전원의 스피커에서 흘러나왔다.

"다른 사람의 소리도 들리네요."

"그거야 같이 있으니까 그렇지."

"호오…… 그럼, 이렇게 하면……."

슈왕 슈왕 슈왕 슈왕 슈왕.

"아아아아아시끄러워! 아니, 그것보다 무거워! 언제까지 슈왕 슈왕 거리고 있을 거야!"

"에헤헤. 미안해요."

"놀고 있는 사이에 적들이 접근했다!"

"좋아. 여기서 나의 우마이봉이 불을 내뿜는 모습을 모두에게 보여주마!"

척, 마스터가 마법 영창을 시작했다.

그 순간, 나와 세가와가 동시에 외쳤다.

"마스터는 캐시 아이템 사용 금지!"

"뭐, 뭐라고?! 그, 그렇게 말하면 쓸 수 있는 아이템이 없단 말이다!"

"뭐? 잠깐 좀 보여줘봐—. 우, 와. 왜 가지고 있는 아이템 절반이 캐시 아이템인 거야?"

"캐시 아이템 쪽이 위력이 더 강하지 않은가. 그럼 다른 건 필요 없지 않나."

뭐가 문제인지 전혀 모르겠다. 마스터는 그렇게 말하고 싶은 표정으로 말했다.

아아. 이런 사람들 덕분에 온라인 게임은 번영하고 있는 거구나. 나는 새로운 깨달음을 얻었다.

"잠깐, 루시안. 이 인간 좀 어떻게 해봐!"

"남이 캐시 아이템을 쓴다고 딱히 내가 손해 보는 건 없네요."

"너 정말 최악이구나!"

농담이야, 농담.

"좋아. 마스터는 우리가 보고 있을 때는 캐시 아이템 쓰는 거 금지야."

"횡포다! 나는 길드 마스터이자 부장이며 학생회장이란 말이다!"

"시끄러워 입 다물어."

우리는 이동 사냥의 형태로 적을 쓰러뜨리면서 화산 깊은 곳으로 나아갔다.

적이 무리 지어 한꺼번에 덤비는 것도 아니었기 때문에 딱히 고전할 일은 없었다. 하지만 나는 좀처럼 키보드 조작에 익숙해질 수가 없었다.

"으음— 조작이 너무 귀찮은걸."

"루시안은 평소 쓰던 것과 다른 컴퓨터로 게임을 하려니 불편한 건가?"

"그런 게 아니라."

나는 마우스를 가볍게 두드렸다.

문제는 컴퓨터 본체가 아니라 주변 기기 쪽이었다.

"평소에는 클릭 이동 한 뒤에 마우스의 사이드버튼을 써서 오른손 한 손으로 하고 있어서 말이야. 왼손을 쓰는 게 불편해."

"너, 항상 한 손으로 플레이하고 있는 거야? 대체 어떤 마우스를 쓰길래 그래?"

"평범한 열두 버튼 마우스인데."

평범하게 살 수 있는 제품으로, 별로 보기 힘든 물건도 아니었다.

하지만 세가와는 이상한 것이라도 보는 것처럼 눈을 반쯤 뜨고 나를 노려보았다.

"……너, 머리 이상한 거 아냐?"

"실례네."

그치만 한 손으로 하는 게 더 편하기도 하고, 게임이 클릭 이동도 지원한다면 최종적으로는 그렇게 되지 않겠어?

"그래. 특수한 마우스라고 하니까 기억났는데, 조금 재미있는 마우스를 갖고 있다. 가져올 테니 잠깐만 기다려라."

마스터는 그렇게 말하고는 자리에서 일어나 안쪽 선반을 뒤지기 시작했다.

선반에는 벌써 이런저런 것들을 넣어놓았는지 상자와 도구가 몇 개 들어 있는 것이 보였다.

마스터는 그곳에서 커다란 타원형의 키보드와 비행기의 조종타 같은 모양을 한 마우스를 꺼냈다.

“봐라. 인체 공학에 기초해 만든 초하이테크 게이밍 키보드와 마우스다!”

“정말로 인체 공학에 기초해 만든 거야? 요상한 모양을 하고 있는데.”

“이걸 만든 사람은 미래에 사는 사람일 거예요. 무척 멋져요.”

응응 하고 아코가 감탄을 늘어놓았다.

아, 이 녀석. 이런 이상한 물건을 좋아하는구나. 하긴, 내 신부니 그럴 만도 하지.

“그래서. 이상하게 생겼는데 쓰기 편해?”

“그것이, 놀랄 정도로 다루기 어렵다.”

마스터는 조금도 망설이지 않고 그렇게 즉답했다.

“……그딴 거 그냥 버리라고.”

“나, 그거 써보고 싶어요!”

“아코는 적어도 보통 키보드부터 잘 쓸 수 있게 된 다음에 그런 말을 하도록 해!”

서로 그렇게 아웅다웅하는 사이, 우리는 화산의 가장 깊숙한 곳에 도착했다.

“여기까지 오는 것만으로도 엄청 지친 것 같아.”

“하지만 아코의 회복력이 올라가 있어서 평소보다는 편했지.”

"하나도 안 귀여운데 말이죠…… 루시안, 싫지 않은가요?"
무슨 말을 하나 싶었더니만.
겉으로 보기에 귀여운 것이 전혀 필요 없다고는 안 하겠지만, 사냥터에서는 강력한 장비야말로 가장 아름다운 의상이었다.
그것이야말로 정식 드레스코드라는 것이건만.
"일단 말해두겠는데 겉으로 보기에 귀여운 것보다 나를 지키는 것을 중시해주는 쪽이 더 좋아."
"아…… 그렇, 군요."
내가 쓴웃음을 지으며 말하자 아코는 그제야 깨달았다는 것처럼 눈을 크게 떴다.
"그러네요. 아무리 귀엽게 꾸며도 루시안이 죽으면 의미가 없죠. 응. 루시안을 위해 노력할게요!"
"……아, 그래."
그렇게 순수한 얼굴로 말하면 뭐라고 반응해야 할지 곤란해.
"그럼 적당히 적을 몰고 올 테니까, 이쪽에 나타나는 건 알아서 처리 부탁해."
"맡겨둬라."
마스터가 고개를 깊숙이 끄덕였다. 그 침착한 얼굴을 보고 나는 바로 남은 두 사람을 바라봤다.
"부탁한다, 슈. 아코."
"예. 미력을 다하겠습니다!"
"마스터가 캐시 아이템을 못 쓰게 최선을 다할게."

"내 돈이지 않느냐! 어째서 쓰면 안 된다는 거냐!"

나는 그 세 사람을 놔두고 주변에 있는 적들을 그러모았다.

그런 뒤 최대한 몬스터에게 공격당하지 않으려고 주의하면서 거점으로 뛰어서 돌아왔다.

"다들, 10초 정도 있으면 거점에 도착할 거야."

이동하면서 채팅하지 않아도 되니 무척 편했다. 나는 샤샤 공격을 피하면서 루시안을 달리게 했다.

"내게 맡겨라. 전체 마법으로 다 정리해주— 응? 뭐냐, 슈바인. 왜 내 팔을 누르는 거냐?"

"지금! 캐시 아이템을! 쓰려고! 했잖아!"

"화려한 마법은 마법사의 생명이잖느냐!"

"돈으로 화력을 사서 어쩌겠다는 거냐고!"

아무래도 장외 난투가 격렬해지고 있는 것 같다. 이래서야 괜찮을까?

"곧 도착할 거야! 준비는 됐냐!"

"큭. 어쩔 수 없군. ……언제든지 와라!"

"오케이. 준비됐어."

아슬아슬한 타이밍에 마스터와 세가와는 자신의 자리로 돌아왔다.

좋았어. 늦지 않았다.

"3, 2, 1, 지금이다!"

내 캐릭터가 거점에 뛰어든 직후, 빙결 마법이 머리 위에서 쏟아져 내렸다.

"먹어라. 나의 퍼펙트 블리자드! 하하하하! 그야말로 완벽한 타이밍이다!"

"너무 완벽해서 다들 마스터에게로 향하고 있잖아!"

"마스터, 너무 신을 냈어요!"

목표를 고정하기도 전에 대위력의 마법을 뒤집어쓴 몬스터들은 바로 마스터가 조작하는 마법사를 목표로 삼았다.

캐시 아이템을 쓰지 않은 마법으로는 일격으로 완전히 숨통을 끊어놓을 수 없어서, 모든 몬스터가 마스터에게 달려들었다.

"평소의 나와 지금의 나, 어째서 차이가 생긴 것이냐…… 캐시 아이템의 차이인가. 너무 자만했구나……."

"퍼펙트 블리자드. 마스터는 죽을 거예요."

아코가 눈을 감고 묵념했다.

"아니, 이대로 있다가는 마스터, 진짜로 죽을 거야! 잠깐, 진짜…… 진짜로 죽었다!"

적의 대군에 둘러싸인 마스터는 순식간에 녹아내렸다.

응. 그렇게 될 줄 알았어. 알았다고. 마법이 발동된 순간 알았어.

"이거 어쩔 거야! 아코. 소생. 소생!"

"아, 그러니까……루시안. 리바이브가 어느 아이콘이죠?"

"나, 이 전투가 끝나면 슈랑 결혼할 거야."

"포기가 너무 빠르잖아!"

"벌써 저랑 결혼했잖아요! 무슨 소리 하는 거예요!"

"아코. 벽으로 붙어, 벽으로!"

일격에 끝장내지 못했다고 해도 마스터의 마법은 제대로 몬스터에게 적중해 에너지를 깎아놓았다. 덕분에 전원 죽을 뻔하긴 했지만 겨우 전멸은 면할 수 있었다.

"갑자기 피곤해졌어……."

세가와가 마우스에서 손을 떼고 고개를 푹 숙였다. 가슴 앞에 팔을 모은 마스터가 득의양양하게 말했다.

"그건 캐시 아이템을 쓰지 않아서 그런 거다. 알겠나? 캐시 아이템은 운영진에게 하는 시주다. 그것을 소홀히 하면 운영신이 천벌을 내리는 것은 당연한 일. 굳이 말할 필요도 없을 게다."

"그런 종교를 믿는 것 같은 사고방식, 그만둬요!"

슈의 캐릭터가 말풍선에 『orz』를 표시했다. 그대로 내버려 두면 현실에서도 지면에 무릎을 꿇고 엎드릴 것 같은 기세였다. ―뭐, 나도 슈와 동감이었지만.

"슈. 그 표현도 자주 쓰는데, 뭐라고 읽으면 되죠?"

아코가 신기하다는 듯이 그렇게 물었다.

"orz는…… 오알지, 라고 읽는 거 아냐?"

"나는『털썩』이라는 단어로 읽는다만."

"오즈야, 오즈. 그 외에는 인정할 수 없어. ……그럼, 난 잠깐 나갔다 올게. 다들 계속하고 있어."

"화장실 가냐?"

"그런 건 묻는 게 아니야."

세가와는 손을 살랑살랑 흔들어 보이고는 부실을 나갔다.

확실히 이 방은 컴퓨터가 뜨거워지지 않도록 그에 맞춰 냉방하고 있었으니 화장실도 금방 가고 싶어질 것이다.

세가와가 자리를 뜨고 남은 것은 우리 세 사람.

"……좋아. 지금이 기회다."

나는 히죽 웃으며 말했다. 실은 사냥하러 출발하기 전부터 이 기회를 노리고 있었던 것이다.

나는 내 캐릭터를 살짝 조작한 뒤, 세가와의 책상으로 자리를 옮겼다.

"루시안, 뭘 하려는 거예요?"

"잘 봐둬. 아코. 이걸 이렇게 하면, 말이지."

달각달각. 나는 세가와의 마우스를 조작했다.

"호오. 그런 것이라면 좋은 물건이 있지."

옆에서 그것을 들여다보고 있던 마스터가 내가 했던 것처럼 달각달각 세가와의 마우스를 조작했다.

"오. 그거 좋은데."

"귀여워라!"

달각달각, 달각달각, 달각달각—.

"나 왔어. 아코, 나 아직 살아 있어?"

"완전 건강해요!"

"조금만 더 있다가 다시 적을 끌고 올 참이었어. 준비해."

방으로 돌아온 세가와에게 우리는 천연덕스럽게 대꾸했다.

"예예. 알았어. 하여간, 사람을 험하게 부린다……니, 까?"

의자에 앉아 모니터를 마주 본 세가와가 그 자리에 그대로 굳어버렸다.

크크크크크. 예상대로다.

그 어이를 상실한 얼굴, 그게 보고 싶었던 거다!

"어, 잠…… 이거, 뭐야?"

"슈. 이제 간다."

"간다, 가 아니잖아! 이게 뭐야! 왜 내가 곰 인형 옷을 입고 대파를 들고 있는 거야!"

그랬다. 세가와의 캐릭터는 사냥터의 드레스코드를 화려하게 무시하고 겉으로 보이는 임팩트와 사랑스러움만이 돋보이는 곰 인형 옷과 이벤트 아이템인 대파 소드를 장비하고 있었던 것이다.

말할 것도 없이 나와 마스터의 작품이었다.

"전투 중이다. 진지하게 하라고."

"귀여운 것보다 얼마나 전투에 도움이 되는지가 중요해요. 슈."

"너한테만큼은 그런 말 듣고 싶지 않아! 너희들, 내 장비에 멋대로 손을— 아아, 벌써 적이 왔잖아!"

그때는 마침 내가 다시 거점으로 뛰어든 참이었다.

이번에는 죽는 사람이 나오지 않도록 적의 수를 조정했지만, 그렇다고 해서 구경하고 있을 수 있는 머릿수도 아니었다.

"자자. 쓸데없는 소리 그만하고 싸워라. 슈."

"그래, 알았어! 어떻게 돼도 난 몰라! 어라. 우와와, 뭐야

이 대파. 공격력이 꽤 좋잖아!"

"하하하하하하. 그 대파는 내가 강화시켰으니까 말이다."

대파를 준비한 마스터가 소리 높여 웃었다.

오오, 진짜다. 평범하게 몬스터를 베고 있어. 대파, 끝내준다.

"마스터는 돈 씀씀이가 이상하다니까! 아아, 나의 슈바인이……."

대파를 휘두르며 적을 다져나가는 곰 인형.

그것은 매우 비현실적인 풍경이었다.

"너, 대체 내게 무슨 짓을 한 거야!"

"가벼운 조크였다고. 화내지 마! 화…… 우왓!"

그 뒤, 나는 세가와에게 하마터면 잘게 다져질 뻔했다.

이쪽은 비현실적인 일이 아니라 지극히 현실적인 폭행이라는 점이 참으로 유감스러웠다.

딩동댕동. 부 활동 종료의 벨이 울렸을 무렵, 우리는 한 차례 사냥을 마치고 마을로 돌아와 있었다.

"아아. 평소 사냥을 했을 때보다 더 지친 것 같아……."

세가와가 두 손을 마우스와 키보드에서 떼고 가볍게 털면서 말했다.

"효율은 올라가지 않았나."

"그건 중간부터 아코 캐릭터를 니시무라가 조작했기 때문이잖아요."

"루시안. 정말 잘하네요."

"너는 연습 좀 해."

우웅 하고 세가와가 기지개를 켰다.

게임에서 언제나 모이는 마을의 그 찻집.

평소대로 아코가 내 캐릭터 옆에 찰싹 달라붙어서 귓속말 채팅창을 열었다.

◆아코 : 수고했어요, 루시안.

"아코. 그러니까, 그거 필요 없다니까."

그래서야 평소랑 다를 게 없잖아. 게임 캐릭터인 루시안이 아니라 실제로 옆에 앉아 있는 나와 대화를 해야지.

"아, 그러네요. 그럼……."

아코는 응응 고개를 몇 번 끄덕이더니 내 귓가에 얼굴을 가까이 갖다 댔다.

"자, 잠깐 아코……."

"……수고했어요, 루시안."

"~~~~~~으!"

귓가에 대고 『속삭이는』 그 행동에 뜨뜻미지근한 숨결이 귀를 간지럽혔다.

나는 흠칫 몸을 굳혔다. 하지만 아코는 그 자세 그대로 말을 계속했다.

"여러모로 도와줘서 고마워요. 평소보다 모두의 도움이 된 것 같아요."

"그, 그래. 그거 잘됐네."

"……하지, 만!"

아코는 내 팔을 붙잡더니 꼬집듯이 꼭 쥐었다.
"살아 돌아가면 슈와 결혼하겠다니, 그게 무슨 말인가요!"
"아니, 그건 그냥 한번 해본 말이었어."
"그럼 나한테 말했으면 됐잖아요. 루시안, 정말 싫어요!"
그렇게 말한 아코는 내게서 몸을 떼더니 더 나아가 흥 하고 고개까지 돌렸다. 덕분에 어떤 표정을 하고 있는지는 보이지 않았다.
"아, 아니 그게, 미안……."
나는 뒤늦게 우물우물 변명을 늘어놓았다. 그런 내 말을 가로막듯이 아코가 작게 중얼거렸다.
"—거짓말이에요. 좋아해요."
아코는 다시 원래대로 내 쪽으로 고개를 향하더니 삐친 고양이와도 같은 태도로 그렇게 말했다.
"아…… 아코."
그 모습을 보고 있는 것만으로도 점점 체온이 올라가는 것 같았다.
평소 채팅으로 듣던 말과 큰 차이가 없었는데도 이렇게 직접 들으니…… 안 돼. 이대로 흘러가 버릴 것 같다. 흘러가 버려도 될 것 같다는 생각이 들기 시작했다.
그런 생각에 사로잡혀 있으려니, 아코가 표정을 바꾸어서는 나를 올려다보았다.
"어, 어떤가요? 내게 반했나요? 아니, 다시 반했나요?"
"……그 한마디가 사족(蛇足)이다. 그 말만 하지 않았으면 위험했어."

"그, 그럴 수가…… 나, 바보 같은 짓을 한 건가요."

"해도 크게 했지."

젠장. 모처럼 위험했는데— 아니 아니. 그게 아니지. 위험했다. 견뎌내서 다행이다.

"저기, 있지. 니시무라…… 너, 여기서 이러고 있는 목적, 알기나 하는 거야?"

문득, 그런 대화를 나누는 우리를 세가와가 게슴츠레하게 뜬 눈으로 쳐다보았다.

아, 음 그러니까, 목적이라…… 아아, 그랬다! 아코의 서방님 운운하는 발언을 그만두게끔 하는 것이었다!

"아, 그, 그래. 그러고 보니 그랬지. 하하하……."

"하하하, 가 아니야! 널 위해 이러고 있는 거라고!"

세가와가 책상을 탕탕 두드렸다. 거 참 정말로 면목 없다.

"현대통신전자 유희부, 목적을 달성하지 못했군. 이래서야 내일도 활동하지 않을 수 없겠어."

"뭐어? 이거 계속해야 하는 거야?"

"싫으면 그만둬도 돼요."

아코는 생글생글 웃으면서 컴퓨터를 가리켰다.

그것은 집 컴퓨터의 사양이 낮은 세가와에게는 피할 수 없는 유혹이었을 것이다. 실제로 세가와는 떨떠름한 얼굴로 눈앞의 컴퓨터를 쳐다본 뒤, 포기한 것처럼 한숨을 내쉬었다.

"……알았어. 할게. 어차피 별로 싫지도 않으니까."

세가와는 고개를 숙이고 그렇게 중얼거렸다.

"즐거웠죠."

"……그래."

순수하게 웃는 아코에게 나는 고개를 끄덕여 보였다.

목적에서 좀 벗어나긴 했지만 그래도 무척 즐거웠다.

"뭐, 분명 즐겁긴 했는데……."

세가와는 천천히 우리를 둘러보더니 후 하고 한숨을 쉬고는 작은 목소리로 말했다.

"오히려 현실과 게임의 경계가 약해진 것 같은 느낌이 들어……."

"무슨 말 했나? 슈바인."

훗 하고 웃으며 묻는 마스터에게 세가와는 고개를 저었다.

"아뇨. 자, 그럼 이제 됐죠? 난 집에 갈게요."

세가와는 잽싸게 컴퓨터 전원을 끄더니 가방을 들고 자리에서 일어났다.

그리고 그대로 뒤도 돌아보지 않고 문으로 직행했다.

"아, 세가와. 혼자 가는 거야?"

"내가 왜 너랑 같이 가야 하는데?"

"……그것도 그런가."

슈로서의 세가와라면 모르겠지만 평소의 세가와는 나와 같이 돌아가거나 하지 않을 것이다. 그것은 분명 당연한 일이었다.

나는 부실을 나서는 세가와를 배웅하고는 마스터에게 말을 걸었다.

“마스터는 어떻게 할 거야? 이제 돌아갈 건가?”

“나는 아직 학교에 일이 더 있다. 두 사람은 먼저 돌아가도록 해.”

마스터는 냉정하게, 하지만 어딘가 즐겁다는 듯이 말했다.

두 사람은, 이라고?

다시 말하자면 둘이서, 겠지.

“그럼. 어, 음, 그러니까.”

“예. 같이 가요, 루시안.”

“……그래.”

얼른 세가와를 쫓아가서 세가와랑 같이 가, 라고는 말할 수 없었다.

집에 가는 내내 슈, 슈라고 계속 불린 세가와가 끝내 폭발하는 모습이 상상되었기 때문이었다.

“오늘은 정말로 즐거웠죠, 루시안. 내일도 정말 기대돼요.”

“뭐, 그래.”

아코는 통학로 끝에서 저물어가는 저녁 해에 눈을 가늘게 뜨면서 조금 지친 것 같은 기색으로 중얼거렸다.

“오랜만에 연속으로 학교에 왔더니 조금 피곤하지만요…….”

“너, 평소에는 대체 어떤 생활을 보내는 거냐…….”

“음, 그러니까, 결과적으로는 루시안이 부양해줄 테니 그 사이의 일은 아무래도 좋지 않을까, 그렇게 생각하는데요.”

"잠깐 잠깐 기다려봐."

아니 대체 무슨 인생 설계를 하고 있는 거냐? 나는 그런 것까지 인정할 생각은 아니라고.

"어. 설마 루시안. 맞벌이를 바라는 건가요?"

아니, 그런 문제가 아니라.

그저, 그— 어느 쪽이냐고 하면.

"그건 말이지. 그래, 맞벌이 쪽이 좋아."

"예? 뭐라고요?"

아코가 그 자리에서 바로 다시 되물어 왔다.

"……그러니까, 맞벌이가 좋다고."

"예? 뭐라고요?"

아코가 그 자리에서 바로 다시 되물어 왔다.

"맞벌이가—."

"예? 뭐라고요?"

아코는 이제 말을 채 다 듣지도 않고 반문해 왔다.

"야 인마!"

"꺄."

아코가 웃으면서 쪼르르 도망쳤다. 나는 아코의 뒤를 쫓았다.

하지만 아코는 체구가 작았다. 쫓아갈 것까지도 없이 나는 아코를 붙잡을 수 있었다.

"이 녀석. 반성해."

"죄송했습니다."

"하여간에……."

나는 손쉽게 붙잡힌 아코의 머리를 쓰다듬어주었다. 그러자 아코는 기분 좋은 듯, 눈을 가늘게 뜨고 웃었다.

나는 그런 아코를 바라보며 잠시 생각했다.

이 녀석, 정말로 학교에는 잘 안 오는 것일까?

"……."

"루시안? 왜 그러죠?"

"아, 아니야. 사람들 앞에서 루시안이라고 불리는 것도 익숙해졌다 싶어서."

"미, 미안해요. 니시무라 군."

아코는 새삼스럽게 호칭을 바꾸었다.

우리 주위에는 부 활동을 끝내고 하교하는 학생들이 그럭저럭 있어서 다들 우리를 힐끗거리는 것 같았다. 그런데 나도 이제는 그 시선을 좀 창피하다는 감상을 품는 정도로 견딜 수 있게 되었다. 아무래도 나도 내성이 생겨버린 모양이었다.

필요 없어. 그딴 내성, 필요 없다고.

"저기, 니시무라 군."

"응?"

그 사실에 충격받고 낙심한 채 계속 걷고 있으려니, 문득 아코가 내 옷깃을 잡아당겼다.

"이렇게 걷고 있으면 우리, 친구로 보일까요?"

"뭐 그렇게 보이겠지."

실제로 친구이고 말이지.

"그럼, 연인 사이로는 보일까요?"

"그건 좀 미묘하군."

둘이서 같이 걷고 있다고는 해도 그것뿐이니까.

"그럼 리얼충으로는 보일까요."

"내가 가까이에서 보고 있었다면 틀림없이 리얼충, 죽어버리라고 생각했을 거다."

그것만큼은 확실했다.

이렇게 귀여운 아이와 둘이서, 그것도 여자아이를 옷자락에 매단 채 걷고 있는 것이다.

폭사 판정은 틀림없었다.

"후후후…… 꼴좋다, 이 리얼충들."

"진정해, 진정."

나는 음습하게 웃는 아코를 달래며 통학로를 계속 나아갔다.

해가 저물어감에 따라 점차 밤이 가까워졌다.

마을의 색깔이 선명한 오렌지색에서 깊은 검은색으로 바뀌기 시작했다.

"이래저래 집에 돌아가는 게 꽤 늦어졌는데, 괜찮아? 부모님한테 연락은 드렸어?"

나는 아코에게 그렇게 물었다. 그러자 아코는 내 얼굴에는 시선도 주지 않고 앞만 쳐다보면서 대답했다.

"그건 괜찮아요. 부모님은 거의 집에 안 계시니까."

"……그래?"

"그렇지 않으면 매일 밤늦게까지 게임 같은 건 못 해요. 아,

그래도 부모님이 집에 돌아오시면 로그아웃하고 나가서 인사하긴 해요."

거기까지 말한 아코는 내게 시선을 향하며 미소 지었다.

나는 집에 가족이 있어도 밤늦게까지 게임하는데— 뭐, 그건 잠시 제쳐놓고.

부모님은 집에 잘 안 계신다. 그렇게 말하는 아코의 목소리가 조금 딱딱하게 굳은 것 같았다. 그리고, 내 쪽은 쳐다보지도 않고 딱 잘라 말하던 아코의 태도. 혹시 괜한 얘기를 한 건가.

그건 그렇고, 친구도 없다고 했고 학교에도 거의 안 나오는데 거기에 가족도 거의 집에 없는 건가.

"……음—."

"니시무라 군?"

"아니, 아무것도 아니야. ……아코. 고기만두 사서 먹으면서 가자. 반 줄게."

"그게 뭔가요. 꼭 리얼충 같아요!"

"그치?"

나는 눈을 반짝이는 아코의 등을 떠밀며 천천히 계속 걸음을 옮겼다.

게임 속에서와는 다른 의미로 이 아이를 조금 더 도와주고 싶다. 순간 그런 잘나 보이는 생각을 한 자신의 존재를 나는 의식적으로 머릿속에서 지워버렸다.

3장 고양이공주 헌터 프론티어

And you thought there is Never a girl online?

그로부터 며칠 뒤. 현대통신전자 유희부는 활동을 계속했다.

"자, 어때? 루시안을 조작하는 내 솜씨!"

"야, 이 바보야. 그렇게 산더미처럼 데려오면 버틸 수가 없어."

세가와가 조작하는 루시안이 대량의 적을 이끌고 우리 앞으로 달려왔고, 그 바람에 우리는 어쩔 도리도 없이 그대로 적의 무리에 삼켜졌다.

"후후후후. 마스터는 제가 가장 잘 쓸 수 있어요! 앗, 아아아, 미안해요. 마법을 취소해버렸어! 루시안이 죽겠어!"

죽겠어, 라고 할까 죽었다. 이미 죽었다고! 내게 다량의 사망 페널티만을 남기고 무참하게 죽어버렸단 말이다!

"뭐야, 이 녀석. 약해빠졌잖아! 써먹을 수가 없네!"

"약하지 않아! 네 조작이 서툰 것뿐이잖아! 아아아 내 경험치가! 젠장, 너도 뛰어들어라, 슈바인!"

"내 슈바인을 죽이지 마! 마스터, 빨리 회복시켜줘요!"

"캐시 아이템을 쓸 수 없는 캐릭터는 힘이 부족해서 조작하는 맛이 없군."

"당신, 과금 안 하면 죽는 병에라도 걸린 거야?"

우리는 각자 본디 자신이 사용하던 것과는 다른 캐릭터를 이용해 싸우고 있었다.

이 날의 도전 과제는 『루시안』의 모습을 고정하지 않는다는 명목의 캐릭터 교환이었다.

"저기 이거, ID 공유에 들어가는 거 아냐?"

"아니 아니, 아니야. 일시적으로 그 사람 컴퓨터 앞에 있는 거니까 IP 차단 같은 건 당하지 않을 거야."

응. 아마도 말이지!

그 다음 날은 경험치가 아니라 레어 아이템을 획득하는 것에 도전해보기도 했다.

살벌한 상황에 처하게 해서 나와 아코 사이를 갈라놓으려는 속셈이었다.

"아, 나왔다! 나왔어! 발렌티누스의 갑옷!"

"우오오오오! 정말로 나왔잖아! 믿을 수 없어!"

발렌티누스의 갑옷은 강력한 내성과 능력치 향상, 게다가 에너지를 어마어마하게 상승시키는 최상급 갑옷이었다. 그뿐만 아니라 발렌티누스 세트라고 불리는 세트 장비의 하나이기도 했다. 이 세트 장비를 전부 장착하면 뭔가 엄청나진다는 것 같았다.

유저 시장 가격 백M 단위— 게임 내 머니로는 억 단위를 호가하는 아이템이었다.

레어 아이템을 노리러 갔지만 아이템은 얻지 못하고 분위기만 살벌하게 만드는 것이 이번 사냥의 목적이었다. 하지만 나와 버리면 또 나와 버린 대로 분위기가 살벌해지는 것이 온라인 게임의 세계였다.

“발렌티누스…… 밸런타인…… 화가 불끈불끈 치솟는 이름의 이 갑옷은 대체 뭔가요. 그냥 버리지 않을래요?”

“진정해! 아코. 몇백 M짜리 장비를 이름의 분위기만으로 버리려고 하지 마!”

“자, 이제 어떻게 할까? 팔아서 그 돈을 나눠가질까? 아니면 누군가가 써보겠나?”

“써보고 싶어!”

나는 그 자리에서 바로 대답했다.

이것으로 나의 루시안은 방어력을 한층 더 견고하게 할 수 있을 것이다.

“나도 써보고 싶어!”

“물론 나 역시 탐이 난다.”

“제가 책임지고 버릴게요!”

다들 손을 들어 소유권을 요구하며 서로를 노려보았다.

아마 살의조차 섞여 있을 시선을 서로 주고받으면서 우리는 자리에서 전전히 일어났다.

“전원이 갖고 싶다고 한다면…….”

“방법은 하나밖에 없겠군.”

“동정은 필요 없어!”

“갑니다!”

가위바위보!

이렇게 레어 아이템을 두고 옥신각신하기도 했다.

"어라? 멈췄네요."

"음. 고등어가 떨어졌나."

또 그 다음 날은 드물게도 고등어가 떨어지는 일이 일어났다.

고등어란 말 그대로 서버를 말한다[#8]. 그리고 서버가 떨어졌다는 것은 요컨대 서버가 다운되어 게임에 로그인할 수 없는 상태를 말한다.

온라인 게임의 서버는 오픈 베타나 정식 서비스 직후에는 다운되는 일이 자주 발생하지만 일단 안정기에 들어가면 좀처럼 다운되지 않는다. 생각해보니 LA의 서버가 다운된 것은 꽤 오랜만의 일인 것 같았다.

"아직 저녁이기도 하니까, 혹시 청소 아줌마가 전원을 빼버린 건 아닐까요?"

몇 번인가 로그인을 시도했다가 번번이 튕겨나면서 아코가 말했다.

"성가신 아줌마로군. 실로 유감이다."

"일본제 신형 탄도 미사일 유감의 뜻 3호를 준비하죠."

그걸 어디에 쏠 생각인 거냐. 그만둬, 아코.

하지만 LA에 로그인을 할 수 없다면, 어떻게 할까— 아,

#8 고등어(鯖) 고등어는 일본어로 사바(さば)라고 하며, 일본어로 서버를 뜻하는 사바(サーバー)와 발음이 비슷하다.

맞다.

"여기, 딱히 LA부인 건 아니잖아. LA에 들어갈 수 없다면 다른 온라인 게임이라도 찾아보면 어때?"

"호오. 다른 온라인 게임인가."

내 제안에 마스터가 살짝 흥미를 보였다. 하지만 세가와는 그와는 반대로 눈썹을 찌푸렸다.

"지금 와서 새삼스럽게 다른 온라인 게임으로 옮겨가자고? 난 LA만으로도 충분해."

"하지만 서버가 다운된 동안에는 할 게 없잖아. 뭔가 추천할 만한 거 없어?"

그렇게 말하면서 나 자신도 뭔가 없나 찾아보았다. 음. 딱히 눈에 띄는 건 없나.

"오오. 좋은 게 있는데."

문득 마스터가 그렇게 말하면서 자신의 모니터에 공식 사이트를 띄우고 우리를 불렀다.

"이 게임은 어떤가? 마침 오늘 저녁부터 오픈 베타를 시작하는 해외 MMORPG다. 게임 자체는 그럭저럭 유명한 작품이고, 운영은 서버가 약한 것으로 유명한 그곳이 맡았다. 자, 어떤가? 이거라면 틀림없이 치열한 로그인 게임을 즐길 수 있을 거다."

마스터는 기대 가득한 웃는 얼굴로 그렇게 말했다.

그 로그인 게임이란 한계를 넘은 수의 유저가 한꺼번에 로그인하려는 탓에 평소와는 비교도 할 수 없을 정도로 많은 부하가 걸리는 로그인 서버에 그저 ID와 패스워드를 계속 입력해 누구보다도 먼저 게임에 로그인하는 것을 목표로 하는, 코어한 온라인 게임 유저들에게 대대적인 인기를 끌고 있는 그 로그인 게임을 말하는 건가.

방금 마스터가 말한 게임은 유명한 제목에 이끌려 많은 사람들이 모여들 것이라 예상되는 것에 비해 운영 서버는 취약하다. 게다가 등록한 사람들을 무제한으로, 그리고 무료로 플레이할 수 있게 하는 오픈 베타를 낮의 한가한 시간대가 아닌 저녁 때 시작한다면— 오호라. 그렇군.

나는 씨익 웃고 있는 마스터를 쳐다보았다. 마스터는『모든 것을 이해한』자의 미소를 띠고 있었다.

"……."

"……(꿀꺽)."

힐끗 아코에게도 시선을 주자, 아코도 무척 좋은 얼굴을 하고 있었다.

과연 내 신부였다. 잘 아는군.

"뭐? 뭐가 로그인 게임이야. 그런 게 뭐가 재미있다고. LA 서버가 정상화될 때까지 그냥 적당히 인터넷 서핑 하고 있으면 되잖아."

그러나 아쉽게도 여기 이단자가 한 명 있었다.

이 녀석, 아무것도 모르는군. 온라인 게임 유저에게 가장 즐거운 그 한때를 전혀 이해하지 못하고 있어…….

유죄, 유죄, 유죄…… 우리의 목소리가 겹쳐졌다.

"어? 자, 잠깐, 뭐야? 그게 뭐야?"

"하아…… 로그인 게임이 하기 싫다니, 너 너무 초보스럽잖아."

"오픈 베타에서 가장 재미있는 것이 바로 이 로그인 게임 아닌가. 그런 것도 모르는 건가, 슈바인. 나는 부장으로서 한탄스럽다."

"우리 모두 모든 온라인 게임에서 로그인 게임을 해왔다고요!"

"잠깐잠깐잠깐너희들 좀 이상해! 아니, 대체 그 로그인 게임이라는 게 뭐야?"

"내가 설명하지!"

크게 당황한 세가와에게 마스터가 척 검지를 들어 보였다.

"로그인 게임— 로구인 게임이란 고대 중국에 존재했던 지하 조직 『로구인』에서 행해지던 고문 『게임』을 말한다! 이것은 서 있는 것만으로도 목숨을 잃을 것 같은 더운 날에 아무것도 없는 황야에 적을 던져놓는 것이지. 그리고 버려진 적은 아무리 찾아도 쥐새끼 한 마리, 물 한 방울 찾을 수 없는 상태에서 부잠하게 숙어나간다는 무시무시한 고문법이나. 희생자의 대부분은 굶주림을 못 이기고 자신의 옷, 몸의 일부조차 물어뜯었기 때문에 『원라인(怨裸印)』[#9]이라고도 불렸다. 그 희생자로는 이치로 원라인, 시로 원라인, 서양에서는 디둔 본 원라인 등, 매우 폭넓다."

#9 원라인 일본어 발음으로 게이무이다.

“현대에서는 새 온라인 게임이 서비스를 시작하는 날에 아무리 노력해도 아무것도 얻을 수 없음에도 그 누구보다도 빠른 로그인을 목표로 필사적으로 로그인 작업을 반복하는 유저의 행위를 로그인 게임이라고 부르는데요…… 그것은 로구인 게임에서 유래한 거예요.”

마스터의 해설을 아코가 넘겨받았다.

“거짓말! 그거 분명 거짓말이지?!”

“아니. 나도 책에서 읽은 적 있어.”

“무슨 책인데! 한번 말해봐!”

“……민메이쇼보, 라고 했던가?”

“역시 거짓말이잖아!”

거짓말이 아니야. 무례한 녀석이군.

“어쨌든, 할 거야? 진짜로? 어차피 한나절이면 질릴 텐데? 일부러 ID랑 패스워드 만들어서 죽어라 로그인하는 거야? 아무것도 얻는 게 없는데?”

“빨리 클라이언트를 다운로드 해라! 마스터로서의 명령이다!”

싫어하는 세가와의 등을 떠밀면서 우리는 그날 하교 시간까지 로그인 게임을 즐기기로 했다.

“크. 로그인 자체는 돌파했는데 서버 선택에서 에러가 뜨는군. 하지만 한 번 로그인한 이상, 로그인 화면으로 돌아갈 수는 없는 법. 그러니 난 이대로 연타로 승부하도록 하겠다!”

“잠깐, 마스터. 서버 선택 단계까지 가서 멈추는 경우에는 클라이언트 재가동이 효과적이라고 해."

"흠. 정말인가? 그렇다면 재기동을…… 이, 이봐 루시안. 서버 선택은 고사하고 로그인에서부터 막히잖나!"

"낚였구나! 정보에 어두운 마스터가 낚였어! 이 틈에 나는 다음 단계로 나아가야지!"

"속였구나. 날 속였어 루시안! 큭. 이렇게 된 이상 패스워드를 간략한 것으로 잠시 바꾸어 대항하는 수밖에 없겠군!"

"왔다! 왔어요! 서버 선택을 지나서 이윽고 캐릭터 만들기까지 왔어요! 제가 가장 먼저 도착했어요!"

"그만둬. 취소를 눌러, 아코!"

"안 된다. 거기서 캐릭터를 만들면 두고두고 후회하게 될 거다!"

"캐릭터 만들기……를 눌렀더니 클라이언트가 멈춰버렸어요! 반응 없음이 떴어요! 컴퓨터까지 통째로 먹통이 돼버렸어요!"

"꼴좋다아아아아아아아아아아!"

"로그인 연타 단계에 어서 오게나, 아코 군!"

"저기, 이게 뭐가 재미있다는 거야……?"

"이야, 오늘은 정말로 재미있었어. 마스터."

"음. 신●루 1200『The 로그인』이 발매되지 않는 것이 신기할 정도로 재미있었다."

"아마 발매되면 타임어택 동영상이 만들어지고『서비스 시작 일주일 후』라는 태그가 붙겠지."

"이번에는 서비스가 시작된 지 두 시간 만에 혼잡이 해소되었지만 말이다. 다 좋았지만 그 원인이 되는 지루한 게임만큼은 다소 마이너스 요소였다."

"재미도 없는 온라인 게임을 로그인만 즐기지 말아달라고요……"

"거기서 컴퓨터가 먹통이 되지 않았으면 제가 가장 먼저 통과했는데 말이에요……."

로그인 게임으로 충분히 즐긴 나와 마스터와 달리, 세가와는 피곤해서 기력을 잃은 것 같은 모습으로 말했다. 아코는 여전히 게임에서 튕긴 것을 납득하지 못하는 것 같았다.

나는 아코의 머리에 손을 올려 쓰다듬어주었다.

"너무 낙심하지 마. 그렇게 패배한 경험이 있기 때문에 다음 로그인 게임을 즐길 수 있는 거다."

"……예. 그렇겠죠."

아코는 나를 올려다보고는 뺨을 살짝 물들이며 눈을 가늘게 떴다.

그런 우리를 보고 세가와가 작게 중얼거렸다.

"있지. 이 부…… 의미 없지 않아?"

"왜 의미가 없어. 매일 즐겁게 활동하고 있잖아."

"그렇긴 하지만, 그 얘기가 아니고 말이지. 원래는 타마키가 니시무라의 신부 운운 하는 것을 어떻게든 하는 게 목적이었지 않나?"

“그야 그렇지. 뭘 새삼스럽게 그런 당연한 얘기를 하는 거냐?”

아니 애초에 원래는 이라니, 그게 무슨 말이야. 지금도 그게 목적이잖아.

하지만 세가와는 그렇게 말하며 웃는 나를 의심스러운 눈초리로 쳐다보면서 천천히 손을 들어 올렸다. 그러고는 그 손으로 아코의 머리를 쓰다듬는 내 손을 가리켰다.

“그 상태로?”

어, 그러니까…… 아, 미안.

“…….”

“……읏! ……읏!”

나는 천천히 아코의 머리에서 손을 떼려고 했다. 그러자 아코가 내 손에 머리를 비벼대며 내 손을 쫓아왔다.

아으. 귀여운걸. 정말로 어리광 부리는 고양이 같아. 집에 데려가서 키울까, 이 녀석.

“있지, 니시무라. 그냥 포기하면 어때?”

“포기하면 그 시점에서 완전히 끝나는 거잖아!”

“포기하지 않는다고 끝나지 않는 것도 아니잖아!”

아니. 포기하지 않는 한 나의 싸움은 끝나지 않아!

“저기, 포기하지 않을래요?”

“하지 마, 아코. 나를 끌어들이려고 하지 마!”

나는 내 손을 잡아끌며 유혹하는 아코의 달콤한 속삼임을 필사적으로 뿌리쳤다.

실제로, 요즘 방향이 조금 어긋나고 있다는 것은 느끼고 있었다.

아코 쪽은 조금이라도 긴장을 풀면 바로 나를 서방님으로 대하는 등 지금까지와 아무것도 변하지 않았는데, 그저 우리 네 사람의 관계만 더욱 깊어져 가는 것 같았다.

나 역시 아코의 마음을 바꾸겠다는 목표는 바뀌지 않았지만 아코를 보고 계속 귀엽다 귀엽다 생각하고 있으니 말이다.

하지만 말이야. 그렇다고 해서 직결충이 되고 싶지는 않다고. 역시 게임과 현실은 별개라는 마음에는 변함이 없어. 아코와 거리가 가까워진 것은 그, 단순히 현실의 아코와도 친해졌고, 또 이 정도는 친해져도 되겠지 하는 마음이 있어서 그런 것뿐이라고.

그런 식으로 속으로 변명을 늘어놓던 나는 문득 마스터가 복잡한 얼굴을 하고 있는 것을 알아차렸다.

"마스터. 무슨 일 있어?"

"아니, 결과가 안 나오는 것은 조금 곤란해서 말이지. 유감이지만 이 부 활동도 슬슬 제한 시간이 다가오고 있거든."

마스터는 그렇게 영문 모를 얘기를 했다.

"제한 시간? 그게 뭐야?"

"이 부가 존재할 수 있는 제한 시간이다. 원래부터 여러모로 억지를 써서 허가를 받아낸 부다. 내 능력으로는 정말 어쩔 도리가 없는 부분이 있어서 문제가 발생하고 있어."

"구체적으로 무슨 일인데?"

마스터는 음 하고 고개를 끄덕이더니 두 팔을 벌려 부실을 가리켰다.

“고문이 없다.”

“……아.”

듣고 보니까 나는 이 부에서 고문 교사의 모습을 본 적이 없었다.

정말로, 단 한 번도, 없었다.

“고문이 돼 줄 교사는 금방 찾을 수 있다…… 표면상으로는 그렇게 말해놓고 일단 부를 만든 것은 좋았지만, 무엇보다 선생님들도 바쁘시다. 온라인 게임부에 시간을 내줄 분이 도저히 계실 것 같지가 않다.”

“그럼, 제한 시간이라는 건…….”

“고문이 없기 때문에 강제 폐부될 때까지의 시간제한이다. 교무 회의의 의제로 올라갈 때까지 앞으로 일주일 정도 남았을 거다.”

앞으로 일주일?

부 활동을 시작한 지 이제 일주일 정도 지났는데. 그 제한 시간이라는 게, 엄청 짧은걸!

“거짓말. 그거 진짜예요?”

“그거 꽤나 빡빡한걸.”

“어쩔 수 없지 않나. 원래부터 너희의 희망에 따라 무리해서 만든 부이니까. 어떤 의미로는 시간제한이 있었기 때문에 그 억지가 통한 거다.”

우리의 희망이라기보다는 완전히 마스터의 독단이었잖아.

"우리……?"

아코도 나와 똑같은 의문을 품은 모양이었다. 그런 아코에게 마스터는 매우 상쾌한 웃는 얼굴을 향했다.

"아코, 무슨 질문이라도 있나?"

"아무것도 아닙니다, 써!"

써는 무슨 써야.

하지만, 과연 그런 사정이 있었군. 꽤나 터무니없는 짓을 했다고 생각했더니 정말로 그런 것이었나. 고문 교사가 없으면 어차피 다음 교무 회의에서 폐부가 결정될 테니 지금 당장은 허가를 내줘도 좋다, 뭐 그런 것이었던 것일까. 만약 고문 교사를 찾는다면 찾는 대로 그 고문 교사가 부를 책임지면 되는 일이고.

"일단 고문이 돼줄 만한 선생님을 찾고 있기는 하지만, 뭐 무리일 게다. 온라인 게임부의 고문이 된 선생님이 교무실에서 어떤 시선을 받을지……."

"상상하기 어렵지 않네."

그야말로 가시방석이 따로 없을 것이다. 정말이지 교무실에 앉아 있기 힘들 것이다.

음— 하지만 우리 담임은 신임 교사면서도 여유롭고 느긋한 것이 의외로 부탁하면 해줄 것 같기도 한데.

슬쩍 물어볼까. 그런 생각을 하면서 나는 오늘의 부 활동을 끝냈다.

"부, 없어지는군요……."

"아쉬운걸. 모처럼 성능 좋은 컴퓨터를 마음껏 쓸 수 있었는데."

"아쉬워할 부분은 그게 아니잖아요, 그게!"

나는 오늘도 또 아코와 함께 집에 가고 있었다.

즐거운 듯이 내 옆에서 걷는 아코는 역시나 부 활동을 마치고 돌아가는 남학생들의 시선을 한 몸에 받고 있었다. 물론, 그 옆에 있는 내게도 뭔가 음습한 시선이 쏟아지고 있었다.

그런 일에도 이제는 익숙한 것을 넘어 우월감을 느낄 정도가 되었다. 그랬는데, 이것도 곧 끝이라고 생각하니 좀 아쉬웠다.

"너와 같이 있는 시간이 줄어드는 것이 섭섭해, 라고 신혼인데도 단신 부임해야 하는 신랑 같은 말을 해줘도 되잖아요!"

"조건이 너무 구체적이어서 기분 나빠!"

그리고 아코 역시 여전히 그저 미소녀라고만 보기에는 아쉬운 구석이 있었다.

"루시안— 이 아니라, 니시무라 군도 좀 더 절 좋아한다고 표현해도 될 것 같은데요."

확률적으로는 바로 뽑힐 터인 뽑기 상품이 어째선지 뽑히지 않는다고 말하는 듯한 어조로 아코가 말했다.

뭐 그 마음은 알겠어. 마음은.

"남자에게 그런 걸 기대하지 마. ……아니, 내가 보기에도 다른 사람이었으면 이미 그러고 있을 것 같긴 하지만."
"그런가요?"
"그래."
후우. 나는 가볍게 숨을 토해내고는 아코에게서 시선을 뗐다.
저녁놀에 비쳐 붉게 물들어가는 마을과 그것에 물든 나 자신의 얼굴이 변명이 돼줄 것을 기대하며 작은 목소리로 슬쩍 본심을 이야기했다.
"실제로 아코는 귀엽고 나랑 마음도 잘 맞고 함께 있으면 즐거워. 예전의 트라우마가 여전히 남아 있는 내가 아니었다면 바로 포기하고 편해지지 않았을까 싶어. 그런 점에선 아코에게 좀 미안하다고 생각하고 있긴 해."
"이, 이럴 수가."
그렇게 말한 나를 보고 아코가 눈을 동그랗게 떴다.
"니시무라 군이 솔직해졌어요! 이건 설마 꿈인가요? 빨리 일어나지 않으면 부 활동에 늦겠어요! 니시무라 군. 제 뺨 좀 꼬집어주세아야야야야야아파아파요!"
이 녀석 뺨, 부드러운걸.
모처럼 일부러 진심을 들려줬더니 말이야.
아, 죽여버리고 싶다. 창피한 소리를 한 나를 그냥 죽여버리고 싶다.
나는 잠시 그대로 아코의 뺨을 쭉쭉 잡아당겼다. 그러고 있으려니 아코가 어째선지 점점 기쁜 것 같은 얼굴을 했다.

"흐와. 니시무라 군이…… 루시안이, 내 얼굴을 만지고 있다……."

"왜 기뻐하는 거냐? 너."

"그게! 그게, 루시안이 솔직해졌을 뿐만 아니라 먼저 스킨십을 해 왔잖아요!"

꼬집으라고 한 건 너잖아.

거참. 속으로 혀를 차며 나는 아코의 뺨을 놓아주었다. 그러자 아코는 스윽 내 몸에 얼굴을 가까이 갖다 댔다.

"으헤헤. 루시안…… 아아, 루시안의 냄새가 강하게 나요……."

"어. 혹시 내 옷, 냄새 나?"

"그게 아니라요. 왜, 그거 말이에요. 그…… 아아, 더는 못 참겠어요!"

"뭘 못 참는데!"

몽롱한 눈으로 그렇게 말한 아코는 내 목덜미에 얼굴을 가까이 들이댔다.

그러더니 그대로 얼굴을 파묻고 다 들릴 정도로 흐읍흐읍하고 크게 심호흡을 했다.

"루시안킁킁! 흐하흐하! 킁킁!"

"야, 자, 잠깐, 하지 마 그만해! 닿는다고! 콧김이 있는 대로 닿는다고!"

엄청난 기세로 내 냄새를 맡고 있다! 어째선지 내 냄새를 맡고 있어!

게다가 내 얼굴 가까이에 아코의 머리가 있어서, 거기에서 또 엄청 좋은 냄새가 났다!

"냄새를 맡는 것만으로는 부족해요! 이제는 직접 맛을 보는 수밖에 없겠어요!"

"맛?"

"낼름낼름! 루시안 낼름낼름!"

"야, 잠깐마—."

그 말이 끝나기도 전에 미끈미끈한 감촉이 목덜미에 내달렸다.

그 순간 나는 머릿속에 새하얘졌다. 그 틈에 두 번 세 번, 축축하고 부드러운 뭔가가 피부 위를 왕복했다.

목덜미에 느껴지는 거친 숨결이 내 입가에까지 올라와서 나는 마치 아코와 호흡을 교환하고 있는 것 같은 기분이 들었다.

평소라면 닭살이 돋을 것 같은 기분 나쁜 감촉이 지금은 왠지 기분 좋다는 생각이 살짝— 이 아니라, 지금 이렇게 당하고만 있을 때냐!

"우, 우와아아아아아! 너 지금 어딜 핥는 거야!"

난 온 힘을 다해 아코를 떼어냈다. 그러자 아코는 필사적으로 내게 손을 뻗으며 입술 사이로 빨간 혀를 내보였다.

"아아! 조금만 더요! 조금만 더 핥게 해주세요!"

"여긴 길 한복판이야!"

"루시안의 몸이라면 어디라도 좋아요! 어디라도 좋으니까 핥게 해주세요!"
"내 이성을 직접 공격하는 건 그만둬! 무리니까! 내 에너지는 이미 완전히 바닥났다고!"
"네—에."
나를 핥을 만큼 핥고 만족한 것인가. 아코는 그럭저럭 흡족한 기색이었다. 하지만 내 쪽은 이제 금방이라도 숨이 끊어질 것 같았다.
"진짜…… 왜 아코는 나한테 온 거야? 다른 남자한테 갔더라면 이렇게는 안 됐을 텐데. 이것도 일종의 물욕(物欲) 센서인 건가."
"무, 무서운 말 하지 말아주세요. 물욕 센서가 제대로 기능했더라면 니시무라 군이 나한테 드롭되지 않았을 거잖아요."
"나를 드롭 아이템처럼 말하지 마!"
"엄청 레어한 아이템이네요. 하나만 나와도 큰 재산이 되는 최고급품이에요."
어디가 레어하냐. 나 같은 건 한 트럭에 얼마, 해서 파는 떨이일 거다. 떨이.
아무리 생각해도 아코 쪽이 희귀품이구만.
"엄청 레어한 건 오히려 네 쪽이라고."
"아뇨. 니시무라 군 쪽이에요."
아코는 그렇게 말하며 고개를 홱 돌려버렸다. 그런 아코에게 나는 순간 짜증이 났다.
대체 무슨 이유로 그런 말을 하는 것인가.

"네가 더 귀중하다고."

"아니에요. 니시무라 군 쪽이 더 가치가 높아요."

"아코 쪽이 분명 더 귀중할 거라니까."

"제게는 니시무라 군 이상의 가치를 가진 물건은 없어요."

"나도— 가 아니라, 우리 지금 무슨 얘기를 하고 있는 거야!"

위험했어. 대화의 흐름에 휩쓸려서 변변치 않은 말을 할 뻔했다!

나는 허둥지둥 입을 다물었다. 그 모습에 아코는 노골적으로 혀를 찼다.

"크. 앞으로 한마디만 더 나오면 되는 거였는데……."

"내 언질을 받아냈다고 해서 뭐 달라지는 건 없을 거야!"

그건 그렇지만.

다만, 역시 부가 없어지는 건 좀 아쉬웠다.

이렇게 현실의 아코와 바보 같은 얘기를 할 수 없게 되는 것은 쓸쓸하다, 그렇게 생각한 것은 틀림없는 사실이었다.

"아, 니시무라 군. 오늘은 팥빵 사 가요. 팥빵!"

"내 입은 고기만두를 먹고 싶어 하는데."

"팥빵!"

"고기만두!"

"……가위, 바위."

"보!"

오늘 기분으로는 고기만두를 먹고 싶었지만 뭐, 팥빵도 나쁘지는 않았다.

물론, 가위바위보는 내가 이겼지만.

"어떻게든 안 되려나……."

다음 날 아침. HR이 시작되기 전의 교실에서 나는 혼자 그렇게 중얼거렸다.

결국 나는 어젯밤 내내 부 폐지를 어떻게든 막을 수 없을까, 그것을 생각했다.

아니, 그래도 괜찮잖아? 신부니 어쩌니 해서가 아니라 친구인 아코가 아쉬워하니까 힘이 돼주고 싶다고 생각한 것뿐이니까. 친구인 아코와 조금 더 얘기할 시간이 있어도 좋다고 생각한 것뿐이니까.

그런 건 보통이야, 보통. 보통이라고!

이쯤 되면 이미 필사적인 자기변호였다. 유감이지만 그렇다는 자각은 있었다.

애초에 말이야. 문제가 생겼다고 해도 그렇게 대단한 문제는 아니라고. 요컨대 고문만 있으면 되는 거야. 적당한 선생님 하나를 붙잡아서 현대통신전지 유희부의 고문이 돼주시겠습니까? 라고 물으면 되는 거라고—. 뭐, 절대로 안 해주시겠지만.

"어쩔까. 아, 어쩔까."

"어쩔까요."

눈을 감은 채 중얼거린 내 혼잣말에 누군가의 목소리가 당연하다는 듯이 맞장구를 쳤다.

그 소리에 나는 살짝 눈을 떴다. 그러자 아코가 바닥에 무릎을 꿇은 채 생글생글 웃으며 내 얼굴을 올려다보고 있었다.

"너, 왜 여기 있는 거냐?"

"그야 물론 서방님께 아침 인사를 드리러 온 거죠."

그 말이 떨어지기 무섭게, 잡담에 한창이던 주위의 반 녀석들 목소리가 한순간 조용해졌다가 다시 커졌다. 하지만 이쪽을 힐끗힐끗 쳐다보며 소곤대는 것이 우리 일로 숙덕댄다는 것이 눈에 뻔히 보였다.

있지, 이제는 남자들의 시선이 물리적으로 따가울 정도인데, 이거 몸에 무슨 나쁜 영향을 주는 건 아닐까? 괜찮은 건가?

"있지, 타마키. 그건 게임 속에서의 얘기로 현실에서는 그렇지 않아. 그러니까 이제 그만해."

반 녀석들 앞이라 나는 침착하게 설교하듯이 그렇게 말했다.

"에이—."

"에이, 가 아니야."

거기서 그렇게 불만스러워하니까 오해가 끊이질 않는 거라고.

아니, 그보다 그 불만스러워하는 얼굴이 이미 정말 귀엽다고. 그런 거, 반칙이잖아.

좋아. 설득의 방법을 좀 바꿔보자.

"게다가 말이지. 방금 그 서방님이라는 어조는 신부라기보다는 하녀 같았다고. 타마키는 내 하녀가 아니잖아?"

"우. 그런가요. 그럼. 그럼—."

아코는 꿀꺽 침을 삼키더니 홉뜬 눈으로 나를 쳐다보며 보기 드물게 정말로 부끄러워하는 기색으로 이렇게 말했다.

"아침이에요, 여, 보♪"

달콤한 목소리에 부드러운 미소, 상냥한 어조.

나를 바라보는 눈에 담긴 분명한 애정과 그것을 증명하는 것 같은 행복에 가득 찬 표정.

그것은, 눈을 뜬 순간 보았더라면 오늘 하루 행복하게 지낼 수 있을 것이라고 확신할 수 있을 것 같은 광경이었다.

"어, 아코. 곧 있으면 예비종이 칠거야. 슬슬 너희 반으로 돌아가."

"예에?!"

그리고, 나는 그 모든 것을 있는 힘껏 뿌리쳤다.

"혼신! 지금 건 혼신을 다했다고요! 저 자신도 이건 꽤 강렬하게 와 닿겠구나, 그렇게 생각했다고요! 그런데 그걸 그냥 흘려버리는 건가요?"

아무리 아코라도 역시 방금 발언은 창피했던 모양이다. 꽤나 진지하게 상처 입은 것 같은 모습으로 그렇게 말했다.

분명히 그 파괴력은 어마어마했지만 뭐라고 할까, 그건 좀 짐이 너무 무겁잖아.

"응. 그 대사를 능숙하게 쓰기에는 지금의 아코로는 아직 능력치가 부족해."

"크. 러브가 부족한 거군요! 레벨이 올라가면 애정도 올라가는 건가요?"

"인생 오프라인은 경험치가 능력치에 랜덤하게 자동 분배되니까 반드시 애정이 올라간다고는 할 수 없어."

만약 올릴 수 있는 스킬을 고를 수 있다면 내 인생은 이 모양 이 꼴이 안 났을 겁니다. 그런 생각에 내가 그렇게 대답하자, 아코는 몹시 씁쓸하다는 듯이 주먹을 쥐고는 내 얼굴을 살폈다.

"……모집, 애정 특화 능력치, 남편@1, 부탁합니다."

"희망에 찬 눈으로 올려다보는 와중에 미안하지만, 신부 모집은 벌써 끝났습니다."

"그, 그럴 수가."

"너희들…… 큭……."

가깝지도 멀지도 않은 거리에서 세가와가 엄청나게 태클을 걸고 싶다는 얼굴로 주먹을 꽉 쥐고 있었다.

저 녀석도 있는 그대로의 자기 자신을 내보이면 편해질 텐데 말이야.

"다들, 슬슬 자리에 앉으렴. 곧 예비종이 칠거야."

그런 말과 함께 담임인 사이토 선생님이 교실로 들어왔다. 교단으로 향하던 선생님이 문득 내 자리 앞에서 발을 멈추었다.

"어머, 타마키. 오늘도 와 있었구나. 대단하네. 하지만 빨리 1반으로 돌아가지 않으면 예비종이 칠 거야."

"아, 예. 그럼 니시무라 군. 나중에 봐요."

"어."

선생님 앞이라 그런지 아코는 소곤소곤 그렇게 말하고는 교실을 나갔다.

"……니시무라. 타마키랑 친하니?"

아코를 배웅한 사이토 선생님이 내게 그렇게 물었다.

신부 운운 하는 것은 별개로 치더라도 아코는 좋은 친구라고 생각한다. 곧 없어지기는 하지만 같은 부의 부원이기도 하니까.

"예. 사이는 좋아요."

"그래? 그럼 잘 지내줘. 아까 타마키도 기뻐하는 것 같았으니까."

선생님은 기쁜 듯이 응응 고개를 주억거렸다.

저기, 그거 완전히 문제아가 마음을 고쳐먹었을 때의 교사의 반응인데요. 저 녀석, 평소에는 대체 어떻게 지내는 걸까. 나는 왠지 갑자기 등줄기가 서늘해졌다.

그러고 보니 고문 교사 얘기를 한번 물어보자고 생각하고 있었지.

"맞다, 사이토 선생님. 우리 부의 고문이 돼주실래요?"

"고문?"

내가 그렇게 물으니 선생님은 의아하다는 듯이 고개를 갸우뚱했다.

"어머, 니시무라. 부에 들어갔니?"

"현대통신전자 유희부예요"

자기 학생의 부 활동에 대해서도 다 기억하다니. 대답하면서도 나는 조금 감탄했다.

하지만 그런 나와 달리, 내 대답을 들은 사이토 선생님은 싫은 듯이 한숨을 내쉬었다.

"……아, 거기구나. 학생회장인 고쇼인이 만든 곳……."

선생님이 이런 태도를 취하게 하다니. 마스터, 대체 뭘 한 거야.

"있지, 니시무라."

거기서 그치지 않고 사이토 선생님은 진지한 표정으로 나를 보더니 설교라도 하듯이 말했다.

"교사로서 학생의 사적인 취미에 이러쿵저러쿵할 생각은 없지만 말이야. 개인적으로는 온라인 게임은 권하고 싶지 않아. 그건 한 번 빠져들면 위험해. 네 인생에 돌이킬 수 없는 악영향을 끼칠 위험마저 있어. 그런 것을 일부러 학교에서까지 하다니, 그만두는 편이 좋아."

"으…… 예."

그렇게까지 말하니 반론할 말이 없었다.

빠져 있다는 자각은 있지만 그만둘 수는 없다. 제가 바로 그런 유형의 사람입니다.

그건 그렇고. 사이토 선생님, 온라인 게임에 대해 잘 아시는걸.

"혹시 선생님, 온라인 게임에 대해 잘 아시나요?"

"뭐, 그럭저럭."

내가 그렇게 물어보자 선생님은 주위에는 들리지 않도록 작은 목소리로 대답했다.

"얼마 전까지는 조금 즐기는 정도로 했었어."

"진짜요? 그럼 우리 부 고문이 돼주세요!"

"그러니까, 지금은 안 한다니까."

선생님은 쓴웃음을 짓더니 출석부로 내 머리를 탁탁 때렸다.

"그런 것에는 너무 깊이 빠지지 않는 것이 중요해. 학생 때에는 아직 정도를 조절하지 못하니까 처음부터 아예 접하지 않는 편이 좋아."

"하지만 어른이 돼서 게임 같은 거 할 시간이 있나요?"

"그렇지 못하다는 점이 좀 미묘하지."

진심으로 말리려고 하는 것은 아닌 듯, 선생님은 그저 고개만 절레절레 흔들었다.

그때 딩동댕동하고 예비종이 쳤다.

그것을 들은 선생님은 번쩍 얼굴을 들더니 웅성거리는 반을 둘러보며 말했다.

"애들아, 다들 자리에 앉아. HR 시작한다."

권유 실패.

음. 어쩐다. 온라인 게임을 한 적이 있다는 선생님마저도 이런 반응을 보이니, 다른 선생님을 설득하는 건 꽤 어렵겠지…….

그 뒤로 나는 수업 중에도 계속 머리를 굴렸지만, 결국 명안은 떠오르지 않았다.

수업이 끝나고 부 활동이 시작된 후에도 역시나 계속 고민했다.

네 명이 함께 머리를 모으고 고민했다.

"루시안, 마스터. 저 좋은 생각이 났어요!"

"……왠지 불길한 예감이 들지만, 말해봐라."

"부가 없어지면 새로운 부를 만들면 된다고 봐요. 현대통신전자 유희부 2라는 식으로요."

"호오. 그거 좋은 생각이로군!"

"마스터에게 위험한 발상을 가르치지 마!"

"……이 인간들이."

아무리 생각하고 또 생각해도 답이 나오질 않았다.

††† ††† †††

심야. 나는 혼자 거리를 어슬렁거렸다.

물론 현실의 거리가 아니었다. 게임 속 거리였다.

평소라면 다른 길드 멤버와 게임을 즐기고 있을 터였다. 그것도 물론 즐겁긴 했지만 이렇게 혼자서 게임을 하는 것도 그 나름대로 즐거웠다. 느긋하게 가게를 돌아보고 다닌다거나 평소와는 다른 캐릭터를 사용해본다거나. 이런 솔로 플레이도 온라인 게임의 재미라고 생각한다.

평소 파티 플레이에서는 적의 공격을 정면에서 막아내는 방패 역할을 맡고 있지만, 오늘은 예전에 쓰던 대검을 장비하고 사냥을 하고 돌아왔다. 아군의 방패가 돼주는 것도 재미있지만 내키는 대로 적을 베는 플레이도 또 재미있다.

기분 전환이라는 의미에서는 딱 좋았다.

그러고 보니 아코가 새로운 지팡이가 필요하다고 했던가. 아코는 신경 안 쓰고 가만히 내버려 두면 겉보기에 귀엽고 재미있는 아이템에 큰돈을 쏟아붓기 쉬운 녀석이었다. 그렇게 되기 전에 먼저 괜찮은 물건을 물색해두자.

그런 생각을 하며 나는 어슬렁어슬렁 마을을 돌아다녔다. 유저가 자기 마음대로 가격을 붙이는 유저 노점 구획을 빠져나와 경매 하우스로 발길을 향했다. 그러던 차에 가게를 바라보고 있는 고양이 귀를 단 여성 캐릭터 옆을 지나쳤다.

"……어라?"

그 캐릭터의 외모가 왠지 눈에 익어서 나는 루시안의 발을 멈춰 세웠다.

LA는 전투를 중시하는 다른 MMO보다 훨씬 가볍고 귀여운 분위기로 만들어져 있었다. 캐릭터의 외모를 꾸미는 데에도 자유도가 높아서 비슷하게 생긴 캐릭터도 그렇게 많지 않았다. 세나가 눈에 익은 것은 단순히 상대의 외모만이 아니었다. 그 사람과 나— 대검을 멘 루시안과 나란히 서 있는 구도에 엄청난 기시감이 들었던 것이다.

나는 옵션 설정을 열고 평소에는 꺼두는 모든 캐릭터명 표시를 ON으로 바꾸었다. 이것으로 화면에 이 사람의 이름도 표시될 것이다.

나는 상대에게 마우스커서를 갖다 대서 이름을 확인했다 — 그와 동시에, 그 사람의 머리 위에 말풍선이 표시되었다.

◆고양이공주 : 어라? 루시안? 혹시 루시안이냐아?

◆루시안 : 어……?

화면에 표시된 그녀의 이름은 그 모습이 엄청나게 눈에 익다고 느끼는 것도 당연하다고 충분히 납득할 만한 것이었다.

◆고양이공주 : 역시 루시안이다냐. 우와. 반가워냐.

내 트라우마를 만들어낸 최대 원흉.

귀여운 외모 뒤에 숨은 실제 모습은 중년 남성인, 남자가 여자인 척하고 다니는 고양이귀 아가씨.

◆루시안 : 고양이공주, 씨…….

2년 전, 내 천사였던 바로 그 고양이공주 씨였다.

◆고양이공주 : 오랜만이다냐, 루시안. 아직도 이 게임 하고 있었구냐?

◆루시안 : 오, 오랜만이네요. 물론, 계속 하고 있었죠.

나는 기억 속 그대로인 고양이공주 씨의 모습에 동요하면서도 인사를 건넸다.

침착해라, 침착해. 그때로부터 벌써 2년이나 지났어. 나도 그때의 불쌍한 나와는 다르다고.

◆고양이공주 : 다행이다냐. 그 뒤로 길드에서 탈퇴해서 어쩌면 이 게임도 그만둔 것이 아닐까 하고 걱정했거든냐.

미안. 그렇게 말하면서 고양이공주 씨가 얼굴 앞에서 두 손을 마주 대는 동작을 취했다. 그러는 고양이공주 씨는 지금 이렇게 냉정하게 봐도 역시 귀여웠다. 이래서야 그때 그렇게 속아 넘어간 것도 어쩔 수 없군. 나는 그렇게 자기변호를 해보았다.

◆루시안 : 당연하죠. 길드에서는 빠져나왔어도 지금도 그때 멤버들이랑은 연락해요. 고양이공주 씨와의 일도 굉장히 좋은 경험이 됐고요. 그때의 경험은 지금 제 신념이 됐습니다.

◆고양이공주 : 호오. 그래냐? 참고로 그 신념이란 건 뭐냐아?

◆루시안 : 현실의 일은 신경 쓰지 말자. 단, 온라인 게임에 여자는 없다!

◆고양이공주 : 냐하하하하하하.

고양이공주 씨는 손뼉을 치며 재미있다는 듯이 웃었다.

◆고양이공주 : 모순됐는걸냐. 하지만 그 마음은 잘 알겠다냐.

그야 실제로는 남자인 고양이공주 씨는 잘 알겠지!

◆루시안 : 그런데 고양이공주 씨야말로 어떻게 된 건가요? 제가 길드를 탈퇴하고 얼마 지나지 않아서 보이지 않게 됐다고 들었는데.

◆고양이공주 : 마침 일을 시작하게 돼서 바빠졌다냐. 오늘은 현실에서 간만에 게임 얘기를 들어서 살짝 로그인해본 거다냐. 평소에는 전혀 안 들어온다냐.

◆루시안 : 흐응. 그런가요.

사회인이었던 건가. 그러고 보면 중년 아저씨라고 했던가.

그렇게 생각하면 엄청난 타이밍에 만난 셈이다.

이렇게 이야기하고 있으려니 스스로 생각해도 의외로 고양이공주 씨를 편하게 대할 수 있는 것 같았다. 어떤 의미로는 저래 봬도 실제로는 남자라고 인식하고 있는 것이 거꾸로 마음을 편하게 해주는 것 같기도 했다. 창피한 꼴도 다 보인 참이니, 아무것도 신경 쓰지 않고 이야기할 수 있었다.

◆루시안 : 저기, 고양이공주 씨. 혹시 괜찮다면…… 상담 좀 할 수 있을까요?

◆고양이공주 : 응? 왜? 무슨 일 있냐?

첫사랑 누님— 아니, 아저씨이지만 누님에게 어리광 부린다는 감각으로 나는 아코의 일을 이야기하기 시작했다.

◆루시안 : —그래서, 그 애는 현실과 게임을 전혀 구분하지 못해서 말이죠. 열심히 설득하고 있긴 하지만 쉽게 넘어와 주질 않고 있어요.

◆고양이공주 씨 : 그랬구냐. 그거 큰일이다냐.

그럭저럭 이야기가 길어지고 말았지만 고양이공주 씨는 맞장구를 치면서 이야기를 계속 들어주었다.

그리고 내 이야기가 끝나자 응응 무겁게 고개를 끄덕이면서 말했다.

◆고양이공주 : 루시안이 하고 있는 일은 무척 옳다고 생각한다냐. 그 아이는 뭐라고 해야 할까…… 위험해냐. 루시안이 다른 아이들보다 특별히 성실한 남자애이니까 다행이지만, 만약 조금만 잘못됐어도 그 아이는 매우 괴로운 일을 당했을지도 모른다냐. 루시안은 그 아이를 무척 소중하게 대한 거다냐.

자랑스럽게 생각해도 좋다냐.

◆루시안 : 그 말을 들으니 안도가 되네요.

그런, 거지? 만약 아코가 만난 것이 내가 아니었다면, 이라고 생각하면 아코의 그 거리감은 매우 위험했다. 아코와 친해졌기 때문에 그 점이 무척이나 불안했다. 만약 나쁜 남자에게 속아 넘어가기라도 하면 어떻게 하나 하고 말이다.

◆고양이공주 : 게다가, 게임 속에서 내 신부이니까 현실에서도 내 신부다 헤헤헤 하는 남자들은 기분 나쁘다냐.

◆루시안 : 저도 알아요! 그래서 어떻게든 하고 싶다는 거잖아요!

굳이 그 점은 지적하지 않아도 됐는데! 나는 직결충이 아니야! 그런 남자가 아니란 말이다!

◆고양이공주 : 냐하햐. 농담이다냐. 하지만, 요즘 학생들에게 온라인 공간이 너무 가까워져서 그 폐해로 아이들이 자진해서 그 위험을 향해 돌진한다는 얘기를 연수에서도 듣긴 했는데 말이냐아…… 이렇게 실제로 들으니까 무겁게 와 닿는다냐.

한바탕 웃은 후, 고양이공주 씨는 그렇게 뭔가 어려운 얘기를 했다.

◆루시안 : 연수?

◆고양이공주 : 아. 내 현실에서의 얘기다냐.

뭔가 그런 쪽과 관련된 일이라도 하고 있는 것일까. 아니, 고양이공주 씨의 현실에서의 일이라든가 그런 건 정말로 흥미가 없다고 해야 할까, 가능하다면 알고 싶지 않지만 말이야.

고양이공주 씨는 우웅 하고 고민하는 모습을 보이더니 이렇게 말했다.

◆고양이공주 : 그 아이와의 관계는 물론 루시안이 하고 싶은 대로 하면 된다냐. 서로가 제대로 이야기하는 것이 가장 중요하니까 말이냐아. 하지만, 나는 그것과는 별개로 그 아이의 사고방식에 문제가 있다는 것을 가르쳐주는 것도 중요하다고 생각해냐. 나중에 루시안과는 다른 남자애를 만나게 된다면 그 아이, 위험해질지도 모른다냐.

◆루시안 : 그렇겠죠? 그런 앞으로의 불안도 있으니까요……. 고맙습니다. 안심이 됐어요. 역시 그 녀석에게 딱 부러지게 얘기할래요.

◆고양이공주 : 그게 좋을 거다냐. 이렇게 성실한 젊은이가 있어서 고양이공주도 안심이다냐.

◆루시안 : 아, 아하하…….

그런 아저씨스러운 말을 들어도 쓴웃음밖에 나오지 않았다.

나, 옛날에는 당신을 좋아했는데 말이죠.

하지만 그렇기 때문일까. 고양이공주 씨와 상담을 하자 마음이 훨씬 가벼워진 것 같은 느낌이 들었다.

◆고양이공주 : 그럼, 밤도 늦었으니까 이제 학생은 잘 시간이다냐.

◆루시안 : 알겠습니다. 저기, 괜찮다면 또 상담해주실 수 있나요?

◆고양이공주 : 물론이지냐.

고양이공주 씨는 흔쾌히 그렇게 말해주었다.

◆고양이공주 : 제대로 수습이 될지 신경이 쓰이기도 하니까 말이다냐. 가끔 로그인할 테니까 보면 언제라도 말을 걸어 달라냐.

◆루시안 : 고맙습니다!

그런 대화를 마지막으로 나는 고양이공주 씨와의 그리운 해후를 마쳤다.

응, 그래. 아코에게 제대로 얘기하자. 아코 본인을 위해서도 그게 가장 좋아.

"안녕하세요. 여보♪"

"……아코, 아니 타마키."

다음 날 아침. 반성하는 기색도 없이 아코가 나를 찾아왔다.

조금의 악의도 없이 순수하게 호의만을 내보이는 아코에게 끌리는 것이 있긴 했다. 하지만 나는 고양이공주 씨의 말을 떠올리며 그것을 꾹 눌러 죽이고는 강하게 말했다.

"타마키, 그런 건 안 돼."

"……루시안?"

"루시안이 아니야. 나는 니시무라야."

"아, 예. 니시무라 군."

여기까지는 순순히 말을 잘 듣는 것이, 나쁘지 않았다.

나는 크게 숨을 들이쉬고는 정면에서 똑바로 아코의 얼굴을 바라보며 말을 계속했다.

"저기, 타마키. 전부터 몇 번이고 말했지만, 게임과 현실은 별개야. 나와 타마키는 게임 안에서는 결혼했지만, 게임 밖에서는 평범한 고등학생이야. 평범하게 얘기하는 건 전혀 상관없지만, 그런 식으로 거리낌 없이 거리를 좁혀오는 건 곤란해."

"……."

"게다가 그건 나한테만 한정된 얘기가 아니야. 됨됨이도 잘 모르는 상대에게 그렇게 경계심을 푸는 건 위험하잖아. 그건 타마키한테도 좋은 일이 아니야. —내 말 뜻 알지?"

"……."

나로서는 꽤나 굳은 결심을 하고 딱 잘라 말한 것이었다. 그런데 아코는 딱히 반론도 하지 않고 그저 나를 물끄러미 쳐다보기만 할 뿐이었다. 처음에 게임과 현실을 똑같이 보지 말라고 했을 때 충격을 받은 표정과는 달랐다. 마치 뭔가를 살피는 것 같은 얼굴이었다. 왜 이런 얼굴을 하는 것일까.

"그러니까 그렇게 서방님이라느니 부부라느니 쉽게 말하지 마. 좀 더 절도 있는 관계를—."

"루시안. 혹시 다른 사람한테 무슨 말이라도 들었나요?"

"……예?"

한순간, 나는 내 귀를 의심했다.

아코 씨? 무슨 말씀을 하시는 건가요?

"누군가를 만났죠? 그리고 무슨 말인가 들은 거죠? 누구죠? 마스터는 아닐 테고 슈도 아닐 거예요. 그 두 사람이 아니면서 루시안에게 이렇게 영향을 끼칠 수 있는 사람이 대체 누구죠? 예? 루시안. 누구죠?"

아코는 담담한 어조로, 하지만 대신 말하는 내용으로 따지듯이 내게 물었다.

"치, 침착해. 아코."

"전 침착한데요?"

"그, 그러네."

분명히 아코의 말과 태도 자체는 침착했다. 그런 점에서 말한다면 내 쪽이 더 당황했다고 할 수 있을 정도였다. 어느새 다시 아코라고 부르고 있고 말이지.

하지만 표면적으로는 알 수 없는 부분, 눈에 보이지 않는 어딘가가 엄청나게 미쳐 날뛰는 것처럼 보였다. 뭐랄까. 대미지를 입고 공격 패턴을 바꾼 보스몬스터 같은 느낌이라고 할까.

—그건 너무 무섭잖아.

무시무시한 상상에 나는 온몸을 떨었다. 그러고 있으려니 아코가 담담한 얼굴 그대로 입을 열었다.

"루시안. 혹시 그 사람, 여자인가요?"

"이, 이냐 이냐. 아니야."

"그렇군요. 여자군요."

아코는 물끄러미 내 눈을 바라보며 중얼거렸다.

잠깐 기다려. 그건 착각이야. 착각에 확신을 갖지 마!

"뭐, 뭐야, 아코. 왜 그래?"

"있죠, 루시안. 아내는 사랑하는 서방님이 바람을 피우면 한눈에 알 수 있답니다."

아코는 완벽하게 진지한 얼굴로 그렇게 말했다.

모르잖아! 딱 잘라 말하는 것치고는 전혀 모르고 있다고, 너!

"아냐, 그런 게 아냐. 바람 같은 게 아니라고!"

아니 그보다 애초에 아코랑은 그런 얘기를 할 관계가 아니라고!

"분명히 그 사람에게 상담하긴 했어. 아바타가 여자 캐릭터이긴 하지만 괜찮아. 그 사람, 실제로는 남자니까."

"……역시 여자였군요."

들릴 듯 말 듯 한 작은 목소리가 들려왔다.

아코 네가 점점 무서워지고 있는데, 괘, 괜찮은 거냐?

"몇 번이나 말하지만 실제로는 남자— 랄까, 아저씨라는 것 같아. 그러니까 아코가 신경 쓸 건 아무것도 없어."

"아하하. 물론 전혀 신경 안 써요."

그렇게 말하는 아코의 어조는 쾌활했지만 눈은 웃고 있지 않았다.

"그런데 루시안. 인사만큼은 해두고 싶으니 그 사람의 이름을 물어봐도 괜찮을까요?"

"……지금까지 네 발언 중에 그 말이 가장 무서워."

"루시안이 지금 무슨 말을 하는지 잘 모르겠네요."

아코는 가면 같은 웃는 얼굴로 말했다. 나는 널 더욱 모르겠어.

"그러니까, 무슨 인사를 하겠다는 거야. 일부러 내 친구에게 인사할 필요는 없어."

"루시안의 고민을 상담해주고 『유익』한 충고까지 해준 분이잖아요? 부디 꼭 이야기를 나눠보고 싶어요."

"죽어도 말하기 싫어!"

무서워. 이 녀석, 무섭다고!

"됐으니까 빨리 말해주세요."

"말 안 한다니까."

"체념을 못 하는군요…… 이 저도 화 때문에 하도 기뻐서 어쩔 줄 모르겠네요……."

"말이 이상해졌어, 너."

아코는 정말로 화가 난 모양이었다. 하지만 그 방향성이 조금 이상했다. 상대와의 거리를 생각하라는 내 말에 화를 내는 것이 아니라, 나 자신이 고양이공주 씨의 말에 영향을 받았다는 사실에 화를 내는 것처럼 보였다. 화를 낸다고 해야 할까, 아니, 오히려 질투한다고 해야 할까.

"루시안…… 이 이상 저항하면 출하(出荷)해버리겠어요."

"추, 출하? 어디로?!"

"루시안은 출하 처분이에요!"

아코는 큰 소리로 고함을 질렀다.

우와. 아코 녀석, 착란을 일으켰어! 내가 무슨 가축이냐?!

"모두 앉으렴. 예비종 칠 거야."

그때 타이밍도 좋게 선생님이 들어와 주었다.

사이토 선생님은 고함을 지르고 있는 아코를 보고는 가까이 다가와서 말했다.

"자, HR 시작할 거야. 타마키도 이제 자기 반으로 돌아가야지."

"우우우…… 예……."

역시 아코의 낯가림은 여전해서 아무리 질투에 불타올랐다고 해도 선생님에게 말대답할 용기는 나지 않는 모양이었다.

아코는 몇 번이나 뒤를 돌아보면서 교실을 나섰다. 그런 아코를 어찌해야 할지 나는 고민에 빠졌다.

◆루시안 : ……그렇게 해서 단번에 다 들통 났어요.

며칠 후, 결국 나는 LA 안에서 다시 고양이공주에게 상담한다는 방법을 택했다. 아코에게 들키면 무척 화를 낼지도 몰랐지만 그래도 어쩔 수 없었다.

◆고양이공주 : 루시안은 속마음을 알기 쉬우니까 말이냐아.

내 얘기에 고양이공주 씨는 쾌활하게 웃었다.

◆루시안 : 아무리 알기 쉽다고 해도 그건 좀 너무했어요. 출하당할 뻔했다니까요.

◆고양이공주 : 랄라라 출하다냐.

제발 출하만큼은 그만뒀으면 한다.

◆고양이공주 : 그건 그렇고 말이냐아.

고양이공주 씨는 장난치던 것을 멈추고 말을 이었다.

◆고양이공주 : 루시안. 그건 즉 그 아이가 줄곧 널 보고 있

다는 것일지도 모른다냐. 어쩌면 그 아이의 마음은 거짓이 아닐지도 모르는 거라고냐.

거짓이 아니라니, 그게 무슨 뜻인가요.

그런 식으로 자기에게 유리하게 생각하는 것이 직결충이 되는 첫 걸음이라고요.

◆루시안 : 그건…… 뭔가요. 고양이공주 씨까지 내 적인 건가요?

◆고양이공주 : 농담이다냐. 하지만 루시안. 너무 초조해하면 안 돼냐. 여자아이를 너무 몰아넣으면 대폭발할지도 모른다냐.

◆루시안 : 그건…… 무섭네요.

오늘만 해도 약간 폭발한 기미였는데, 만약 대폭발을 하게 된다면 과연 어떻게 될 것인가. 자칫 가까이에 있는 세가와까지 끌어들여 유폭한다면 아무리 사과해도 끝이 없을 것이다.

◆고양이공주 : ……응?

갑자기 고양이공주 씨가 머리 위에 물음표를 띄우면서 주변을 둘러보았다.

◆루시안 : 왜 그러세요?

◆고양이공주 : 그게 …… 누가 날 불렀다냐. 미안하지만 지금부터 가봐야 할 것 같다냐. 루시안, 얘기는 다음에 만나서 들어도 될까냐?

뭐야. 다른 녀석이 부른 건가.

하긴, 고양이공주 씨는 옛날부터 인기가 많았으니까 이런저런 사람들이 말을 걸어오기도 할 것이다. 길지 않은 로그인 시간을 이렇게 나한테 할애해줘서 오히려 미안할 지경이었다.

◆루시안 : 예. 물론이죠. 얘기를 들어주셔서 고맙습니다.

◆고양이공주 : 제대로 들어주지 못해서 미안해냐. 나중에 또 얘기하자냐.

◆루시안 : 예. 다음에 봬요.

나는 떠나가는 고양이공주를 배웅했다.

여전히 고양이공주 씨와 얘기를 하면 좀 진정이 되는걸. 이것도 나이에 따른 경험의 힘이라는 것인가.

자, 나도 가게 상품이라도 확인하고 로그아웃할까. 그렇게 생각하고 이동하려던 차에 문득 건물 그림자 속에 숨어 있는 낯익은 사람 그림자 하나가 내 눈에 들어왔다.

하얀 로브를 입은 검은 머리카락의 여성캐릭터.

머리 위에는 내 캐릭터와 똑같은 모양의, 눈에 익은 길드 문장이 표시되어 있었다.

지금 가장 보고 싶지 않은 얼굴이 거기 있었다.

◆아코 : 후후후…… 다 봤어요, 루시안…….

◆루시안 : 너, 너…… 아코…….

보이고 말았다. 아코에게, 고양이공주 씨와 상담하고 있는 모습을 보이고 말았다.

아코에게서 피어오르는 노기가 모니터 너머로도 느껴졌다. 위험해. 고양이공주 씨의 말이 아니더라도 나는 아코가 금방이라도 대폭발을 하지 않을까 불안해서 참을 수가 없었다. 어떻게 하지? 어떻게 하지?

◆아코 : 방금 그 사람이 루시안이 말한, 상담을 해줬다던 사람, 이군요?

◆루시안 : 어, 으. 그래.

나는 쭈뼛쭈뼛 그렇게 대답했다. 그러자 아코는 흘러넘칠 것 같은 분노의 감정을 드러내며 소리 질렀다.

◆아코 : 저 사람이…… 저렇게 냐♪라고 말하는 여자가 좋은 건가요? 루시안! 저런 것이 루시안의 이상이라는 건가요!

◆루시안 : 그러니까, 우린 그런 사이가 아니라—.

◆아코 : 루시안은 저런 사람이 좋은 건가요냐?

◆루시안 : 어미에 끌린 게 아니야! 말투 바꾸지 마!

오히려 아코 쪽이야말로 온몸의 털을 곤두세운 고양이 같았다.

우와아. 화났어. 아코, 화났어.

게다가 곤란하게도 그 원인이 평소와는 달리 아코와 부부의 연을 맺고 있는 게임 안에서 일어난 일이었다. 평소 질투가 조금 심하다는 점을 생각해도 잘못은 내게 있었다.

나 역시 아코가 게임 안에서 다른 남자와 둘이서 사이좋게 상담 같은 것을 하고 있다면 살짝 실부할 것 같았으니까.

그러니 제대로 오해를 풀고 사과해야 하는데—.

◆루시안 : 아니 그게, 저 사람은 그런 게 아니라 전에 좀 알고 지내던 사람이야. 전에 말했잖아. 고백했더니 실제로는 남자였다던 그 사람. 그 사람이 저 고양이공주 씨야.

우선 사정을 제대로 설명하자. 그런 생각에 나는 솔직히 모든 것을 다 털어놓았다.

그러자 아코는 잠시 침묵하더니, 잠시 후 한층 더 따지고 들었다.

◆아코 : 루시안에게서 고백받은 사람……이라고…….

아, 위험해. 쓸데없는 소리를 한 것 같아.

아코, 더 화가 났잖아.

◆아코 : 그런 샘이 나는…… 부러…… 발칙…… 음, 그러니까 실제로는 남자이면서 여자인 척을 하다니, 그렇게 심하게 배신한 사람은 용서할 수 없어요.

◆루시안 : 채팅인데도 본심이 다 드러나고 있어.

◆아코 : 저 역시 루시안에게 프러포즈 받고 싶었는데! 사랑한다고 말해줘요!

◆루시안 : 아니, 그, 미안하다니까…….

꽤나 스트레스가 쌓인 모양이다.

아코로서는 내가 현실에서 거리를 두는 것이 괴로운 일일지도 몰랐다. 제대로 사과하자. 나는 그렇게 생각했다. 그런데 그러려는 참에 아코가 이렇게 챗을 쳤다.

◆아코 : 이렇게 된 이상, 그 여자. 따끔하게 혼내줘야겠어요…….

◆루시안 : 아니, 잠깐. 하지 마, 이 바보!

야야. 고양이공주 씨는 관계없잖아. 그 사람에게 무슨 짓을 하려는 거냐!

나는 폭주하려고 하는 아코에게 허둥지둥 말했다.

◆루시안 : 저기, 농담이라고 해도 해서 좋을 말이 있고 해서는 안 되는 말이 있어. 그 사람은 내 고민을 상담해준 것뿐이야. 그 사람한테 폐가 되는 행동을 하면 절대로 용서하지 않을 거야. 나한테는 불평불만을 털어놔도 놓고, 또 내가 잘못한 건 사과하겠는데 저 사람은 휘말리게 하지 말아줘.

◆아코 : 루시안…… 그렇게나 그 사람을…….

◆루시안 : 그러니까, 아니라고 했잖아. 오늘은 진심이야. 나, 말귀 못 알아듣는 아코는 싫어.

◆아코 : 우우우…… 하지만…… 알았습니다.

아코는 완전히 납득하지 못한 것 같았지만, 그래도 일단은 내 말에 고개를 끄덕였다. 고개를 끄덕이긴 했는데…… 괜찮으려나, 이 녀석. 진짜 부탁인데, 고양이공주 씨에게 괜한 폐를 끼치지 말아줘.

그런 내 심정을 아는지 모르는지 아코는 총총히 내게서 떨어졌다.

◆아코 : 그럼, 전 볼일이 있어서 그만 실례할게요.

◆루시안 : 볼일?

◆아코 : 예. 그래서 오늘은 늘 가는 그곳에 갈 수 없을 거예요.

◆루시안 : ……그래. 그럼 나중에 봐.

◆아코 : 예.

아코는 그렇게 말하고는 어디론가 가버렸다.

오지 않을 것이라고 말했지만, 그래도 혹시 오지 않을까—.

그런 생각에 나는 우리가 늘 모이는 찻집에서 기다려보았다. 하지만 결국 아코는 오지 않았다.

사실, 매일 반드시라고 해도 좋을 정도로 찻집을 찾아오는 아코가 빠진 것은 매우 드문 일이었다.

††† ††† †††

"그 녀석, 무슨 생각인 걸까……."

다음 날 아침. 나는 교실 책상에 가방을 올려놓고 멍하니 있었다.

이전에는 누군가와 잡담을 하거나 했지만, 요즘은 매일같이 아코가 왔기 때문에 왠지 모르게 기다리게 되었다. 게다가 반 녀석들과 얘기하고 있는 중에 살짝 다가와서 내 옷자락을 잡아당기는 아코의 모습을 솔로인 녀석들에게 보이면 살의까지 섞인 시선이 날아오곤 했다. 뭐, 나와 아코는 그런 사이가 아니라고 말해도 의미가 없었지만 말이다.

"얘들아, 안녕."

예비종이 치기 조금 전에 사이토 선생님이 교실로 들어왔다.

그리고 그대로 교단 앞으로 향하려다가— 내 앞에서 발을 멈추었다.

"어머, 니시무라. 타마키, 오늘은 오지 않았니?"

"예? 아, 아코…… 타마키 말인가요. 아, 그게, 딱히 약속을 한 게 아니라서 모르겠는데요. 오늘은 안 오지 않을까요?

곧 종도 칠 텐데."

"흐응."

사이토 선생님은 왠지 복잡한 얼굴로 나를 쳐다보았다.

그런데 왜 아코의 일은 묻는 것일까.

"그런데, 그게 뭐 어쨌는데요?"

내가 그렇게 묻자 선생님은 지극히 진지한 얼굴로 이렇게 되물었다.

"저기 혹시, 니시무라, 타마키랑 사귀니?"

"우오?"

나는 저도 모르게 이상한 소리를 내고 말았다. 아니, 보통 선생이 학생한테 그런 걸 묻나? 그것도 이렇게 대놓고?

"아, 아뇨 아뇨. 그런 거 아니에요."

"진짜? 나는 불순이성교제니 그런 말 하지 않을 테니까 걱정하지 마."

응. 그럴 거라는 것은 나도 알고 있었다. 사이토 선생님은 애초에 성실하게 선생 일을 하고 있는 사람도 아니었다. 온라인 게임 유저였다는 전적만으로도 그 점은 믿을 수 있었다.

"진짜예요. 제가 말하는 것도 뭣하지만 전「걔가 내 여사 친구예요.」같은 말을 하고 부끄러워하는 타입도 아니구요. 그저 아코는 친구가 별로 없는 것 같으니까, 그래서 저한테 오는 것뿐이라고 생각해요."

"……그렇구나."

믿어주지 않을 것이라고 생각하면서도 나는 필사적으로 양

손을 흔들며 변명했다. 그런 내게 사이토 선생님은 뜻밖에도 고개를 끄덕이며 이렇게 말했다.

"나 있지. 문예부 고문이라서 도서 위원도 같이 담당하고 있어. 타마키도 도서 위원이라서 위원회에서 몇 번인가 말을 건 적이 있거든. 하지만 전혀 말을 하지 않더라고. 담임 선생님께 여쭤보니까 교실에서도 줄곧 입을 다물고 있다는 것 같아서 말이야."

"진짜로요?"

"응. 진짜야."

친구가 없다던 그 말, 진짜였던 건가.

본인도 학교에 거의 안 나온다고 말하긴 했지만…… 이렇게 다른 사람에게도 그런 얘기를 들어도 아코답지 않은 얘기인걸.

"제 앞에서는 전혀 그런 느낌이 아니었는데요."

"응. 그래서 좀 놀랐어. 우와, 이미지가 완전 다른걸! 하고 말이지. 역시 남자 친구 앞이다 보니 본래 모습이 나오나 보다, 그렇게 생각했는데."

"아니라니까요. 그 녀석도 꽤 중증 오타쿠라 같은 오타쿠 앞에서는 잘 떠들 수 있었던 것뿐이에요."

"……뭐, 그런 게 있긴 하지."

역시나 경험자인 것일까. 선생님은 깊게 고개를 끄덕였다.

얘기가 통하는 녀석 앞에서는 모든 능력치에 쓸데없는 보너스가 붙어 상승하는 것이 우리 오타쿠의 특징이지. 그 대신 리얼충들 앞에서는 멋대로 능력치 약화 효과가 걸리지만.

"……있지, 니시무라. 나중에 타마키네 반에 한번 가봐 주지 않을래?"

"예? 왜요?"

"니시무라와 이야기하는 타마키의 모습을 보여주면 분명 반에서도 친구가 생기지 않을까 해서."

좋은 생각이지? 하고 선생님은 기쁜 듯이 웃었다.

하지만, 과연 어떨까.

"글쎄, 어떨까요. 반 애들이 기껏 말을 걸었건만 결국 한 마디도 하지 않아서 분위기가 더 거북해질 가능성도 있는데요."

"아하하. 그렇지는 않을 거야. 여자아이들 중에도 숨은 오타쿠가 꽤 많으니까."

"……그런가요?"

"그렇다니까. 우리 반에서라면 세가와 정도를 들 수 있겠지. 어때?"

"……."

생긋 웃는 선생님에게 나는 노코멘트로 일관했다.

오오 슈바인이여. 이미 다 들통 났다니, 이 얼마나 한심하구나…….

방과 후. 청소 당번을 끝내고 부실로 가자 세가와와 마스터는 이미 와 있었다.

하지만 가장 보고 싶었던 그녀의 모습은 눈에 띄지 않았다.

"어라? 아코는?"

"입을 열자마자 한다는 소리가 그거야? 달리 해야 할 말이 있지 않나?"

앉아 있던 의자 자체를 빙그르르 돌리면서 세가와가 나를 찌릿 노려보았다. 그런 얼굴도 익숙해지니 귀엽게 보였다.

"여, 좋은 아침이다. 세가와."

"……그런 인사는 아침에나 해. 벌써 저녁때잖아."

하지만 아침에 말 걸면 화내잖아 너.

내심 그렇게 생각하면서도 나는 미안 미안 사과를 했다.

"인사는 중요하지. 안녕, 루시안. ……자, 문제의 아코 말이네만, 교무실에 확인해본 바 오늘은 쉰다고 했다는 것 같더군."

"……부 활동을?"

"학교를, 말이다."

"하긴 그 아이, 학교에는 왔는데 부 활동은 하지 않을 유형으로는 보이지 않았지."

"그건 그렇지만."

선생님과 본인 말에 따르면 원래 학교에 잘 나오지 않는다는 것 같으니 때로는 쉴 때도 있겠지.

내 탓인가 싶어서 조금 불안해졌지만, 그런 것이라면 괜찮은 걸까.

"하지만 쉰다면 쉰다고 미리 말을 해줬으면 해. 덕분에 일부러 부실까지 왔잖아."

세가와는 어깨를 움츠려 보이고는 가방을 손에 들고 자리에서 일어났다.
"어? 게임 안 하고 갈 거야?"
"아코의 의식 개혁을 위해 하던 건데 아코가 없으면 의미가 없잖아."
"그야 그렇긴 하지만……."
하지만 이 부가 존속할 수 있는 시간도 그다지 길지 않았다.
내일부터 주말까지 학교는 쉰다. 그리고 다음 주가 되면 첫 교무 회의에서 이 부의 폐지가 결정될 것이다. 그 정확한 날짜가 언제일지는 모르겠지만— 오늘이 마지막이 돼도 이상하지 않을 정도였다.
"나는 하고 갈까. 마스터. 어때?"
나는 마스터를 바라보았다. 그러자 마스터도 웃으며 고개를 끄덕였다.
"그래. 어울려주마. 부장 없는 부 활동 따위 기분이 나지 않겠지."
"마스터는 그럴 거라고 생각했어. 고마워."
나는 내 컴퓨터로 다가가 전원을 켰다. 의자에 앉아 부팅되는 것을 지켜보며—.
"……자, 그럼."
"……그렇지?"
나와 마스터는 의자에서 일어나긴 했지만 아직 부실을 나가지 않고 가만히 있는 세가와에게 시선을 향했다.
"우…… 어, 어쩔 수 없네. 그렇게까지 말한다면야 하고 갈게."

"아무 말도 안 했는데."

"시끄러."

결국 너도 게임하고 싶었던 거잖아. 그런 주제에 끝까지 솔직하지 못하다니까.

"힐러가 없으니까 오늘은 적당히 해."

"있으나 없으나 별반 차이 없어."

"아코도 그렇게까지 못하지는 않아."

나는 쓴웃음을 지으면서 게임에 로그인했다.

그랬더니, 그곳에—.

◆루시안 : ……너 왜 여기 있는 거냐?

◆아코 : 아, 루시안. 안녕하세요.

어째선지 당연한 것처럼 오늘은 집에서 쉬고 있을 터인 아코가 있었다.

"얘, 대체 뭐 하는 거야?"

"아코답지 않은가."

마스터는 의젓하게 웃었지만, 나는 태클을 걸지 않을 수 없었다.

◆루시안 : 안녕하세요가 아니야. 학교는 어쩐 거야? 쉬었잖아?

◆아코 : ……그게, 중요한 볼일이 있어서 집에서 이것저것 준비를 좀 했어요.

그렇게 말하는 아코는 왠지 무척 사정을 말하기 어려워하는 것 같았다.

평소라면 내가 뭘 물어도 바로 대답하곤 했던 것이다. 그 정도는 분위기로 알 수 있었다.

◆루시안 : 중요한 볼일? 그게 무슨 일인데? 아니, 물으면 안 되는 거라면 안 물을게.

◆아코 : 그…… 오프라인 모임 준비를 하느라고요.

아코는 묘한 소리를 했다.

"오프라인 모임? 마스터. 또 뭔가 기획했어?"

"아니."

마스터가 고개를 저었다.

그렇다면 대체 무슨 오프라인 모임이라는 거지?

길드 앨리 캣츠의 2차 오프라인 모임 얘기……인 거 맞지?

◆루시안 : 다음 오프라인 정모. 아코가 주최해서 연다는 건가?

내가 머뭇머뭇 묻자 아코는 그 말을 부정했다.

◆아코 : 아뇨. 제가 아는 사람이랑 개인적으로 둘이서만 만나기로 했어요.

◆루시안 : 흐음…… 그건 또 무슨 소리야.

왠지 엄청나게 불길한 예감이 들었다.

너무 몰아붙이면 대폭발한다— 문득 그렇게 말한 고양이공주 씨의 말이 머릿속에 떠올랐다.

"저 아코가……."

"우리 외의 사람이랑 오프라인에서 만난다고……?"

"말도 안 돼."

나는 세가와, 마스터 두 사람과 얼굴을 마주 본 후 쭈뼛쭈뼛 물어보았다.

◆루시안 : 둘이서만 만난다니…… 그 사람, 여자지?

◆아코 : 본인은 남자라고 말했어요.

◆루시안 : 어, 야!

"뭐? 웃기지 말라고!"

"저 말, 진짜 같네. 이 사태를 어떻게 할 거야?"

"흐응……?"

세가와가 복잡한 얼굴을 했다. 반면, 마스터는 영 의아하다는 반응을 보였다.

아니, 그런 것보다 지금은 아코가 문제였다. 저 녀석, 대체 무슨 생각을 하는 거야?

◆루시안 : 그만둬, 이 바보 녀석. 그런 위험한 짓 하지 마.

◆아코 : 위험하지 않아요. 꼭 필요한 일이에요.

◆루시안 : 남자와 둘이서 현실에서 만나는 일이 말이야?

◆아코 : 그건…… 하지만 루시안이 말하는 것 같은 그런 일은 절대로 아니에요. 걱정하지 마세요.

◆루시안 : 그런 일이 아니라니…….

그건 아코가 그렇게 생각하는 것뿐이고 상대가 무슨 생각을 하는지는 모르는 거잖아.

참나, 어쩔 수 없군. 마침 걱정되기도 했고, 고양이공주 씨의 체면도 있었다. 원인 제공자로서 일단 보호 정도는 해줘야지.

◆루시안 : 아, 그럼 나도 가겠어. LA의 오프라인 모임이라면 내가 간다고 딱히 문제 되지는 않겠지.

◆아코 : 그, 그건…… 안 돼요.

"……뭐?"

내 제안에 아코는 놀랄 정도로 강하게 거절의 뜻을 표시했다.

◆루시안 : 왜 안 되는데? 아코가 아는 사람이면 대부분 나도 아는 사람일 텐데…….

◆아코 : 안 돼요. 절대로 안 돼! 무슨 일이 있어도 루시안만큼은 데려갈 수 없어요!

"……뭐야, 그게."

나만 따돌리겠다, 는 건가?

난 널 걱정해주고 있는 거라고— 라는 식으로 은혜를 베풀 생각은 아니었지만 그렇게까지 거부당하자 화가 났다. 정말로 무슨 일이 있으면 어쩌려는 거냐. 일이 벌어지고 난 뒤에는 돌이킬 수 없다고.

나는 아코에게 무슨 말을 어떻게 전해야 할지 고민했다. 그러고 있으려니 나보다 한 발 늦게 로그인을 한 마스터와 세가와가 채팅에 참가했다.

◆슈바인 : 잠깐 아코. 너답지 않아. 간만에 루시안이 자기가 먼저 따라간다고 했는데 그걸 단호하게 거절하다니, 어떻게 된 거야?

◆애플리코트 : 그렇군. 평소의 아코라면 크게 기뻐하면서

모임에 끌고 가서는 이 사람이 제 서방님이에요 하고 난리법석을 떨었을 거 아닌가? 무슨 일이라도 있나?

◆아코 : 우…….

두 사람의 질문에 아코가 침묵했다.

아니, 그렇게까지 말하진 않겠지만.

◆루시안 : 아니, 남편으로서 데리고 가라는 말을 할 생각은 없어. 게임과 현실은 별개이니까 나도 딱히 남편 기분으로 같이 가고 싶은 것도 아니야. 하지만 위험한 건 분명해. 그러니까, 나쁜 말은 안 할 테니까 둘이서만 만나는 건 관둬. 아니면 내가 아니라도 적어도 슈나 마스터랑—.

함께 가는 편이— 이라고 챗을 치는 도중에 아코의 챗이 먼저 표시되었다.

◆아코 : 그, 그래요. 그게, 게임과 현실은 별개잖아요?

◆루시안 : ……뭐?

왠지 모르게 초조해하는 것 같은 말이었다.

그 어조야말로 정말로 아코답지 않았지만, 나는 그 이상으로 챗의 내용에 경악했다.

◆아코 : 루시안. 게임과 현실은 다르다고 늘 말했죠. 제가 뭐가 다르냐고 물어도 제대로 대답해주지 않으면서 게임과 현실은 절대로 다르다고 고집스럽게 말하기만 하고. ……그렇다면 제가 현실에서 다른 사람과 만나다고 해서 루시안이 신경 쓸 일 없잖아요.

◆루시안 : 아, 아코…… 너…….

나는 저도 모르게 타자를 치던 손을 멈추었다.

그만큼, 아코의 말은 내게 있어 생각할 수도 없었던 것이었다.

◆아코 : 오히려 루시안은 왜 그렇게까지 제 걱정을 해주는 거죠? 그게 훨씬 더 이상하잖아요. 현실의 루시안은 저랑 결혼 같은 것도 하지 않았고, 아무 관계도 없는 그냥 남이잖아요? 게임과 현실은 별개잖아요?

아코의 말은 틀리지 않았다.

분명 나는 그렇게 말해왔다. 그냥 생판 남이라니, 그렇게까지 말할 생각은 없었지만 아코가 다른 남자와 만나는 것을 막을 수 있는 처지는 절대로 아니었다. 오히려 그런 처지여서는 안 된다, 그런 처지이고 싶지 않다고 아코에게 계속 말해왔다.

그러니까—.

◆아코 : 루시안. 게임과 현실은 뭐가 다른가요.

"……."

그 말에 나는 아무 대꾸도 할 수 없었다.

◆아코 : 그러니까 나는 가겠어요. 일겠죠? 루시안.

아코는 침묵한 나의 캐릭터에서 한 발, 두 발 물러나면서 말했다.

게임과 현실은 별개이다. 그러니까 아코가 현실에서 누구와 만나든 나와는 아무 관계 없었다. 내게는 아무 권리도 없었다. 걱정할 권리조차도. 이런 질문에 허가를 내릴 권리조차 없었다.

—그거야, 그래. 그 말대로야. 나는 입이 열 개라도 할 말이 없어.

하지만 말이야. 네가, 이런 상황에서, 그런 말을 하는 거야?

그래, 알았어. 네가 그렇게 나온다면 나도 상관 안 하겠어!

◆루시안 : ……그래. 네 맘대로 해.

"잠깐, 루시안?"

"진심인가? 루시안."

게임 안의 챗에 현실의 두 사람이 반응했다. 하지만 나는 이제 주변 사람들이 그렇게 걱정해주는 것조차도 귀찮았다. 아무래도 상관없잖아? 어차피 나랑 관계없으니까 말이야!

◆루시안 : 네 말대로야. 나는 아코의 남편이 아니니까 현실에서라면 아코가 누구랑 만나든 나랑은 전혀 관계가 없어. 누굴 만나든 말릴 이유 따위 전혀 없지! 생판 남이 주제넘은 소리를 해서 미안했다! 열심히 즐기고 오라고! 무슨 일이 일어나도 난 몰라!

쾅쾅. 나는 손가락이 아플 정도의 기세로 챗을 치고는 그 자리에서 LA를 종료했다.

그 이상 아코와 이야기하고 싶지 않았고 보고 싶지도 않았다.

"루시안. 평소의 네 말을 따르자면 아코의 지금 발언은 지극히 정당하다. 방금 그것은 단순한 화풀이다."

"그딴 건 나도 알아!"

마스터의 그 말에 나는 진심으로 마스터를 노려보며 반박했다.

"하지만 머리로는 이해하는데 납득이 안 돼서 곤란해하는 거잖아. 그 정도는 좀 눈치채!"

"미, 미안하게 됐다."

"뭐가 미안하다는 거예요? 마스터가 왜 사과해요? 그보다 이상한 건 아코 쪽이야. 루시안이 어떻게 반응할지 아니까 평소의 아코라면 절대로 그런 말은 하지 않을 텐데. 좀 더 물어볼 테니까 기다려…… 아, 야!"

세가와가 키보드를 두드리는 것을 무시하고 나는 자리에서 일어나 그대로 부실을 나섰다.

"그렇게까지 하지 않아도 괜찮아. 이걸로 된 거야. 아코도 게임과 현실은 별개이고, 현실에서는 내가 남편도 뭣도 아니란 걸 인정했어. 이 부의 목적은 무사히 달성됐고, 나도 직결충이 안 되고 끝났어. 좋은 일뿐이라고. 나중에 아코가 혼자서 험한 꼴을 당해도 이제 내가 알 바 아냐!"

"잠깐, 루시안. 기다 ."

쾅. 나는 있는 힘껏 문을 닫았다.

아아, 짜증 나.

짜증 나는 것도 당연했다. 아코 녀석. 남자와 둘이서만 만나다니, 스스로 위험한 일을 당하러 가는 거나 마찬가지잖아. 내가 뭐 때문에 필사적으로 그 상황을 이해시키려 했다고 생각하는 거냐.

게다가 말이야, 그런 끝에 이제부터 만나러 가는 남자를 제쳐놓고 나한테만 게임과 현실은 별개니 어쩌니…… 아아, 그래. 별개야, 별개. 우리는 아무 관계도 아니야. 그 녀석이 내 앞에서 기운 넘치는 것은 내가 오타쿠스러운 화제가 통하는 녀석이었기 때문이었을 뿐이야! 나한테 그쪽 화제로 슬쩍 말을 걸어오는 우리 반의 숨은 오타쿠들과 뭐 하나 다르지 않다고! 전혀 특별하지 않아!

하지만. 하지만 말이야!

젠장. 왠지 열 받아!

††† ††† †††

밤이 지나고 아침이 밝아 해가 높이 떴어도 내 가슴속의 울분은 풀리지 않았다.

나는 침대에 벌렁 누운 채 천장을 올려다보았다.

뭔가가 가슴속에 응어리져서 개운치 않았다. 무진장 개운치 않았다.

눈을 감아도, 다른 생각을 하려고 해도 머릿속에는 아코만이 떠올랐다.

루시안. 루시안—. 그렇게 날 잘 따르던 아코의 웃는 얼굴이 의식에 달라붙어 떨어지질 않았다.

시간은 벌써 저녁이었다. 아코는 그 남자와 벌써 만났겠지.

내 앞에서만 보인다고 생각했던 그 웃는 얼굴을 다른 남자 앞에서도 짓고 있을까.

그 광경을 상상하는 것만으로도 뭔가 알 수 없는 감정이 솟구쳐 올라왔다. 내 안에도 이런 힘이 있었던가 싶은 정도로 강하게 주먹을 쥐었다. 그래도 부족해서 뿌득 이를 갈았다.

"큭……."

입안에 희미하게 피 맛이 번졌다.

그 비릿한 맛이 엄청나게 불길한 상상을 불러 일으켰다.

아코 녀석. 혹시 위험한 일을 당하고 있지는 않을까. 괴로운 일을 당하고 있지는 않을까.

상상하는 것만으로도 좀이 쑤셔서 도저히 가만히 있을 수가 없었다.

차라리 쫓아가면 훨씬 편할 것 같았다. 그리고 그렇게 해야 할 것 같았다. 하지만 나는 언제까지고 방에서 나가질 못하고 있었다.

마지막에 아코가 한 말이 지금도 머릿속에서 떠나지 않았다.

『루시안. 게임과 현실은 뭐가 다르죠?』

그렇게 말한 아코에게 나는 지금도 아무 대꾸도 할 수 없었다.

"아아, 젠장."

나는 침대에서 일어나서 방에 있는 컴퓨터를 켰다.

그리고 무의식적으로 LA를 켰다.

아코가 있으면 좋겠다고 생각했지만, 당연히도 거기에 아코는 없었다.

그 대신 마스터와 슈 두 사람이 늘 모이던 찻집에 모여 있었다. 마침 잘됐다. 그런 생각에 말을 걸려는 찰나, 그보다 먼저 두 사람의 머리 위에 말풍선이 표시되었다.

◆애플리코트 : 왔나. 루시안.

◆슈바인 : 잠깐. 너 여기서 뭐 하는 거야?

세가와가 슈바인으로 연기하는 것도 내팽개치고 바로 내게 따지고 들었다.

뭐야. 내가 여기 있는 게 뭐가 어떻다는 거야?

◆루시안 : 인사 한번 멋진데. 왜 그래?

◆슈바인 : 왜 그래고 자시고, 그 애는 지금―.

◆애플리코트 : 자자, 진정해라, 슈.

마스터가 슈의 어깨를 몇 번 두드리면서 말했다.

◆애플리코트 : 어제 슈가 고생해서 알아낸 것이다만, 아코의 오프라인 만남 시간은 저녁 여섯 시라고 한다.

저녁? 여섯 시?

뭐야. 그런 저녁에 여고생을 불러내서 뭘 어쩌려는 거야, 그 남자!

◆루시안 : 저녁에 만나다니 완전 직결충스럽잖아.

◆애플리코트 : 그래. 게다가 상대방이 마에가사키까지 온다고 한다. 그것이 아코의 조건이었다는 것 같으니까 말이다.

◆루시안 : 그렇게 해서까지 아코와 만나고 싶다는 건가. 젠장. 아무리 생각해도 위험하잖아. 그 바보, 왜 그걸 모르는

거야.

시계를 보자 곧 있으면 여섯 시였다.

나는 무의식중에 전화를 하고자 휴대 전화를 손에 쥐었다.

하지만 버튼을 누르지는 못했다. 겨우 몇 번 버튼을 누르면 아코에게 전화가 걸릴 텐데, 그 버튼을 누르기가 정말 힘들었다.

그게 말이야. 만약 아코가 전화를 안 받으면 어떻게 하지?

전화를 받아도 민폐라는 듯이 말하면 어떻게 하지?

수화기 너머로 모르는 남자의 목소리가 들리면 어떻게 하지?

그리고, 설령 내가 건 전화에 기뻐한다고 해도— 나는 무슨 말을 할 수 있을까.

◆슈바인 : 왜 안 가는 거야?

◆루시안 : ……뭐?

화면 속에서 슈가 붕붕 검을 휘두르고 있었다.

◆슈바인 : 너네 집, 역에서 가깝잖아. 아직 늦지 않았어.

◆루시안 : 간다……고 해도.

그 말을 듣고 나는 다시 방의 시계를 보았다. 시간은 여섯 시가 되기 조금 전. 분명 지금 당장 집을 나서 자전거 페달을 밟으면 시간에 맞출 수 있을지도 몰랐다.

◆루시안 : 하지만…… 나한테 그럴 권리는 없어.

◆슈바인 : 권리? 무슨 권리? 친구가 위험한 일을 당할 것 같은데 그것을 막을 권리가 없다는 거야?

◆루시안 : 아코가 자기 입으로 둘이서만 만나고 싶다고 말했다고. 거기에 어떻게 끼어들겠어. 나한테 그런 권리는 없다고…… 아코가 말했단 말이다.

나와 아코는 좋게 보면 친구, 최악의 경우에는 단순한 동급생이었다.

아코가 원하지 않는 이상, 내게 두 사람의 만남에 끼어들 권리 같은 건 없었다. 그래서 지금 이렇게 고민하고 있는 것이기도 한데, 그걸 왜 몰라주는 거냐.

◆슈바인 : 그게 뭐야. 한심해! 꼴사나워! 네가 그렇게 쓰레기 같은 자식이라고는 생각도 못 했어!

"거참 쫑알쫑알 되게 시끄럽네."

세가와가 슈가 된 이후로 화가 나지 않게 되었던 말들이 지금은 엄청 화가 났다.

그렇지 않아도 짜증 나는데 너까지 불난 집에 부채질하는 거냐.

이 짜증 나는 화면을 그냥 때려 부숴버릴까. 나는 진심으로 그렇게 생각했다.

◆슈바인 : 이렇게 꼴사납고 한심한 남자 따위 아코도 정나미가 떨어질 거야. 아니, 오히려 왜 반했었는지 그게 전혀 이해가 안 되네. 그래, 다른 남자를 만나는 것도 괜찮아. 너 같은 남편은 얼른 버려버리고 다른 남자에게 가는 편이 아코도 더 행복할 거라고!

"큭!"

아코가 내가 아닌 다른 남자 옆에 찰싹 붙어 있는 모습이 내 뇌리를 스치고 지나갔다.

그저 상상일 뿐이었는데도 왜인지 정말로 가슴이 아팠다.

◆루시안 : 왜 내가 너한테 그런 말까지 들어야 하는 거냐!

◆슈바인 : 걔는 네 신부잖아! 그런데도 네가 아무것도 안 하니까 그런다!

◆루시안 : 뭐가 신부야. 그런 건 게임에서만의 얘기잖아!

왜 그런 얘기만 하는 거야, 이 녀석은.

아까부터 사람 신경을 건드리는 소리만 해대고.

◆슈바인 : 그런 건 상관없어! 그럴 마음만 있다면 뭐든 할 수 있잖아!

◆루시안 : 뭘 모르는 녀석이네! 아무것도 할 수 없으니까 이렇게 짜증 나고 불안하고 아코의 일이 머릿속에서 떠나지 않는 거 아냐!

◆슈바인 : ……너 있지.

단순한 화풀이라고 생각하면서도 나는 이 짜증 나고 초조한 기분을 세가와에게 모두 터뜨렸다.

하지만 왜인지 세가와는 화내는 기색도 없이 그저 고개만 저을 뿐이었다.

◆슈바인 : ……너, 아코를 좋아하지? 그럼 그걸로 충분하잖아. 얼른 가.

그리고 그 대신이라는 것처럼 영문을 알 수 없는 소리를 해댔다.

지금 뭔 소리를 한 거야, 이 녀석.

◆루시안 : 있지. 내가 아코를 좋아할 리 없잖아.

◆슈바인 : 좋아한다니까 그러네! 그렇게밖에 보이지 않는다고! 너, 방금까지의 채팅 기록을 한번 살펴봐봐!

◆루시안 : 지금은 그럴 기분이 아니야. 분위기 파악 좀 해달라고…….

◆슈바인 : ……뭐어어어어?

아코의 일이 걱정되어 미칠 것 같은 와중에 세가와가 시끄럽게 굴어서 나는 환장할 것 같았다. 너도 정신 좀 차려. 지금은 그것보다 더 생각해야 할 일이 있잖아.

◆애플리코트 : 나는 말이지, 루시안…… 아니, 니시무라 히데키 군.

문득 조용히 우리를 지켜보고 있던 마스터가 그렇게 입을 열었다.

◆애플리코트 : 다 알 거라 생각하지만 나는 어느 쪽이냐고 한다면 아코와 비슷한 인간이다. 그렇게까지 게임과 현실을 구분할 생각은 없어.

물론 잘 알았다. 그냥 있으면 아코에게 영향을 받을 게 뻔했기 때문에 세가와를 끌어들였을 정도였던 것이다. 게다가 처음부터 그다지 현실과 게임을 나누어 생각하고 싶어 하지도 않았고 말이다.

◆애플리코트 : 그런 내가 보기에는 말이지. 아코도 게임과 현실을 지나치게 혼동하고 있긴 하지만, 너도 현실과 게임을

너무 별개로 보고 있다는 생각이 든다.

◆루시안 : 너무 별개로 본다니, 그럼 나보고 난 이 녀석의 남편입니다 하고 아코와 그 남자 사이에 끼어들러 가란 건가? 하긴, 그럴 수만 있으면 얼마나 좋을까.

◆슈바인 : 아니, 그러니까 말이야. 루시안. 그 말이 이미 결론을—

◆애플리코트 : 그렇게까지 말할 생각은 없지만.

세가와가 뭔가 말하려는 것을 시야 끝으로 확인하며 나는 그것은 나중에 읽기로 하고 일단은 마스터와의 채팅을 계속했다.

◆애플리코트 : 네 생각대로 루시안과 니시무라 히데키는 별개의 인물이다. 아코와 타마키 아코도 그렇지. 너와 아코는 현실에서는 연인도 뭣도 아니야. ……하지만 말이다. 게임 속에서 아코를 좋아하게 된 『루시안』이라는 존재를 너는 너무 경시하고 있지 않나?

◆루시안 : 경시……라니, 그게 대체 무슨 말이야?

내가 『루시안』을 가볍게 보고 있다는 건가?

게임 속의 자신이기 때문에 너무 무시하고 있나는 건가?

◆애플리코트 : 루시안은 네 안에 있다. 아코도 타마키 아코의 안에 있지. 그것은 절대로 흔들리지 않는 명확한 사실이다. 그렇다면, 그 말은 다시 말해 네 안에 아코를 좋아하는 감정이 있다— 그런 것 아닐까?

거기까지 말한 마스터의 캐릭터는 현실에서 자주 하던 것처럼 히죽 웃어 보였다.

내 안에 아코를 좋아하는 감정이 있다— 그것은 내 안의 『루시안』이 타마키 아코 안의 『아코』를 좋아하니까.

그럴지도 몰랐다. 논리상으로는 맞는 말이었다.

하지만, 뭔가— 왠지, 뭔가가 말이지.

◆루시안 : 뭔가, 납득이 되지 않아.

아니, 그렇지 않았다. 내 가슴속의 이 응어리는 그런 이유에서 비롯된 것이 아니었다.

◆루시안 : 그것만이 아니야. 내 감정은 그것만이 아니라고. 그 녀석과 직접 만나고 얘기하고 서로 접촉하면서 나는 그 녀석의 『아코』가 아닌 부분도 좋아하게 됐어. 지금 내가 걱정하는 건 게임 속의 『아코』가 아니라 내 옆에서 기쁜 듯이 웃던 현실의 그 녀석이야. 나는 그 녀석이 걱정돼. 그 녀석이 상처입지 않았으면 해.

◆애플리코트 : ……그런가.

◆슈바인 : 아니 그러니까, 지금 말했잖아! 좋아한다고 말했잖아! 있지, 너 지금 내 얘기 안 듣고 있는 거야? 혹시 나, 블랙리스트에 집어넣었어? 말풍선, 표시 안 되는 거야? 여보세요?

하지만 나도 마스터도 세가와의 말은 완전히 무시하고 대화를 계속했다.

마스터는 내 말에 크게 고개를 끄덕이며 만족스러운 기색으로 말했다.

◆애플리코트 : 잘 아는군, 루시안. 그걸로 됐어. 너는 지금 네가 찾던 답을 얻었다.

음. 마스터는 고개를 크게 끄덕이고는 그렇게 말했다.

답이라니 그게 뭐야? 뭐에 대한 답이란 거야?

아코를 어떻게 할 것인가. 아코를 어떻게 도울 것인가. 그런 문제에 대한 답이 나온 건가?

아니, 그게 아니면— 그런가.

◆루시안 : 아코가 말했던 그 말에 대한 답.

◆애플리코트 : 그렇다.

게임과 현실이 무엇이 다르냐. 그 녀석은 그렇게 물었다. 그리고 자신은 그것을 알지 못하겠다고, 그래서 루시안은 이상하다고도 말했다.

하지만 전혀 이상하지 않았다.

그 답은 간단했다. 지극히 간단했다.

그도 그럴게 현실에는 있지만 게임에는 없는 것들이 잔뜩 있는 것이다.

서로를 부르는 목소리, 서로에게 향하는 웃는 얼굴, 맞닿은 손가락의 감촉, 모르는 사이에 익숙해신 그녀의 향기. 현실에는 그런 게임 속에서는 알 수 없었던 부분이 산더미처럼 존재했다.

어쩌면 아코는, 그 친구 하나 없는 외톨이 아가씨는 현실의 자신이 전부, 엄청나게 싫었던 것일지도 몰랐다.

하지만 그렇지 않았다.

나는 게임에서는 알 수 없었던 아코를 알게 돼서 좋았다. 타마키 아코의 지극히 일부분만을 아는 『루시안』따위와는 달랐다. 좀 더 좀 더 그 녀석에게 끌리고 있었다.

◆루시안 : 그러니까, 달라. 게임과 현실은 달라. 나는 아무것도 틀리지 않았어.

◆애플리코트 : 그렇게 생각한다면 그걸로 된 거다.

나는 조금이지만 기분이 풀린 것을 느꼈다. 이걸로 다음에 그 녀석을 만나면 해줘야 할 말이 생긴 셈이었다.

과연 우리 마스터였다. 참 믿음직했다.

하지만, 상황은 아무것도 바뀌지 않았다.

◆루시안 : 하지만 결국 어쩔 도리가 없다는 점에는 변함이 없군.

나는 한숨을 쉬며 그렇게 챗을 쳤다.

내가 무슨 생각을 하든 아코는 남자와 만날 것이다. 그리고 위험한 일을 당할지도 모른다. 하지만 내게 그것을 막을 권리는 없었다.

◆슈바인 : 저기, 듣고 있어? 이제 됐잖아. 내 신부를 구하러 왔다고 말하고 가면 되잖아. 사실은 너도 그렇게 하고 싶잖아?

◆루시안 : 그러니까, 신부라도 해도 그건 게임 얘기…….

거기까지 입력한 나는 키보드 두드리던 손을 멈추었다.

신부. 그랬다. 아코는 내 신부였다.

아, 물론 현실에서는 얘기가 달랐다. 하지만 게임에서는 분명 내 신부였다.

지금도 그 점은 여전했다. 그 녀석은 내가 아주 많이 좋아하는 여자애였다.

◆루시안 : ……그런가. 그 녀석은 **내 신부**였어.

◆슈바인 : 뭐?

그래. 그렇다고.

그 녀석은 내 신부야. LA 안에서는 분명 내 신부라고.

아코는 내 신부인데 게임 속의 누군가와 현실에서 만난다고?

그거, 게임 안에서의 남편으로서 절대로 그냥 둘 수 없어!

게임 안에서 알게 된 남자와 만난다고 했으니까 말이야!

이유로서는 충분해! 완벽할 거야!

◆루시안 : 하하, 하하하하하! 그거, 화가 나지! 그럼, 당연하지!

◆슈바인 : 루, 루시안?

당황한 듯한 세가와를 무시하고 나는 루시안에게 슈바인의 어깨를 두드리게 했다.

◆루시안 : 과연, 슈. 잘 아네! 속에 응어리졌던 것이 싹 풀렸어! 좋았어. 기다려라! 내 아코에게 손을 대려고 하는 썩을 자식. 남의 마누라에게 껄떡대다니, 죽여버리겠어!

나도, 루시안도 꾹 주먹을 쥐었다.

그랬다. 아주 간단한 얘기였다. 내 아코를 다른 사람에게 넘길 성 싶으냐.

◆슈바인 : 지, 진정해. 진정하고 가는 거야. 문제가 되지 않게 말이야.

◆루시안 : 내게 맡겨. 전부 싹 정리해주겠어.

나는 힘차게 모두의 요구를 떠맡았다.

◆슈바인 : 아니, 그래서는 맡길 수 없다니까…….

◆애플리코트 : 하하하. 힘내라, 루시안.

◆루시안 : 나만 믿어!

◆슈바인 : 자, 잠깐!

또다시 세가와가 뭔가 얘기하려고 했다. 하지만 나는 LA의 클라이언트도 끄지 않고 밖으로 뛰어나갔다. 그리고 달라붙듯이 자전거에 올라타서 그대로 온 힘을 다해 페달을 밟았다.

기다리라고, 이 바보 자식. 지금 바로 갈 테니까…… 내 신부인 주제에 다른 남자와 현실에서 만난다니, 게임 속 남편으로서 절대로 인정할 수 없으니까 말이야!

이야, 이제 자기변호도 대단해졌는걸.

나는 내 안의 냉정한 부분이 그렇게 말하는 것을 의식적으로 무시하면서 다리가 부러져라 자전거 페달을 밟았다.

역에 도착한 내가 버리듯이 자전거에서 내리자, 마침 아코도 개찰구를 빠져나오던 참이었다.

"아코…… 정말로 온 건가."

아코는 쌕쌕 거친 호흡을 가다듬는 나를 알아차린 기색도 없이 휴대 전화와 주변을 번갈아 살피면서 긴장한 모습으로 걷고 있었다. 오늘의 아코는 불평할 구석이 없을 정도로 평범하게 귀여운 차림을 하고 있었다. 전에 우리와 만났을 때는 얌전한 복장을 하고 있었지만, 이번에는 치마도 짧고 피부 노출도 조금 많은 것 같았다. 승부옷인 건가— 순간, 그런 생각을 했다가 나는 바로 그 생각을 머릿속에서 지워버렸다.

"어쨌든 일단 그 녀석을 말리고— 엇!"

그런데 내가 아코에게 향하려던 그때였다. 누군가가 아코에게 말을 걸었다.

그러자 아코의 표정이 부드러워졌다—. 혹시 저 녀석이 아코의 만남 상대인가.

나보나 조금 작은 체구. 뒷모습만으로는 알 수 없었지만 분명 저 녀석이 그 남자일 것이다. 게다가 복장을 보건대 우리보다 연상인 것 같았다. 적어도 대학생— 아니, 사회인이 틀림없었다.

아아, 그런 건가. 사회인 주제에 온라인 게임에서 여고생을 낚아 직결적인 추잡한 행위를 하려는 건가.

이쯤 되면 정말 저질이었다. 인간으로서, 남자로서, 한 사람의 온라인 게임 유저로서, 아코의 남편으로서 절대 용시 못한다. 인정할 수 없다.

"아아코오오오오오오오오!"

나는 주변 사람들의 시선에는 아랑곳하지 않고 크게 소리 지르며 전속력으로 아코에게 달려갔다.

운동 부족 때문에 온 힘을 다해 자전거 페달을 밟아온 다리를 한 발 한 발 내디딜 때마다 아팠다. 하지만 이 정도 통증으로 아코가 무사할 수 있다면 싼 편이었다.

"앗. 루, 루시안!"

나를 알아차린 아코가 눈을 동그랗게 떴다. 나는 그 눈에 뛰어드는 것처럼 아코의 앞까지 달려가서는 그대로 아코를 끌어안고 남자에게서 떼어냈다.

"아, 루, 루시안?"

"잠깐, 너!"

남자와 아코가 뭔가 이야기하려 했지만, 그딴 건 내 알 바 아니었다!

"시끄러어어어어! 닥쳐, 이 변태랑 왕바보 자식아!"

있는 힘껏 그렇게 소리 지른 나는 멍하니 넋을 잃은 아코에게 조금도 망설이지 않고 고함을 쳤다.

"아코. 너, 내 신부이면서 뭘 멋대로 현실에서 남자랑 만나려는 거냐! 나는 인정 못 해! 현실에서는 아무 관계가 아니어도 게임 안에서는 넌 내 신부니까 말이야!"

"루시안……."

"대답은 예! 하고 해야지!"

"아, 예!"

"잘했어!"

나는 고개를 끄덕여 보이고는 남자에게로 돌아섰다.

"있지. 이 녀석은 내 신부야. 농담하는 게 아니라 정말로 내 신부라고. 뭐, 게임 속 얘기지만 말이야!"

나는 품에 안은 아코를 꼭 끌어안으며 남자를 노려보았다.
"그래. 신부라고 해도 게임 속 얘기야. 가상 공간에서의 신부라고! 그렇다고 해서, 아무리 게임 속이라고는 해도 폼으로 결혼 같은 걸 할 수 있을 것 같냐! 가슴 펴고 큰 목소리로 말할 수 있을 정도로 난 이 녀석을 좋아한다고! 잘 들어, 아코. 내 눈에 흙이 들어가기 전에는 현실에서 남자와 둘이서만 만나는 건 절대 인정할 수 없어!"
"루시안……."
팔 안에서 꼼지락거리던 아코가 그 말에 움직임을 멈추었다.
나는 두 손으로 내 옷을 잡고 젖은 눈동자로 나를 올려다보는 아코를 보고서야 겨우 안도할 수 있었다— 아니, 그렇기 때문에 이 남자만큼은 절대로 인정할 수 없다!
"그런 신부를, 너처럼 수상한 온라인 게임 오타쿠에게 절대 넘길 수 없다! 너, 어차피 스물 넘었을 거 아냐. 미성년자에게 손댔다고 떠들어대기 전에 얼른 돌아가 버려!"
나는 아코를 품에 안은 채 남자를 정면에서 쏘아보며 그렇게 으르렁거렸다.
그렇게 하긴 했지만, 솔직히 까놓고 말해서 엄청 무서워.
그야 당연히 무섭다고. 싸움 같은 건 해본 적도 없는 데다가, 이렇게 여자애를 낚으려고 하는 녀석들은 대부분 질이 나쁘니까.
하지만 그래도 나는 내 신부를 지킬 거다. 무슨 일이 있어도.
나는 그렇게 결심하고 배에 힘을 주며 날카로운 시선으로 필사적으로 남자를 쏘아보았다.

그러자 그 남자는— 남자? 남자, 인가? 이 녀석.

잘 보니 뭔가 달랐다. 남자라기에는 머리카락이 길었고 화장도 한 것 같았다. 그리고 무엇보다 복장도 남자가 아니었다.

그 남자는 어쨰선지 지친 기색으로 한숨을 내쉬었다.

"……그래…… 그런 거였구나. 그런 거였어. 알았어. 니시무라가 루시안, 이었구나."

"뭐? 지금 뭔 소리 하—."

"진정해, 니시무라. 나야."

나라고 해도 난 너 같은 인간은—.

"……사이토, 선생님?"

"정말이지. 그 정도는 한눈에 좀 알아보렴."

자~알 보니 그 사람은 학교에서 매일같이 보고 있는 우리 반 담임, 20대 미혼인 사이토 선생님이었다.

바지에 웃옷을 걸친 뒷모습은 언뜻 봐서는 남자로 보지 못할 것도 없었다.

그래, 그랬었나. 그런 거였나.

"……흐응. 선생님이었구나. 선생님이, 선생님이 내 아코를, 그랬단 말이죠?"

"응? 잠깐 니시무라. 너 아직도 뭔가 착각하고 있는 거 아니니? 있지, 나는 말이야—."

사이토 선생님이 웅얼웅얼 뭔가 변명을 늘어놓았지만 그딴 건 내가 알 바 아니었다. 나는 아코를 안은 팔에 힘을 주며

선생님에게서 아코를 감추었다.

"야, 아코. 빨리 경찰에 전화해. 저기 저 사람은 자기 학교 학생에게 손대려는 변태 레즈 교사다. 저런 건 걸리면 바로 체포될 게 분명해."

"잠깐잠깐기다려! 그게 아니라고 하잖아! 나는 네가— 루시안이 상담해 와서 그 아코란 아이의 생각을 좀 바꿔보려고 했던 것뿐이야!"

"예?"

사이토 선생님이 이거 또 영문을 알 수 없는 소리를 했다.

이 인간이 대체 뭔 소리를 하는 거야? 나는 눈을 희번덕거리며 선생님을 쳐다보았다. 그런 내게 품 안의 아코가 작게 이렇게 말했다.

"루시안. 저 사람은— 고양이공주 씨, 예요."

"……뭐?"

고양이공주 씨라면…… 그, 배려심 좋고 누구에게나 상냥하며 게임도 잘할뿐더러, 귀엽기까지 한 전(前) 나의 천사 고양이공주 씨?

그 사람이, 이 사이토 선생님이라고?

"그래. 그 말대로야. 내가 고양이공주야. 네 상담을 해주고 있던 참에 아코…… 타마키도 자기 일을 상담해달라고 부탁해서 말이야—."

"시끄러워요. 입 다물어요. 듣고 싶지 않아요."

"뭐?"

이 사람이 고양이공주 씨.

아직 젊은 주제에 평소에 의욕 없이 수업하고, 수업 중에 때때로 결혼하고 싶다고 말하는 주제에 남자 그림자는 눈 씻고 찾아봐도 찾을 수 없다고 하는 그 사이토 선생님이 고양이공주 씨.

이 사람이, 내 아코에게 손을 댄 것이, 고양이공주 씨.

"이 썩을 빌어먹을 자식…… 이런 인간이 우리 담임이었던 건가……."

"—니, 니시무라?"

사이토 선생님이 무슨 얘기를 하든 내 알 바가 아니었다.

이제는 일각의 유예도 없었다. 나는 아코를 안은 채 슬금슬금 뒷걸음질 치며 강하게 말했다.

"아코. 빨리, 되도록 서둘러서 경찰에 전화해. 저 사람은 온라인 게임 안에서 말끝에 『냐♪』를 붙여 귀여운 척하는 동시에 자신이 실제로는 남자라고 속여서는 자기 학교 학생에게 손을 대려고 하는 초특급 변태 레즈 교사다. 분명 바로 교도소행일 거야."

"바바바바바바바보같은 소리 하지 마! 나는, 나는 말이야!"

"시끄러워요. 이 변태 레즈 직결충!"

"큰 소리로 되도 않는 말 하지 마! 부탁이야, 타마키. 제대로 설명 좀 해줘! 넌 다 알잖아!"

초특급 변태 레즈 교사인 사이토 선생님이 아코에게 그렇게 애원했다.

아코는 아까부터 시끄럽게 언쟁을 벌이는 우리에게는 아랑곳하지 않고 아무 말 없이 조용히 있었다.

그랬던 아코가 사이토 선생님의 말에 천천히 움직였다.

"……후후후. 이렇게 됐으니 어쩔 수 없네요."

"아, 아코?"

아코는 나를 올려다보더니 어딘지 모르게 음침하게 웃어 보였다.

"그래요. 저 사람은 분명 루시안이 좋아했던 고양이공주 씨예요. 제가 불렀으니까 틀림없어요."

"네가 사이토 선생님을…… 아니, 고양이공주 씨를 불렀다고? 대체 왜?"

"그건 저 사람이 루시안을 꼬시려고 했기 때문이에요."

아코 씨. 대체 무슨 말을 하고 계신 건가요?

아코는 당연하다는 듯이 말했지만, 나는 아코가 무슨 말을 하는지 도무지 그 의미를 알 수 없었다.

"아코. 대체 무슨 말이야??"

"타마키? 너, 동갑내기 남자 친구에 대해 상담할 게 있다고 했잖아?"

"후후후후후후후후후."

우리 질문에 아코는 음침한 웃음소리를 흘렸다.

내 품에 안고 있던 아코. 강한 힘으로 끌어안고 있어서 방금까지 그 체온 때문에 뜨겁게 느껴질 정도였던 아코에게서 어째선지 엄청 차가운 기운이 풍겼다.

"고양이공주 씨가 사실 여자라는 것은 말하는 분위기로 알고 있었어요. 그래서, 그래서 용서할 수 없었어요. 그게, 어쩔 수 없잖아요. 루시안은 진짜 부인인 저보다, 고양이공주 씨를 더 믿었단 말이에요!"

아코의 목소리는 결코 크지 않았다. 하지만 가슴 깊은 곳까지 울리는 것 같은 불길한 박력이 내 등줄기를 서늘하게 만들었다.

"이대로, 만에 하나 루시안이 고양이공주 씨가 사실은 여자라는 사실을 알게 되면…… 루시안은 제가 아닌 사람, 그 사람을 택할지도 몰라요. 그런 건 절대 참을 수 없어요. 그래서 전 결심했답니다."

그렇게 말한 아코는 품에서 커터 칼을 한 자루 꺼내 들었다.

역 앞 네온사인에 반사되어 둔탁한 은색의 빛이 번쩍였다.

아코는 그것을 양손으로 꽉 움켜쥐더니 달각 달각 달각…… 하고 칼날을 밀어 올렸다.

"야야, 아코, 뭘 하려는 거야?"

"타, 타마키? 길거리에서 그런 위험한 물건을 꺼내면……."

사, 잠깐, 그런 물건을 꺼내다니, 장난이 아니라고! 날붙이는 안 된단 말입니다!

하지만 아코는 크게 당황한 우리에게는 개의치 않고 강하게 말했다.

"저 사람은 루시안을 나쁜 길로 끌어들이는 마녀예요! 그러니까 제가! 루시안의 진짜 부인인 이 제가! 지금, 이 자리에

서, 저 녀석을 해치우겠어요!"

말이 끝나기가 무섭게 아코는 내 팔을 억지로 뿌리치고 단숨에 사이토 선생님에게로 돌진— 하려는 것을 내가 뒤에서 끌어안아 온 힘을 다해 말렸다.

"너, 뭐 하는 거야? 아니, 그 사람, 사이토 선생님이야! 우리 학교 선생이라고!"

그러나 필사적으로 말리는 내게 아코도 온 힘을 다해 저항했다. 사이토 선생님에게 커터 칼을 향한 채로 어떻게든 앞으로 나아가려고 다리에 힘을 주었다.

"루시안, 놔주세요! 저 사람을 해치울 수가 없잖아요!"

"학교 선생님을 죽인다느니 그런 말 하지 말라고 하는 거잖아! 우와, 잠깐, 그만…… 아아!"

결국 아코는 내 손을 떼어내고 사이토 선생님에게로 달려가고 말았다. 그 목숨은 내가 받겠다! 라고 말하듯이 아코는 커터 칼을 허리 부근에 단단히 쥐고 있었다. 그런데 그것을 보고도 사이토 선생님은 겁먹은 기색을 보이지 않았다.

"아아 정말…… 적당히 좀 하렴, 이 바보!"

사이토 선생님이 그렇게 말한 직후, 둔탁한 소리와 함께 아코의 몸이 흔들렸다.

잘 보니 아코의 목에 선생님의 팔이 수평으로 파고 들어가 있었다— 훌륭한 래리어트[#10]였다.

"오, 오오…… 훌륭하십니다."

#10 래리어트 프로 레슬링에서 상대의 목이나 뒤통수를 팔뚝으로 후려치는 기술.

"날 게이머라고만 생각하지 말아줬으면 좋겠어. 학창 시절에는 레슬링부였다고."

사이토 선생님은 척 주먹을 쳐올리며 말했다.

아니 저기, 학생을 KO시키고 자랑스러워하는 것도 과연 어떨까 싶은데요.

카운터처럼 내뻗은 사이토 선생님의 팔은 돌진하던 아코의 기세와 맞물려 일격에 아코의 정신과 심폐 기능을 일시적으로 저하시킨 모양이었다. 아코는 자리에 주저앉아 콜록콜록 기침을 해댔다.

"아코, 괜찮을까요?"

"당연히 괜찮지. 일단 힘 조절은 했으니까. 니시무라. 타마키를 데리고 와. 장소를 바꾸자. ……아아, 죄송했습니다. 애들이 소란을 좀 피워서 말이에요. 아하하하하."

사이토 선생님은 주위에서 의아한 시선을 보내는 통행인들에게 억지 미소를 지어 보였다. 나는 바닥에 주저앉은 아코에게 달려가 등을 쓸어주었다.

"아, 음. 아코, 괜찮냐?"

"우우…… 저런 녀석에게 지다니……."

아코는 자리에 주저앉은 채 분하다는 듯이 말했다.

"난 네가 이기지 않아서 진심으로 안심했다. 그렇다기보다, 이런 위험한 물건을 휘두르다니 그거야말로 경찰 신세를 져도 이상하지 않을……."

그런데 땅에 떨어진 커터 칼을 줍는 순간, 나는 어떤 위화감을 알아차렸다.

가벼웠다. 그리고 왠지, 칼날 부분이 완전히 구부러져 있었다.

"……."

나는 칼날 부분을 손가락으로 만져보았다. 그러자 칼날은 구불텅하고 구부러졌다.

"일부러 알루미늄 호일로 가짜 칼까지 만들어서 이런 어처구니없는 소동을 벌이다니…… 상대가 내가 아니었으면 정학감이야."

"하지만…… 루시안이……."

선생님에게 이끌려 들어간 찻집에서 우리는 두말할 나위 없이 설교를 듣고 있었다.

조금 심했다는 자각은 있는 모양인지, 과연 아코도 풀이 죽어 있었다.

"니시무라랑 얘기하다 보니 왠지 그리워져서 정말 오랜만에 LA에 로그인했던 거야. 그랬더니 우연히 루시— 아니, 니시무라에게 게임과 현실을 구별하지 못하는 아이가 있다는 말을 들어서 말이야. 이래 봬도 일단은 교사이니 말이야. 걱정이 돼서 상담해줬는데, 문제의 그 아이, 우리 학교 학생이라잖아. 그냥 둘 수가 없어서 직접 얘기해보려고 일부러 나온 거야."

선생님은 그런 사정이었던 것 같다.

"이대로는 루시안이 그 고양이공주의 것이 돼버릴 테니까 위험하지 않은 방법으로 협박해서 루시안에게서 떼어내려고 했던 거예요. 하지만 루시안이 알면 절대로 안 된다고 할 테니까, 일부러 화나게 하려고 그런 말을……."

이쪽은 이쪽대로 그런 연유였던 것 같다.

뭐냐, 그게. 그러니까, 결국 내가 아무것도 하지 않았어도 될 대로 됐을 거라는 얘기잖아.

"그럼 뭔가요. 필사적이었던 제가 제일 바보였다는 얘기인가요."

"으―음…… 그런 걸지도 모르겠네."

"그런가요. 하하하…… 아, 죽고 싶다."

나도 아코를 따라서 어깨를 덜컥 떨어뜨렸다.

사이토 선생님은 그런 우리의 어깨에 손을 얹어 억지로 일어서게 하더니 생긋 미소를 지어 보였다.

"자 그럼 두 사람 모두, 설교 시간이야."

"전 관계없잖…… 아니, 죄송합니다."

"좋아."

드물게, 정말로 보기 드물게 『교사』의 얼굴을 한 사이토 선생님에게 나는 말대꾸를 할 수 없었다.

"있지, 타마키. 게임과 현실, 인터넷과 현실을 제대로 구분하지 못하는― 아니다. 의도적으로 구분하지 않으려는 아이들은 최근에는 드물지 않아. 게임이나 SNS 등, 온라인 공간을 굳이 현실과 구별하지 않고 만남의 도구로 이용하지. 그런 아이들은 아주 많아. 실제로 너도 그렇게 친구를 만들었고, 학교에 오는 것을 즐겁게 여기게 됐어. 그러니까 나는 그걸 결코 나쁘다고 말할 생각은 없어."

"……예."

사이토 선생님은 아코의 눈을 바라보며 천천히, 그녀의 마음속에 스며들도록 말했다.

아코도 흠칫거리면서도 선생님과 눈을 맞춘 채 고개를 끄덕였다.

"하지만 넌 어린 여자애야. 위험은 도처에 널려 있어. 그런 건 타마키도 알 거야. 그렇기 때문에 인터넷 세상과 현실은 구분해야 해. 인터넷에서 만난 상대도 똑같이 주의해야 하고. ……있지, 타마키. 넌 게임과 현실을 구별하지 않는 게 아니라, 게임에 관한 신뢰도만을 네 마음대로 높게 설정하고 있는 게 아닐까?"

그렇게 말한 선생님은 아코의 손을 꼭 잡았다.

아코가 움찔 몸을 떤 것은 손을 잡힌 것에 놀랐기 때문일까, 그렇지 않으면 핵심을 찔렸기 때문일까.

"현실보다 인터넷 세상이 좋다. 현실보다 게임 속이 더 좋다. 현실은 믿을 수 없지만 인터넷 세상은, 게임 속은 믿을 수 있다. 그래. 그렇게 생각해도 상관없어. 그런 건 개인의 자유인걸. 하지만 말이야, 타마키. 자기 안위가 걸려 있을 때는 그럼 안 돼. 설령 온라인상에서 만난 사람이라고 해도 현실의 남성과 똑같이 경계해야만 해. 이번에는 마침 니시무라가 무척 착한 아이였고, 또 내가 정말로 여자에 교사였기 때문에 아무 일 없었던 거야. 하지만, 만약 니시무라가 절도 없는 남자애였거나 내가 정말로 남자였다면 지금쯤 넌 시집갈 수 없는 몸이 됐을지도 몰라."

선생님은 나를 가리키며 그렇게 말했다. ―아니, 잠자코 듣고 있었더니 뭐예요 이게! 그런 짓 안 해요!

"잠깐만요, 선생님. 전 그런 짓 안 한다고요!"

"알아. 최악의 경우 그렇다는 거지."

최악의 경우라도 안 한다고요. 참내.

나는 스리슬쩍 아코에게 시선을 주었다. 그러자 아코는 내 얼굴을 빤히 쳐다보고 있었다.

"……."

"……."

그리고 서로 마주 보는 사이, 아코의 뺨이 발갛게 물들었다.

아코는 부끄러운 듯이 고개를 숙이더니 몸을 꼬면서 힐끗힐끗 나를 쳐다보았다.

"너, 그 반응은 아니잖아! 파랗게 질리든가 싫어하거나 그래야 하잖아! 뭘 그렇게 있는 대로 부끄러워하는 거야?"

"하지만 우린 결혼했으니까, 그런 행위를 생각할 수 없는 것도 아니잖아요."

"아아아아아진짜! 아코 너, 내가 여태껏 고생하면서 말해온 걸 티끌만큼도 이해하지 않고 있지!"

나는 벅벅 머리를 긁적였다.

역시 이 녀석은 전혀 모르고 있었다.

그때의 말은 그저 나와 고양이공주 씨가 만나지 않게 하기 위해 한 말이었던 거냐!

그때의— 아아, 그래.

“참나…… 있지, 아코.”

“예?”

그저 말을 건 것뿐인데도 아코가 기쁜 듯이 나를 올려다보았다. 그 모습에 내 심장 박동이 빨라졌다.

이런 말을 해도 괜찮을까. 이 말을 해야 할까. 그 점이 불안하기도 했지만, 그래도 다음에 아코와 만나면 말하려고 다짐했던 말이었다. 지금 이 자리에서 말하지 않으면 이 이상 이 녀석과 마주할 수 없을 것 같다는 기분이 들었다.

“그때 있지, 내게 게임과 현실은 뭐가 다르냐고 물었지?”

“아…… 예.”

내 말에 문득 아코의 표정이 흐려졌다.

“그 뒤에 엄청 생각해봤는데 전혀 달라. 완전히 말이야. 그도 그럴 게 말이지.”

괴연, 그 이상은 아코의 얼굴을 쳐다보고 있을 수가 없었다.

나는 커피 잔에 시선을 떨어뜨렸다. 그러다가 결국에는 검은 수면에 떠 있는 자신에게서도 시선을 돌리며 이렇게 말했다.

“그도 그럴게, 게임에서의 너보다 현실의 네가 훨씬 귀여워.”

“……!”

내 시야 끄트머리에서 아코의 얼굴이 단숨에 새빨개졌다.

우와와. 창피해. 완전 쪽팔려.

역시 말하지 않는 게 좋았을지도 모르겠어.

아니 그것보다, 이렇게 창피한 말이 아니라 좀 더 멋진 표현이 있지 않았던가?

실패다. 이건 틀림없이 실패다!

"루, 루시안."

"……왜."

아코는 내게 시선을 주었다가 돌리고, 다시 시선을 주었다가 다시 돌리고— 그렇게 꽤나 망설인 후에 작은 목소리로 말했다.

"저도, 현실의 루시안을 만나고 나서— 더, 더 좋아졌어요."

"……그, 그러신가요."

"예."

"……."

"……."

우리는 시선을 돌린 채 힐끗힐끗 상대의 기색을 살폈다.

뭐냐, 이 공기. 이런 건 안 된다고. 누가 좀 도와줘—.

"저기, 두 사람 모두 이 선생님은 기억하고 있나요?"

"아아아 죄송합니다 잊고 있었습니다!"

그러고 보니 선생님이 있었다!

"잊고 있었다니…… 뭐, 두 사람 다 젊으니 말이야. 어쩔 수 없지."

조금 전까지의 성실한 『교사 모드』는 이제 한계였던 모양이다. 사이토 선생님은 평소의 적당주의 교사로 되돌아와 한숨을 내쉬었다.

"뭐, 설교도 일단 선생이라는 체면 때문에 한 거니까. 나한테 피해만 주지 않는다면 스스로 책임질 각오를 하고 사이좋게 지내도 좋아."

"돼, 됐다! 자요, 루시안. 선생님의 허락도 받았어요!"

"안 받았어! 방금 그 말을 가지고 허락받았다고 하지는 않는다고! 그것보다, 조금 전의 그 발언은 그런 의미가 아니니까 착각하지 마!"

"불순이성교제는 안 돼."

"우리의 사랑은 주위의 리얼충들과 달리 순수해요!"

"그럼 괜찮다!"

괜찮긴 뭐가 괜찮아! 웃기지 마!

"선생님. 장난치는 것도 정도껏 해주세요!"

"아, 아하하. 미안해. 농담이 조금 심했지?"

내가 탕탕 탁자를 두드리자 선생님은 쓴웃음을 지으며 순순히 사과했다.

선생님은 앞에 있는 커피를 한 모금 마시더니 쓰다는 듯이 얼굴을 찡그리고는 설탕에 손을 뻗었다.

"우, 써……. 하지만 말이야. 교사로서의 체면 때문에 설교했다는 말은 사실이야. 나 개인적으로는— 그렇지? 니시무라."

"뭐, 뭔가요."

선생님은 히죽 능글거리는 미소를 띠우더니 나와 아코를 번갈아 바라보았다.

"조금 전 내게 위세 좋게 던졌던 말, 기억하고 있어? 가슴 펴고 큰 목소리로 말할 수 있을 정도로 난 이 녀석을 좋아한다고! 라고 했던 말."

"우와와와, 하지 마, 하지 마세요! 갑자기 무슨 소리를 하는 거예요."

드, 듣고 싶지 않아! 나는 필사적으로 귀를 막았다. 하지만 귀를 막는 정도로는 목소리를 완전히 차단할 수 없었다. 얼마든지 귀에 들려왔다.

두 번째 흑역사로 처리해버리려고 했던 몇 분 전의 일을 이 사람은 왜 또 끄집어내는 거야!

"루시안! 저도 정말 좋아해요!"

"고마워. 나도 게임 안에서는 널 참 좋아해, 젠장! 그래서, 그게 뭐 어땠다는 겁니까!"

"자자, 그렇게 화내지 말고."

창피한 일의 연속에 내가 반쯤 자포자기한 어조로 되묻자 선생님은 어딘가 흐뭇한 광경을 보는 것처럼 웃었다.

"뭐라고 해야 할까. 나는 단순한 게임 친구에게 그런 말은 하지 못할 거라고 생각해. 그건 분명 강한 감정이 담긴 말이었다고 봐. 그러니까 네가 표면상으로는 어떻게 생각하는지 모르겠지만, 분명 니시무라는 니시무라 나름대로 타마키를 생각하는 마음을 갖고 있는 게 아닐까?"

"……그렇지는."

않다, 라고 말하는 것은 스스로 생각해도 무리가 있었다.

그게 말이지, 마음이 맞는 귀여운 동급생이 저런 식으로 좋아한다 좋아한다 말해 온다면…… 신경 쓰일 거 아냐. 그게 당연하잖아!

"하지만 아코는 너무 앞서 나간다고요. 현실에서도 평범하게 느긋하게 친해지자고 한다면야 저도 별로 거부할 생각은 없지만요. 이 녀석은 처음부터 서방이니 신부이니 하면서……."

"루시안……."

"그러니까, 응? 천천히 해나가자."

선생님은 생글생글 웃으면서 나와 아코의 어깨를 두 손으로 탁탁 두드렸다.

"타마키도 느긋하게 이해하면 될 거야. 니시무라는 네가 생각하는 『루시안』과는 다른 인간이지만 그렇기 때문에 더욱 멋지다는 걸 말이야. 그리고 니시무라도 타마키가 너를 좋아하는 것은 네가 『루시안』이기 때문이 아니라는 걸 이해하고. 조금씩, 느긋하게 알아가면 되는 거야. 너희는 아직 젊으니까 시간은 많아. 그 동안 정도는 내가 지켜봐 줄게."

"……선생님."

"현실과 게임. 양쪽 모두에서 두 사람이 사랑을 키울 수 있게 된다면 그건 정말로 멋진 일이다…… 그렇게 생각하지 않냐아?"

사이토 선생님은 LA의 고양이공주 씨처럼 장난스럽게 말하며 웃어 보였다. 그 모습이, 그 말을 믿어도 좋다는 생각이 들 정도로 멋진 여성으로 보였다.

이 사람, 의외로 좋은 교사일지도 모르겠다. 나는 그런 생각을 했다.

“그래. 그거 잘 됐군. 선생님이 그렇게 말씀하신다면 안심이다.”

그 직후였다.

갑자기 선생님의 뒷자리에서 그렇게 말하는 유려한 목소리가 들렸다.

“어라? 응?”

선생님이 뒤를 돌아보았다. 나도 그 시선을 따라가 보니 그 끝에는 긴 머리 여학생의 모습이 있었다.

고쇼인 쿄우. 혹은 학생회장이나 부장, 우리에게는 주로 길드 마스터인 존재.

눈에 익은 그녀의, 눈에 익은 모습이었다.

“어라, 마스터잖아. 언제부터 있던 거야?”

“거의 처음부터다. 너희가 피우는 소란은 처음부터 계속 보고 있었지. 이야, 정말로 훌륭한 말이었다. 루시안.”

“그렇죠! 그거 녹음해서 영구 보존하고 싶었어요!”

말도 안 되는 소리를 꺼내는 마스터에게 아코가 바로 동의했다.

"바보 같은 소리 하지 마! 아니, 그냥 잊어!"

"무슨 말을 하는 거냐, 루시안. 너야말로 아코를 끌어안았던 그 감촉을 필사적으로 기억하고 있는 중 아니냐."

"그럴 리 없잖아아아아아아!"

큰일 났다. 최악의 장면을 목격당하고 말았어! 이건 반드시 오랫동안 놀림당할 거다! 틀림없어!

우와아아아아아. 나는 몸부림쳤다. 그런 내게는 아랑곳하지 않고 선생님은 어딘가 창백하게 질린 표정으로 마스터의 얼굴색을 살폈다.

"저, 저기 고쇼인? 여긴 무슨 일로 온 거야?"

"무슨 일이냐고 물으시면 얘기가 길어지겠네요. 그러니 알기 쉽게 한마디로 용건을 정리하자면— 권유입니다."

"궈, 권유?"

"예."

마스터는 부드럽게 웃는 얼굴로 고개를 끄덕이고는 선생님 옆으로 다가왔다.

"선생님도 말씀하셨다시피 저는 저 두 사람에게 시간을 주고 싶습니다. 서로에 대해 천천히 생각했으면 한다, 고 말입니다. 그러기 위해 현대통신전자 유희부를 만든 겁니다."

"……!"

선생님이 무서운 얼굴로 우리를 돌아보았다.

저기, 그런 얼굴 하셔도 곤란한데요. 제가 온라인 게임부라는 건 이미 말했잖아요.

이제는 완전히 도망치고 싶어 하는 기색의 사이토 선생님을 마스터는 한층 더 압박했다.

"그것이 곤란하게도 고문 선생님이 안 계셔서 폐부 직전입니다."

"그, 그거 큰일이구나. 하지만 아쉽게도 나는 이미 문예부 고문을 맡고 있어. 그러니까 미안하지만 다른 사람을—."

그러나 현대통신전자 유희부의 부장은 그렇게 말하면서 거절하려는 선생님의 귓가에 입을 가까이 갖다 대고 정말이지 불길한 미소를 띠며 이렇게 속삭였다.

"—그렇게 말씀하시지 말고 맡아주세냐."

"……!"

사이토 선생님의 몸이 그대로 굳어버렸다.

그 틈을 놓치지 않고 마스터는 계속 말했다.

"온라인 게임에서 『고양이공주』라고 이름을 대면서 말끝에 『냐♪』를 붙여 아양을 떨다가, 만에 하나 고백이라도 받으면 실제로는 남자라고 주장하며 거절하는 국어 교사— 라는 얘기는 저도 몰랐던 일로 해두고 싶습니다."

"뭐, 혀, 협박하는 거야?"

선생님이 뒤집어진 목소리를 냈다. 그 말에 마스터는 상냥하게 그 등을 쓸어주었다.

"설마, 그럴 리가요. 이건 교섭이라는 겁니다. 우리는 곤란에 처해 있다. 그리고 선생님은 곤란한 지경에 빠지고 싶지 않다. 우리는 좋은 친구가 될 수 있을 거라 생각하지 않으시나요?"

불평등하다! 엄청 불평등한 거래다! 아니 그보다, 제안을 거부하면 확 곤란하게 만들어버리겠다고 암암리에 그런 분위기를 풍기고 있는 것이 완전 협박이잖아!

"내, 내가 인정하지만 않는다면 그 말을 믿을 사람은 아무도……."

선생님은 신음하듯이 그렇게 내뱉었다. 그런 선생님에게 마스터가 한 말은 딱 한마디였다.

"역 앞에서 있었던 소동, 전부 녹화해두었답니다."

"아, 아아…… 아아아아아아……."

절망스러운 소리를 내며 사이토 선생님은 함락되었다.

"너무해. 이건 너무해……."

"그것도 어쩔 수 없어. 결국에는 아무것도 해결되지 않았는데 부 활동도 이걸로 끝, 이라고 할 수도 없는 노릇이잖아."

문득 그렇게 말하는 새로운 목소리가 들렸다. 그 목소리가 들려온 방향으로 시선을 돌리자 마스터 뒤에서 세가와가 얼굴을 내밀었다.

"어라, 슈. 너도 왔던 거냐?"

"슈라고 하지 마. 선생님에게 나도 온라인 게임 한다는 걸 들킬 거 아냐."

그건 이미 다 들통 났어— 라고 말하면 상처 입을 것 같으니 아무 말 말기로 하자.

"그건 신경 안 써도 돼. 어차피 선생님도 우리랑 동료니까. 고문이 되어줄 수 있느냐고 설득하고 있던 참이기도 하고."

"……저걸, 과연 설득이라고 할 수 있을까."

상쾌하게 웃고 있는 마스터와 파랗게 질린 선생님을 쳐다보며 세가와는 의아한 듯이 중얼거렸다.

그에 대해서는 나도 아무 말 하고 싶지 않았다.

"이걸로 또 다 같이 게임할 수 있게 됐네요!"

그런 우리 중에서 아코만이 순수하게 기뻐하고 있었다. 아아. 저 악의 없는 미소 뒤에는 선생님의 희생이 있는 건가.

"—알았어."

그리고 결국 꺾이고 만 선생님은 마스터에게 말했다.

"하지만 한 가지 조건이 있어."

"말씀하세요."

"그건—."

"—예. 물론, 상관없습니다."

마스터는 만족스러운 기색으로 웃으며 그 조건을 받아들였다.

현대통신전자 유희부는 잠시 동안의 존속이 결정되었다.

에필로그

퍼펙트 월드 —3차원 세계—

And you thought there is Never a girl online?

"안녕."

드르륵 부실 문을 열자 실내는 시원한 공기로 가득 차 있었다. 이것만으로도 부 활동을 하러 오는 가치가 충분히 있는 것 같았다.

"왔나, 루시안. 슬슬 정기 점검이 끝난다. 오늘의 활동 내용은 새로 도입된 퀘스트를 재빨리 달성하는 것이다. 준비해라."

먼저 부실에서 기다리고 있던 마스터는 이미 부팅이 끝난 컴퓨터 앞에서 잘난 듯이 팔짱을 끼고 있었다.

"어차피 나는 아코를 데리고 가는 데 시간이 걸리니까 애초에 재빨리 라는 말이 무의미하다고."

"그럼 아코 몫까지 준비해두면 되지 않나. 그것도 남편의 역할 중 하나다."

"……예이."

나는 마스터의 말에 일일이 말대답하지 않고 나와 아코의 컴퓨터를 켰다.

아코에 관한 일은 너무 초조해하지 않기로 했다. 아코가 너무 성급했던 것과 마찬가지로 나도 너무 초조해했던 것 같았다. 서로 평행선을 그리는 채로 말싸움을 할 게 아니라 서로 조금씩 양보해서 언젠가 한 점에서 만나면 되는 것이다. 천천히, 조금씩, 한걸음씩, 말이다.

낮은 소리와 함께 컴퓨터가 기동했다.

아코 컴퓨터의 비밀번호를 아는 사람은 아코와 나뿐이다.

덧붙여 비밀번호는 루시안 아코 러브 이터니아…… 우우. 엄청 입력하기 싫어.

그런 작업을 하고 있으려니 부실 문이 다시 드르륵 하고 열렸다.

"아— 시원하다—! 난 순전히 이것 때문에 이 시시한 부 활동을 하러 오는 거라니까, 정말로."

"안녕하세요오."

"그래. 고생들 했어."

들어온 사람은 시원한 공기를 뒤집어쓰고 눈을 가늘게 뜨는 세가와와 휘청대는 모습이 지쳐 보이는 아코였다.

이제 겨우 한 주가 시작된 월요일이었다. 보통은 그렇게까지 지칠 시기가 아니었지만 아코는 그렇질 못했다.

"우. 학교 쉬고 싶어요…… 부 활동만 하러 오면 안 될까요……."

"그건 포기해라. 사이토 선생님과의 약속이니까 말이다."

"우우우."

사이토 선생님이 내건 조건. 그것은『현대통신전자 유희부원은 전원, 가능한 한 학교에 등교할 것』이었다.

『인터넷 게임에 빠지면 학교에 안 오는 사람들도 있으니까…….』

그렇게 말하며 조건을 제시한 사이토 선생님은 분명히 늘 다른 사람을 걱정하던 고양이공주 씨 그 자체였다고 생각한다.

그리고 그 결과.

"학교 이제 싫어요……. 계속 놀면서 지내고 싶어요……."

"대체 왜 학교에 오는 것만으로 그렇게 체력이 바닥난 거야? 너."

"그게 말이죠오……."

이렇게 아코가 완전 쇠약해졌다.

불쌍하다는 생각이 들기도 했지만, 결코 나쁘다는 생각은 들지 않았다.

우리와 아코는 매일같이 게임 속에서 만나고 함께 싸우고 모험하고 놀고 이야기하면서 조금씩 친해진 것이다. 그랬던 것처럼 아코도 매일 학교에 오면 언젠가 우리 이외의 친구가 잔뜩 생길 것이다.

"아코. 반에서 친구 좀 생겼어?"

"친구라든가 그런 작성 난이도 S의 아이템, 나한테는 무리예요."

"야야. 아이템이라니."

새, 생길 것이다. 분명. 아마도.

"너도 조금은 노력하도록 해. 애들하고 잡담 정도는 할 거 아냐."

"일상 회화 스킬은 쓰지 않고 있어요. 오타쿠 회화 스킬을 있는 대로 발동해버린지라."

"얘, 얘는 정말……."

역시 무리일지도 모르겠다.

약간의 체념을 가슴에 품으며 나는 컴퓨터 앞에 앉았다.

아코는 휘청휘청 내 옆 책상에 앉더니 이미 켜져 있는 컴퓨터를 보고는 얼굴을 확 폈다.

"아, 벌써 켜져 있네! 고마워요, 루시안."

"비밀번호 변경을 요구한다."

"후후후. 싫어요."

"그런 부분만큼은 쓸데없이 완고하구만……."

평소에는 기본적으로 순순히 말을 잘 듣는 주제에 이런 아무래도 좋을 부분에서 떼를 쓰니 그냥 용서해버리게 된다니까. 젠장.

왠지 모르게 쥐여사는 것 같은 기분을 맛보면서 나는 LA를 실행했다. 새로운 퀘스트의 내용은 아직 알지 못했지만, 그냥 놔두면 사방을 쏘다니다가 금방 미아가 돼버리기 일쑤인 아코를 데려가는 만큼 제대로 내용을 숙지해야만 한다.

"아, 루시안. 좀 상담할 게 있어요."

"뭔데?"

아코가 별것 아니라는 듯한 어조로 말했기 때문에 나도 적당히 대답했다. 마치 평범한 잡담이라는 분위기로 아코는 말을 계속했다.

"실은 오늘, 부모님이 간만에 일찍 들어오세요. 그래서 루시안을 소개해드리고 싶어서 말이죠."

"흐응. 그건…… 그건…… 잠깐, 뭐?"

"그러니까, 오늘 저녁에 우리 집에서 함께 저녁을 먹지 않겠느냐고요."

……왜? 뭐가 어떻게 돼서 그렇게 된 건데? 아니, 그건 둘째 치고, 그런 얘기를 어떻게 저렇게 태연하게 내뱉는 거지? 나한테는 사형 선고나 다름없는데?

"어쩌다 그런 생각에 이르게 된 것인지 자세히 얘기해봐."

"그게 말이죠. 우리는 결혼했잖아요. 그렇게 생각하면 오히려 인사드리는 것이 늦었을 정도다 싶어서요."

"싫어, 안 가! 그건 절대로 사양이다! 게임이랑 현실은 별개라고!"

그 논리는 어딘가 이상해!

내가 아코에게 말하고 싶었던 것은 결단코 그런 게 아니야!

"잠깐잠깐잠깐. 왜 게임 속에서 결혼했다는 것만으로 네 부모님께 소개된다는 고문을 받아야 하느냐고!"

"아, 저랑 엄마가 음식을 할 거니까 루시안은 그 사이 아빠랑 얘기하고 있으면……."

"그 상황, 누가 득을 보는 건데! 일부러 그러는 거지? 너 일부러 그렇게 말하는 거지?"

우와아아! 나는 머리를 부여잡았다. 얘기를 듣고 있던 마스터와 세가와가 그런 나를 향해 히죽 웃어 보였다.

"루시안의 불행 덕분에 밥이 맛있을 것 같군."

"그야말로 후루룩짭짭 상태!"

"니드으으으으으으으을!"

두 사람은 미친 듯이 격노한 내게서 얼른 시선을 돌렸다.

그리고 남은 한 사람은 생글생글 웃으면서 내 팔에 착 달라붙었다.

"맞다. 차라리 현실에서도 그냥 결혼하지 않을래요? 간단한 일 아닌가요?"

"안 해!"

"모처럼이니까 부모님께 인사드리는 것도 오늘 끝내버려요."

"따님을 제게 주지 않으셔도 됩니다!"

"아드님을 제게 주세요!"

"너 우리 집에 올 생각인 거냐?"

이것이 바로 엄청난 마이페이스에 내 이야기는 듣지도 않고 바보 같은 소리만 골라서 하는, 하지만 본인 말로는 나를 무척이나 좋아한다는— 두말할 나위 없는 『내 신부』이다.

■작가 후기

실례합니다 샤우트 좀 하겠습니다.

처음 뵙겠습니다. 혹은 오랜만입니다.

키네코 시바이라고 합니다.

이번에 본작『온라임 게임의 신부는 여자아이가 아니라고 생각한 거야?』를 읽어주셔서 대단히 감사합니다.

온라인 게임 얘기를 쓰고 싶어! 라고 생각한 것도 제가 평소 온라인 게임을 즐기기 때문이라는 점이 가장 큰 이유였습니다. 덕분에 이 한 권에는 작가의 그런 정열이 넘쳐흐를 정도로 꽉꽉 담겨 있습니다.

이 책을 읽고 여러분이 조금이라도 웃을 수 있었다거나 납득할 수 있었다거나 혹은 고개를 끄덕일 수 있었다거나 그리운 마음이 들었다는 등, 그런 즐거운 한때를 즐기실 수 있었다면 그 이상 바라는 것은 없습니다.

여기까지 읽어주셔서 정말 감사합니다.

그리고 이건 제 개인적인 일입니다만. 실은 저도 온라인 게임 안에서 결혼을 한 적이 있습니다.

그런데 그 상대였던 제『신부』말입니다만, 여자 캐릭터이면서도 여자 캐릭터와 바람이 나서 저와 이혼했습니다.

그 일이 트라우마가 됐다는 점은 부정할 수가 없네요.

샤우트 실례했습니다.

그런 연유로 전체 채팅은 이쯤하고, 감사와 사과의 말씀을 드리겠습니다.

일러스트를 그려주신 Hisasi 님. 아마도 대충 이런 느낌이에요, 라고 모호한 이미지만을 전달했던 제 캐릭터를 정말로 귀엽게 그려주셔서 진심으로 고맙게 생각하고 있습니다. 감사합니다.

이리 흔들, 저리 흔들 이야기를 제대로 정리하지 못하는 저와 참을성 있게 끝까지 함께해주신 담당님. 이번에도 정말 고마웠습니다. 다음에도 틀림없이 폐를 끼치겠지만 부디 잘 부탁드립니다.

그리고 지금까지 저와 함께 온라인 게임을 즐겨주셨던 분들. 제가 당시의 경험을 살려 소설을 썼다는 사실을 모르는 분들이 많겠지만 그래도 같이 감사의 인사를 드립니다.

마지막으로 이 책을 읽어주신 독자 여러분. 다음에도 게임 속에서처럼 즐거운 세계를 만들 수 있으면 좋겠다고 생각하고 있으니 부디 잘 부탁드립니다.

그럼 다음에 다시 만날 기회가 있기를 기대하며.

키네코 시바이였습니다.

■역자 후기

안녕하세요. 역자입니다. 이번에는 온라인 게임과 함께 찾아뵙게 되었습니다.

뭐, 모든 작품이 다 그렇긴 하겠습니다만 이번 작품은 표현에 머리를 좀 많이 굴려야 했습니다. 무엇보다, 제목에서부터 고개를 갸우뚱하게 만들었으니 말입니다. 할 말 다 한 거죠.

온라인 게임의 신부는 여자아이가 아니라고 생각한 거야?

자, 이것이 이 책의 제목입니다, 만.

처음 제목을 봤을 때는 그러니까, 게임 속의 여자 캐릭터는 여자, 즉 이성으로 생각하지 않는다는 의미였나? 그런 생각이 들었습니다. 아무리 예쁘고 귀여워도 폴리곤으로 만들어진 게임 내 캐릭터는 그저 게임 속의 존재라고 여기는 건가? 아니면, 온라인 게임을 할 정도의 여자 오타쿠는 안중에도 없다는 소리인가? 그런 온갖 생각이 다 들었습니다.

그러다가 띠지와 앞날개에 적힌 줄거리를 읽고 무슨 말인지 깨달았죠. 아, 온라인 게임상에는 여자라는 존재가 아예 없다고 생각한다는 거구나. 즉, 게임을 즐기는 유저는 모두 남자라고 생각한다는 거구나, 라고 말이죠.

이것이 사실 별것 아닌 것 같아도 뉘앙스 차이란 것은 꽤 중요합니다.

그 문장이 어떤 의미로 쓰였느냐에 따라 그 내용을 더욱 분명하게 드러내기 위해 쓰는 표현이 달라지기 때문이죠.

……뭐, 그렇게 말은 했습니다만, 정작 제목 자체는 제목이 시사하는 내용을 파악하기 전이나 파악한 후나 전혀 다르지 않네요. 전 "이건 그런 뜻이 아니라 이런 뜻이야!"라고 속으로 외치면서 제목을 번역했는데, 어찌된 영문인지 임시 제목에서 달라진 것이 없……(털썩).

제목 하니까 생각나는 또 하나. 바로 본문 목차입니다.

보신 분들은 아시겠지만 하나같이 다 원래 있는 게임 이름을 살짝 틀어 바꾼 것입니다. 온라인 게임보다는 콘솔 게임을 즐기는 저는 대부분 이름만 들어봤을 뿐 직접 해본 적은 없습니다. 다만 프롤로그를 장식한 대후회 시대……의 원형이 된 게임은 해봤습니다. 물론 온라인 버전이 나오기 전의 오래된 게임이었습니다만, 결론만 말하자면 스토리 진행상 만나야 할 인물은 못 만나고 교역으로 돈만 벌었습니다. 왕이 "가서 이 항구와 친분을 맺고 와라." 하고 명을 내리면 황금으로 후려쳐서 항구를 사버릴 정도로, 말이지요.

카탈리나. 넌 대체 어디에 있던 거냐아아아아아아!

아. 그리운 이름이네요. 카탈리나. 아시는 분은 이 이름을 보고 시리즈 몇인지 감을 잡으실 수 있을 겁니다.

지금은 게임을 하고 싶어도 컴퓨터 사양이 받쳐주질 못해서 그럴 수도 없을 것 같습니다. 뭣보다, 노트북을 5년 넘게 쓰고 있으니까요. i5? i7? 뭔가요 그건. 먹는 건가요. 우걱우걱. 음. 그래도 슬슬 노트북 팬이 고장 날 것 같은 신호를 보내는 것이 가까운 시일 내에 새로 장만해야 할지도 모르겠습니다.

와. 저도 세가와처럼 더 좋은 컴퓨터를 눈앞에 두고 눈을 반짝거리는 경험을 할 수 있는 건가요. ……아. 대신 전 제 돈 주고 컴퓨터를 사야 하는군요. 이런. 좋아하기만 할 일이 아니었어. 췟!

컴퓨터를 새로 사고 싶다는 욕구와 그럴 돈 없다는 현실 사이에서 갈등하며 이만 후기를 마치겠습니다. 췟췟췟!

온라인 게임의 신부는 여자아이가 아니라고 생각한 거야? 1

1판 1쇄 발행 2015년 01월 10일
1판 6쇄 발행 2016년 12월 30일

지은이_ Kineko Shibai
일러스트_ Hisasi
옮긴이_ 이진주
일본판 오리지널 디자인_ AFTERGROW

발행인_ 신현호
편집부장_ 김은주
편집진행_ 최은진 · 김기준 · 김승신 · 원현선
편집디자인_ 양우연
국제업무_ 정아라
관리 · 영업_ 김민원 · 조인희

펴낸곳_ (주)디앤씨미디어
등록_ 2002년 4월 25일 제20-260호
주소_ 서울시 구로구 디지털로 26길 111 JnK디지털타워 503호
전화_ 02-333-2513(대표)
팩시밀리_ 02-333-2514
이메일_ lnovelpiya@naver.com
L노벨 공식 카페_ http://cafe.naver.com/lnovel11

원제 netoge no yome wa onnanoko zya nai to omotta?

ISBN 978-89-267-9844-7 04830
ISBN 978-89-267-9843-0 (세트)

값 6,800원